अमीरी रेखा की खोज में

अमीरी रेखा की खोज में

विजय कुमार

ग्रंथ अकादमी, नई दिल्ली

प्रकाशक : ग्रंथ अकादमी, 1659 पुराना दरियागंज, नई दिल्ली–110002
सर्वाधिकार : सुरक्षित / संस्करण : प्रथम, 2018 / मूल्य : तीन सौ रुपए
मुद्रक : आर–टेक ऑफसेट प्रिंटर्स, दिल्ली ISBN 978-93-86870-16-2

AMEERI REKHA KI KHOJ MEIN *satire by* Vijay Kumar ₹ 300.00
Published by Granth Akademi, 1659 Old Darya Ganj, New Delhi-110002

भूमिका

विगत कई साल से मैं लिखने की बीमारी से ग्रस्त हूँ। वैसे तो यह रोग बचपन से ही है। इसके कारण कई बार बड़ों की मार और फटकार भी मिली। जीवन में कई छोटे और बड़े नुकसान भी उठाए; पर बीमारी नहीं गई। लेकिन 17 साल से तो इसने संस्थागत रूप लेकर मन और मस्तिष्क में जड़ ही जमा ली है। अब हाल यह है कि यदि रोज कुछ न लिखूँ, तो दिन ढलने के साथ ही रक्तचाप भी ढलने लगता है। डॉक्टर कहते हैं कि-इसका इलाज गोली नहीं, कलम और कंप्यूटर है।

इस बीमारी के चलते मैंने वैचारिक लेख, कहानी, व्यंग्य, निबंध और कविताएँ लिखी हैं। 16 पुस्तकें भी प्रकाशित हुई हैं। इसी क्रम में राजनीतिक और सामाजिक व्यंग्यों का यह तीसरा संकलन प्रस्तुत है।

यों तो लेखन में हर विधा की अपनी विशेषता और कठिनाइयाँ हैं; पर व्यंग्य में लेखक को अपने दाएँ-बाएँ कोहनी मारने की छूट मिल जाती है। इसका लाभ उठाकर वह समाज, राजनीति और धर्म जैसे संवेदनशील मुद्दों पर अपनी बात कहकर चुपचाप पतली गली से निकल लेता है। कुछ लेखक इस छूट का लाभ उठाकर निम्न स्तर पर उतर आते हैं; पर मैं इससे सदा दूर ही रहा हूँ। मेरा मत है कि विधा चाहे जो भी हो, पर साहित्य संस्कार देने का एक सशक्त माध्यम है। इसलिए जिन लोगों पर माँ सरस्वती की कृपा है, उन्हें इसका ध्यान रखना चाहिए।

हास्य और व्यंग्य का साथ कच्छे और बनियान जैसा है; लेकिन हास्य प्रायः निरुद्देश्य होता है और व्यंग्य सोद्देश्य। भोजन में सलाद की तरह व्यंग्य में हास्य भी जरूरी है; पर जैसे सलाद पूरा भोजन नहीं है, ऐसे ही केवल हास्य को भी व्यंग्य नहीं कह सकते। हास्य के नाम पर व्यंग्य की आत्मा को मार देना उचित नहीं है।

व्यंग्य का अर्थ है समाज की विद्रूपताओं, राजनीति के छल-बल और धर्म के नाम पर हो रहे पाखंड की बखिया उधेड़ना और इस तरह से उधेड़ना कि पहले

गुदगुदी हो और फिर सुई की चुभन जैसा एहसास। यानी साँप तो मरे, पर लाठी न टूटे। प्रारंभिक कष्ट के बावजूद जैसे कड़वी दवा मरीज को लाभ पहुँचाती है, ऐसे ही व्यंग्य भी पाठक के मन को कचोटता है; मस्तिष्क को झिंझोड़ता है; और व्यक्ति यदि संवेदनशील है, तो व्यंग्य में अंतर्निहित संदेश उसका जीवन बदल देता है। यदि व्यंग्य धारदार हो, तो अपनी मारक क्षमता के चलते वह समाज को सोने नहीं देता।

इस संकलन के अधिकांश व्यंग्य 'संवाद शैली' में लिखे गए हैं। ये सब अनेक पत्र-पत्रिकाओं तथा अतंरजाल (इंटरनेट) की वेबसाइटों पर प्रकाशित हो चुके हैं। कोई भी स्तंभकार नियमित रूप से जहाँ लिखता है, उसे वहाँ की मर्यादा का ध्यान रखना होता है, इसलिए इन व्यंग्यों में मुख्यत: खानदानी, जातीय और क्षेत्रीय नेताओं तथा दलों को निशाना बनाया गया है। व्यंग्यकारों के लिए नेता, पुलिस और सरकारी तंत्र पर लिखना बहुत आसान है। अपवाद मैं भी नहीं हूँ; लेकिन इनके साथ मैंने डॉक्टर, अध्यापक, व्यापारी, कर्मचारी, वकील आदि के क्रियाकर्मों का भी पोस्टमार्टम किया है।

कहते हैं कि बच्चा चाहे जैसा भी हो, पर माँ-बाप को वह राजकुँवर ही लगता है। ऐसे ही लेखक को भी अपनी हर रचना कालजयी और नोबेल पुरस्कार के लायक लगती है। यद्यपि मुझे अपने बारे में कोई गलतफहमी नहीं है। फिर भी 'देखन में छोटे लगें, घाव करें गंभीर' जैसे ये 'व्यंग्य बाण' मैं पाठकों को समर्पित कर रहा हूँ। ये बाण अपने लक्ष्य से भटके तो नहीं, इसका निर्णय अब पाठक ही करेंगे।

पिछले दो व्यंग्य संकलनों पर मुझे अनेक पाठकों तथा वरिष्ठ लेखकों की प्रतिक्रियाएँ प्राप्त हुई थीं। आशा है, इस बार भी उनका स्नेह मुझे मिलेगा।

—विजय कुमार

निदेशक, विश्व संवाद केंद्र
सुमन नगर, धर्मपुर
देहरादून-248001 (उत्तराखंड)

मेल : vj.kumar.1956@gmail.com
वेब : https://sites.google.com/site/vijaipath/
मो. : 8475896096

अनुक्रम

वक्तव्य की तैयारी

भारत सरकार चाहती है कि देश में शांति रहे। देश में भले ही न रहे; पर दिल्ली में अवश्य रहे। चूँकि राजधानी होने के कारण यहाँ की राई को भी मीडिया वाले पहाड़ बनाकर पूरे देश और दुनिया में दिखा देते हैं। बाबा रामदेव और अन्ना हजारे के आंदोलन से हुई छीछालेदर के कारण सरकार अब बहुत सावधान थी।

पर इसके बाद भी सरकार की नाक के एकदम नीचे दिल्ली उच्च न्यायालय में बम फट गया। एक दर्जन लोग मारे गए और कई दर्जन अस्पताल में पहुँच गए। सरकार का कर्तव्य बनता था कि तुरंत कुछ करे। पुलिसवाले अपने काम में लग गए, तो अस्पताल वाले अपने। मीडियावालों ने भी अपना मोर्चा सँभाल लिया। सरकार ने भी हर बार की तरह एक अच्छा वक्तव्य देने का निर्णय लिया। उसे तैयार करने के लिए आनन-फानन में एक बैठक बुला ली गई।

बैठक में आए सभी अधिकारी चेहरे पर गंभीरता के मुखौटे लगाए कुरसियों पर बैठ गए। आधा कप चाय और एक प्लेट काजूवाली बरफी उदरस्थ कर बड़े मंत्रीजी ने छोटा सा भाषण दिया और प्रेस वक्तव्य तैयार करने की प्रक्रिया प्रारंभ हो गई।

पहला अधि. : सबसे पहले हमें इस कांड की निंदा करनी चाहिए।

दूसरा : निंदा के बदले कड़ी निंदा शब्द अधिक अच्छा रहेगा।

तीसरा : यदि हम इसे कायराना हरकत कहें तो कैसा रहेगा? पिछले विस्फोट के समय भी हमने ऐसा ही कहा था।

मंत्री : यह भी लिखो कि सोनियाजी और राहुलजी के महान् नेतृत्व में हम इन्हें रोककर दिखाएँगे।

चौथा : सर, अभी-अभी कश्मीर से एक मेल आया है, जिसमें इसकी जिम्मेदारी 'हूजी' ने ली है। तो क्या इसमें इसलामी आतंकवाद जोड़ना ठीक रहेगा?

मंत्री : तुम्हारा दिमाग खराब है। हमारी सरकार सेक्यूलर है। हम ऐसे शब्द प्रयोग नहीं कर सकते। तुम आर.एस.एस. वाले हो क्या ?

तीसरा : सर, क्यों न हम इस लापरवाही के लिए दिल्ली की मुख्यमंत्री शीला दीक्षित को जिम्मेदार बताएँ। उनका बेटा अन्ना से बहुत घुला-मिला है।

पहला : तुम मूर्ख हो। दिल्ली पुलिस सीधे गृहमंत्री के अधीन होती है। इससे तो हम ही घिर जाएँगे।

दूसरा : सर, हमें जनता से अपील करनी चाहिए कि वह सरकार के भरोसे न रहकर स्वयं ही हर क्षण सावधान रहे।

पहला : यह कहना ठीक नहीं है। इससे तो हमारा नाकारापन प्रकट होगा। हम कहें कि सरकार की तरह जनता भी सावधान रहे।

मंत्री : हाँ, यह ठीक रहेगा।

तीसरा : सर दिग्विजय सिंह का संदेश आया है कि यदि वक्तव्य में किसी तरह 'हिंदू आतंकवाद' डाला जा सके, तो उ.प्र. के अगले चुनाव में लाभ हो सकता है।

मंत्री : चुप रहो। उन्हें उ.प्र. का चुनाव दिखाई दे रहा है, यहाँ जान पर बनी है। यह तो अच्छा है कि प्रधानमंत्रीजी बांग्लादेश गए हैं। वरना अब तक कान खिंचाई हो जाती।

पहला : हमें यह कहना चाहिए कि हमारी खुफिया एजेंसियों ने कुछ नहीं बताया था। इससे उनके गले का फंदा भी कुछ कसेगा ?

दूसरा : पर उनका कहना है कि हमने संकेत दिए थे।

पहला : ऐसे संकेत तो वे एक दिन में दो बार देते हैं। साफ बात तो नहीं कही।

दूसरा : हाँ, यह तो है।

चौथा : मेल में बम फोड़नेवालों ने कहा है कि जब तक संसद् पर हमला करनेवाले मो. अफजल को नहीं छोड़ा जाएगा, तब तक ऐसे हमले होते रहेंगे।

मंत्री : अच्छा ?

चौथा : जी सर, इसलिए हमें कहना चाहिए कि हम इन धमकियों से डरनेवाले नहीं हैं और जल्दी ही अफजल को फाँसी पर लटका देंगे।

पहला : ऐसा कहकर हम अपने हाथ क्यों बाँधें ? हो सकता है कि कल किसी मजबूरी के चलते हमें उसे छोड़ना ही पड़ जाए। आखिर उमर अब्दुल्ला को भी तो साथ रखना है। इसके बदले हम गोलमोल बात कहें कि अब हमारी सहनशक्ति जवाब दे रही है। यदि ऐसी घटनाएँ होती रहीं, तो हम चुप नहीं रहेंगे।

इस सारे झंझट में आधा घंटा बीत गया। टाइपवाला प्रतीक्षा में था कि कोई वाक्य फाइनल हो, तो वह लिखना प्रारंभ करे। मंत्रीजी को एक कार्यक्रम में भी जाना था। वे बोले, "ऐसा करो, पिछले विस्फोट के समय जो वक्तव्य दिया था, उसे ही निकाल लो। समय, स्थान, मृतक संख्या आदि बदलकर उसे ही जारी कर दो।"

पहला अधिकारी मंत्रीजी का पक्का चमचा था। बोला, "आप ठीक कह रहे हैं। हमले तो होते ही रहते हैं। आज हुआ है, तो आगे भी होगा। जब बम दुबारा फोड़े जा सकते हैं, तो वक्तव्य भी दुबारा दिया जा सकता है ?"

मंत्री : क्यों, मुआवजा कितना घोषित करोगे ?

पहला : पिछले एक साल में महँगाई तो बहुत बढ़ी है; पर मुआवजा दस प्रतिशत बढ़ाना ठीक रहेगा। हो सकता है, घोषणा के बाद दबाव पड़े तो कुछ और बढ़ाना पड़ जाए।

मंत्रीजी की स्वीकृति के बाद टाइपवाले ने आवश्यक संशोधन कर पिछले वक्तव्य की प्रति कंप्यूटर से निकाल दी। मंत्रीजी ने उस पर हस्ताक्षर कर दिए। प्रेस सचिव ने उसे बाहर बैठे पत्रकारों में बाँट दिया।

बैठक समाप्त घोषित कर दी गई। मंत्रीजी कार्यक्रम में चल दिए और अधिकारी लोग फाइव स्टार नाश्ते की ओर।

(13.9.2011)

□

पारदर्शिता के पक्षधर

शर्माजी हमारे मोहल्ले के एक अति जागरूक नागरिक हैं। देश में कोई भी घटना या दुर्घटना हो, उसका प्रभाव उनके मन-वचन और कर्म पर जरूर दिखाई देता है।

15 अगस्त और 26 जनवरी को वे नियम से मोहल्ले में झंडारोहण कराते हैं। चाहे उन्हें पार्क में अकेले ही खड़ा होना पड़े; पर उन्होंने यह नियम कभी नहीं तोड़ा। कहीं बाढ़ या तूफान से जनहानि हो जाए, तो वे चंदा जमा करने निकल पड़ते हैं। उन्हें समाज-सेवा की धुन सवार है। यद्यपि कई लोग उन्हें सनकी और झक्की भी कहते हैं; पर शर्माजी इस ओर ध्यान न देते हुए काम में लगे रहते हैं।

अन्ना हजारे और बाबा रामदेव पिछले कुछ समय से सरकारी कामकाज में पारदर्शिता के लिए आंदोलन चला रहे हैं। शर्माजी भी उनकी तरह सदा से ही पारदर्शिता के पक्षधर हैं। यह बात दूसरी है कि उन्हें अन्ना और बाबा जैसी प्रसिद्धि नहीं मिली।

शर्माजी ने जो भी काम किया, जहाँ भी नौकरी की, वहाँ इसे जीवन का मूल मंत्र बनाया। यह बात दूसरी है कि इस कारण वे कहीं भी अधिक समय तक टिक नहीं सके। कहीं से वे स्वयं हट गए, तो कहीं से उन्हें हटा दिया गया। इसके बाद भी उन्होंने पारदर्शिता की नीति नहीं छोड़ी। कई लोग तो मजाक में उन्हें शर्माजी की बजाय 'पारदर्शीजी' कहने लगे।

जब दफ्तर और व्यापार में पारदर्शिता का सूत्र नहीं चला, तो उन्होंने अपने घरेलू जीवन में पारदर्शिता अपनाने का निश्चय किया। सुबह की चाय वे दरवाजे के बाहर खड़े होकर पीने लगा। कुछ दिन तो उन्होंने नाश्ता भी सड़क पर कुरसी-मेज डालकर ही किया; पर एक दिन उसमें शामिल होने कुछ कुत्ते भी आ गए। मजबूरी में उन्हें अंदर जाना पड़ा।

इस पर भी शर्माजी ने पारदर्शिता का सूत्र नहीं छोड़ा। अब वे मेज पर कप-प्लेट के साथ डंडा भी रखने लगे। एक दिन कान से मोबाइल लगाए एक नौजवान मोटर साइकिलवाला मेज से टकरा गया। शर्माजी को चोट तो लगी ही, सारी खाद्य सामग्री भी बेकार हो गई। चाय से उस युवक के कपड़े खराब हो गए। अत: वह गाली बकने लगा। शर्माजी ने उसके सिर पर डंडा मार दिया।

डंडा लगते ही वह युवक भड़क गया। इससे बात बढ़ते हुए हाथ और लात तक जा पहुँची। गुत्थमगुत्था होते ही शर्माजी समझ गए कि वह युवक उन पर भारी पड़ रहा है। अत: जैसे-तैसे जान छुड़ाकर वे घर में घुस गए। पत्नी को दुबारा नाश्ता बनाने को कहा, तो उसने साफ मना कर दिया। बेचारे शाम तक भूखे बैठे रहे। तब से उन्होंने खान-पान में पारदर्शिता का विचार त्याग दिया।

फिर उन्हें एक और धुन सवार हुई। वे खुली छत पर जाकर नहाने लगे। इस पर पड़ोसियों ने आपत्ति की। मजबूरी में यह विचार भी उन्हें छोड़ना पड़ा। एक दिन वे बहुत पुराने, लगभग पारदर्शी हो चुके कपड़े पहनकर घूमने निकल पड़े। कई लोग यह देखकर हँसने लगे, तो कुछ ने शर्म से मुँह घुमा लिया। एक पुरातत्त्वप्रेमी इतिहासकार उन्हें नालंदा या हड़प्पा की खुदाई से निकले कपड़े समझकर मुँहमाँगे दाम पर खरीदने की बात करने लगा।

मोहल्ले के कुछ शरारती बच्चे ताली बजाते और हो-हो करते हुए उनके पीछे लग गए। एक बच्चा न जाने कहाँ से एक टूटा कनस्तर ले आया। उसे बजाने से बच्चों का वह हुजूम एक जुलूस की तरह लगने लगा। हंगामा होता देख पुलिसवालों ने उन्हें पागल समझकर पकड़ लिया। कुछ जान-पहचानवालों ने बीच बचाव करा लिया, वरना वे उन्हें पागलखाने ले ही जा रहे थे। शर्माजी के बच्चों को पता लगा, तो उन्होंने उनके सब पुराने कपड़े फाड़कर आग में डाल दिए। पारदर्शिता के जंगल में शर्माजी फिर अकेले रह गए।

पिछली 26 जनवरी को राष्ट्रपतिजी ने कई समाजसेवियों को पद्म पुरस्कारों से सम्मानित किया। दूरदर्शन पर उनके खिले चेहरे बार-बार दिखाए गए। पत्र-पत्रिकाओं में भी उनके चित्र छपे। यह देखकर शर्माजी को समाज-सेवा की धुन सवार हो गई। अब सुबह से शाम तक वे समाज सेवा में सक्रिय रहते हैं।

इस सक्रियता का एक कारण और भी है। वे दुकान पर जाते हैं, तो बच्चे वहाँ बैठने नहीं देते। शर्माजी पारदर्शी ढंग से व्यापार करना चाहते हैं; पर उन्हें कौन समझाए कि देश को आजाद हुए 65 साल हो गए। नेहरू वंश की कृपा से भारत की नदियों में अब पानी की बजाय भ्रष्टाचार का कीचड़ अधिक हो गया है।

अब जमाना केंचुए जैसी धीमी चाल का नहीं, बल्कि खरगोश जैसी तेजी का है।

शर्माजी की आँखों के सामने उनके बच्चे जब मिलावट करते हुए एक रुपए की चीज पाँच रुपए में बेच देते हैं, तो उनका मुँह खुला रह जाता है। वे कुछ बोलना चाहते हैं; पर बच्चों के भय से कह नहीं पाते। शर्म से उनकी आँखें झुक जाती हैं। इसलिए जब कभी वे दुकान पर जाते हैं, तो बच्चे किसी-न-किसी बहाने उन्हें घर भेज देते हैं।

लेकिन घर पर भी उन्हें आराम नहीं मिलता। वे कभी-कभी रसोई में जाकर पारदर्शिता की जाँच करने लगते हैं। इससे उनकी श्रीमतीजी नाराज हो जाती हैं। वे उन्हें दो-चार घंटे दुकान पर जाकर बच्चों की सहायता करने को कहती हैं।

एक बार आम के अचार में तेल और मसालों की जाँच करते हुए मर्तबान गिर कर टूट गया। अपनी कई महीने की मेहनत मिट्टी में मिली देखकर श्रीमतीजी का पारा चढ़ गया। उन्होंने धक्का देकर शर्माजी को रसोई से निकाल दिया। तब से उन्होंने रसोई में न घुसने की कसम खा ली।

शर्माजी काफी समय तक चक्की के इन दो पाटों के बीच पिसते रहे। एक बार किसी आंदोलन के चक्कर में उन्हें जेल जाना पड़ा। दसवें दिन पत्नी और बच्चे मिलने आए। उन्होंने कहा कि आपके न होने से अब घर और दुकान दोनों ठीक चल रहे हैं। आप जब तक चाहें, जेल में ही रहें। शर्माजी ने यह सुनकर सिर पीट लिया। अब वे जाएँ तो कहाँ जाएँ?

इसीलिए जेल से आकर उन्होंने पूरा समय समाज-सेवा में ही लगाने का संकल्प कर लिया। बस तब से वे इसी में जुटे हैं। सुबह नाश्ता कर निकलते हैं, तो रात को ही घर लौटते हैं। इससे बच्चे भी खुश हैं और पत्नी भी। पीर-बावरची भिश्ती-खर जैसा आदमी मिलने से 'मोहल्ला कल्याण सभा' वाले भी गद्गद हो गए, चूँकि शर्माजी हर काम करने को तैयार रहते थे।

लेकिन अफसोस, यहाँ भी बात लंबे समय तक नहीं चल सकी। शर्माजी आय-व्यय और चंदे आदि में पूरी पारदर्शिता चाहते थे; पर मोहल्ला कल्याण सभावाले इतने पारदर्शी नहीं थे। नाराज होकर शर्माजी ने 'मोहल्ला उद्धार सभा' बना ली। आजकल वे उसकी सदस्यता में जुटे हैं।

देश के राजकाज में पारदर्शिता लाने के लिए पिछले साल बाबा रामदेव, अन्ना हजारे और उनके साथ देश के लाखों लोगों ने सच्चे मन से उपवास किया। साध्वी उमा भारती ने गंगा की रक्षा के लिए, तो नरेंद्र मोदी ने राज्य में सद्भावना फैलाने के लिए उपवास किया। नरेंद्र मोदी का विरोध करने के लिए गुजरात के

हजारों कांग्रेसी भी भूखे रहे। कुछ प्रसिद्ध लोगों ने अनशन किया, तो कुछ लोगों ने अनशन से प्रसिद्धि पाई।

यों तो शर्माजी 'भूखे भजन न होय गोपाला, ये ले अपनी कंठी माला' के अनुयायी हैं; पर देश के एक जागरूक नागरिक एवं सक्रिय समाजसेवी होने के नाते उन्होंने भी उपवास का निश्चय किया।

इन दिनों वे 'मोहल्ला कल्याण सभा' के काम में पारदर्शिता लाने की माँग को लेकर 'मोहल्ला उद्धार सभा' के बैनर तले चौराहे पर तख्त डालकर उपवास कर रहे हैं। उन्होंने उस चौक को ही मिनी जंतर-मंतर घोषित कर दिया है; पर न मोहल्लेवालों का ध्यान उनकी ओर है और न मीडिया का। उनके डेरे-तंबू और दिन में कई बार होनेवाले भाषण से बाजार में दुकानदारों को भी परेशानी हो रही है।

पिछले तीन दिन से उनकी आँतें कुलबुला रही हैं। पेट में चूहे कबड्डी खेल रहे हैं। आँखें गड्ढे में धँसी जा रही हैं। रक्तचाप और शुगर का स्तर डाँवाँडोल हो रहा है। चौराहे की हलचल में दिन तो कट जाता है, पर रात को अकेले सोते हुए डर लगता है। इसलिए अब जैसे भी हो, वे अनशन तोड़ना चाहते हैं; पर बिना किसी आश्वासन के ऐसा करने से रही-सही प्रतिष्ठा के भी चले जाने का भय है।

पत्नी और बच्चे कई बार खाना लेकर आए; पर पारदर्शिता के पक्षधर शर्माजी मोहल्ले और मीडियावालों की उपस्थिति में, किसी बच्चे के हाथ से नीबू-पानी पीकर अन्ना हजारे की तरह अनशन तोड़ना चाहते हैं। उनकी इच्छा है कि इस अवसर पर कुछ राजनेता भी उपस्थित रहें, तो और अच्छा रहेगा।

15 अगस्त फिर आ रहा है। कृपया अनशन तुड़वाकर पारदर्शीजी की सहायता करें, जिससे वे पार्क में झंडा फहरा सकें।

(16.9.2011)

□

दिशाशूल

कल मैं दफ्तर से आकर बैठा ही था कि शर्मा मैडम का फोन आ गया। उनकी आवाज से लग रहा था कि वे किसी संकट में हैं। पूछने पर पता लगा कि संकट में वे नहीं, उनके पति महोदय हैं।

शर्माजी मेरे पुराने मित्र हैं। वे संकट में हों, तो मेरा घर में बैठे रहना उचित नहीं था; पर दिन भर फाइलों में घुसे रहने के कारण मेरे सिर में दर्द हो रहा था। मैंने जल्दी से चाय पी और उनके घर जा पहुँचा। वहाँ पता लगा कि शर्माजी अस्पताल में हैं। कारण पूछने पर यह कहानी पता लगी।

शर्माजी यों तो पढ़े-लिखे हैं, पर फिर भी न जाने क्यों वे शगुन-अपशकुन, टोने-टोटके और दिशाशूल आदि पर बहुत विश्वास करते हैं। अखबारों में छपनेवाले ज्योतिष के कॉलम को वे बहुत ध्यान से पढ़ते हैं। प्राय: कागज-कलम लेकर उसमें से कुछ बातें लिख भी लेते हैं।

इतने पर ही बस नहीं, तो दूरदर्शन के कई चैनलों पर आनेवाले 'आज का दिन' और 'कल का भविष्य' जैसे कार्यक्रमों को भी वे बड़े गौर से देखते हैं। चौराहे पर पीपल के पेड़ के नीचे बैठनेवाले पंडित तोताराम ज्योतिषाचार्य के पास भी उन्हें प्राय: देखा जाता है। इस पर भी मन न भरे, तो कभी-कभी वे गूगल बाबा की शरण में भी चले जाते हैं।

जहाँ तक मेरी बात है, इन भविष्यवाणियों का सिर-पैर मेरी समझ में नहीं आता। एक अखबार धन के लाभ की बात कहता है, तो दूसरा हानि की। एक लिखता है कि मित्रों और संबंधियों से सुख मिलेगा, तो दूसरा उनसे सावधान रहने को कहता है।

मैंने शर्माजी को कई बार समझाया कि ज्योतिष के नाम पर दुकान खोले हुए अधकचरे लोगों ने इस विज्ञान को मजाक बना दिया है। अत: इनकी बातों में न

आएँ; पर शर्माजी अपना विश्वास तोड़ने को तैयार नहीं थे। इनके अनुसार कई बार वे बने-बनाए कार्यक्रम भी बदल देते थे। इस आदत से मित्र ही नहीं, उनकी पत्नी और बच्चे भी परेशान थे।

आज दोपहर में उन्हें अपने एक मित्र की दुर्घटना के बारे में पता लगा। एक संवेदनशील प्राणी होने के नाते उन्होंने साइकिल उठाई और अस्पताल की ओर चल दिए; पर तभी उन्हें 'आज का दिन' वाले कागज का ध्यान आया। उसे देखा, तो उसमें उन्हें दक्षिण दिशा में न जाने को कहा गया था; पर वह अस्पताल तो उनके घर के दक्षिण में ही था। इससे बचने के लिए शर्माजी चौराहे से उत्तरवाली सड़क पर चल दिए। इस रास्ते से यद्यपि दो कि.मी. फालतू चक्कर लगाना पड़ता था; पर दिशाशूलवाली सड़क को तो छोड़ना ही था।

पर उत्तरवाली सड़क पर दो कदम चलते ही एक बिल्ली रास्ता काट गई। शर्माजी की दृष्टि में यह बड़ा भारी अपशकुन था। वे कुछ देर प्रतीक्षा करते रहे कि शायद वह बिल्ली वापस लौट आए और अपशकुन टल जाए; पर बिल्ली नहीं लौटी। शर्माजी कुछ देर और रुके रहे कि कोई और व्यक्ति उनसे पहले उस रास्ते पर चला जाए, जिससे अपशकुन की छाया शर्माजी की बजाय उस पर पड़ जाए; लेकिन ऐसा भी नहीं हुआ।

झक मारकर शर्माजी पलटकर पश्चिमवाली सड़क पर चल दिए; पर वहाँ एक घड़ा टूटा हुआ पड़ा था। शर्माजी की निगाह में यह भी बड़ा भारी अपशकुन था। अत: उन्होंने पास की गली से निकलना चाहा, तो किसी ने छींक दिया। अब बेचारे शर्माजी बड़े असमंजस में फँस गए। दक्षिण में दिशाशूल, उत्तर और पश्चिम में अपशकुन, और पूर्व में तो उनका अपना घर ही था।

शर्माजी वापस चौराहे पर आकर आकाश की ओर देखने लगे। मानो भगवान् से पूछ रहे हों कि अब क्या करूँ ? सूरज की गरमी, उच्च रक्तचाप, बढ़ी हुई शुगर और मन के संशय में वे ऐसे घिरे कि चक्कर खाकर साइकिल समेत नीचे गिर पड़े। कपड़े तो फटे ही, कई जगह चोट भी आ गई। यहाँ तक कि चश्मा भी चूर-चूर हो गया।

मोहल्ले के सब लोग उन्हें अच्छी तरह जानते ही थे। उन्हें हिला-डुलाकर देखा, तो हाथ की हड्डी टूटने के स्पष्ट संकेत थे। वर्माजी तत्काल अपनी कार ले आए। सबने मिलकर उन्हें अस्पताल के उसी वार्ड में पहुँचा दिया, जहाँ उनका मित्र भरती था।

इस प्रकार उनकी मित्र से भेंट तो हुई, पर विपरीत परिस्थितियों में। अगले

दिन उनके हाथ का ऑपरेशन हो गया। ईश्वर की कृपा से सब ठीकठाक रहा। पैसे तो काफी खर्च हुए. पर हड्डी ठीक से जुड़ गई। कुछ दिन अस्पताल में रहने के बाद डॉक्टर ने घर जाने की अनुमति दे दी।

मैंने शर्माजी से पूछा, किस रास्ते से चलें; आज 'दिशाशूल' किस दिशा में है ?

शर्माजी ने शर्म से आँखें झुका लीं।

(24.9.2011)

□

चुनाव का मौसम

भारत विशेषज्ञों का देश है। दो लोगों के सहारे चार कदम चल सकनेवाले आपको ताकत के नुस्खे बता सकते हैं, तो सड़क पर भीख माँगनेवाला 'कॅरियर गाइड' हो सकता है। पेड़ के नीचे फटी चादर बिछाकर तोते सहित बैठा व्यक्ति धन प्राप्ति के उपाय बताएगा, तो मुकदमों में सब कुछ लुटा चुका कानून का विशेषज्ञ होने का दावा करता मिलेगा। ऐसे विशेषज्ञों के कारण ही मेरा भारत देश महान् है।

जब बात विशेषज्ञों की हो रही हो, तो हम अपने शर्माजी को कैसे भूल सकते हैं? वे मौसम के विशेषज्ञ हैं। घर से बाहर निकलते समय वे आकाश की ओर देखकर कई बार छाता उठा लेते हैं, तो शाम तक वर्षा हो ही जाती है; पर सर्दी-गरमी के अलावा वे चुनावी मौसम के भी विशेषज्ञ हैं। नेताओं की घोषणाओं और व्यवहार से वे भाँप लेते हैं कि अब चुनाव का मौसम आ रहा है।

कल सुबह वे अचानक टपक पड़े और यह चर्चा छेड़ दी।

'क्यों वर्मा, तुम्हें पता है, भारत में कितने मौसम होते हैं?'

'शर्माजी, वैसे तो गरमी, सर्दी और वर्षा ही प्रमुख मौसम हैं; पर शरद, हेमंत और वसंत को भी जोड़ लें, तो छह मौसम की बात हमारे देश में मानी जाती है।'

'बिल्कुल ठीक। क्या तुम इनके लक्षण बता सकते हो?'

'तीस साल पहले कक्षा दस में तीन बार खेत रहने के बाद मैंने पढ़ाई छोड़ दी थी। इसलिए मुझे इस बारे में कुछ याद नहीं।'

'फिर भी कुछ तो पता होगा?'

'जब लोग स्वेटर और कोट पहनने लगें, तो सर्दी; छाते लेकर चलने लगें, तो वर्षा और बाकी दिनों में गरमी होती है।'

'पर वर्माजी, भारत में एक मौसम और होता है, जिसे 'चुनावी मौसम'

कहते हैं। कभी इसका प्रकोप कुछ राज्यों तक सीमित रहता है, तो कभी एक साथ पूरे देश में।'

'मैंने तो इसके बारे में कभी नहीं सुना। इसके क्या लक्षण हैं?'

'जब नेता आम लोगों के सुख-दुख में सहभागी होने लगें; कार की बजाय पैदल चलने लगें; ए.सी. कमरे छोड़कर गाँव की चौपाल पर बैठने लगें, तो समझ लो कि चुनाव का मौसम आ गया है।'

'अच्छा?'

'जब छोटे से लेकर बड़े तक, सब नेता गरीबों की चिंता करने लगें, तो समझ लो कि चुनाव आनेवाले हैं।'

'हाँ, आप ठीक कह रहे हैं। पिछले दिनों सरकार ने गरीबी की एक नई परिभाषा देकर बताया है कि भारत में गरीबी घट रही है। गाँव में छब्बीस रुपए और शहर में बत्तीस रुपए कमानेवाला अब गरीब नहीं है।'

'और सुनो, चुनाव आते ही अधिकांश दल अल्पसंख्यकों की सुरक्षा और उनके अधिकारों के नाम पर आँसू बहाने लगते हैं।'

'सुना है कि भारत सरकार एक कानून लाना चाहती है। इससे दंगों के बाद हिंदू जेल में होंगे और दंगाई बाहर खड़े अपनी दाढ़ी पर हाथ फेरते रहेंगे। क्या इसका संबंध भी चुनावी मौसम से है?'

'बिल्कुल। इसी तरह जब नेता कुछ जाति और मजहबों के लिए आरक्षण माँगने लगें, तब समझ लो कि वहाँ चुनाव होने वाले हैं।'

'चुनावी मौसम के और क्या लक्षण होते हैं, शर्माजी?'

'भ्रष्ट और बाहुबली नेताओं से भरपूर लाभ उठाने के बाद उन्हें दल से निकालना भी चुनाव का एक प्रमुख लक्षण है।'

'थोड़ा विस्तार से समझाइए।'

'देखो, उ.प्र. में मायावती ने सत्ता पाने और फिर सरकार बनाने के लिए जिन बाहुबलियों का सहारा लिया, अब उन्हें एक-एक कर दरवाजा दिखाया जा रहा है, चूँकि अगले साल वहाँ चुनाव होने हैं।'

'पर एक जगह तो बेचारे मुख्यमंत्री को ही... ?'

'हाँ, वहाँ भी चुनाव सिर पर खड़े हैं। इसलिए पहाड़ जैसी कठिन चढ़ाई चढ़ने के लिए सड़कछाप को हटाकर कड़कछाप मुख्यमंत्री को फिर ले आए हैं।'

'सुना है, चुनाव से पहले प्रशासन में स्थानांतरण भी होते हैं?'

'हाँ, यह तो बहुत आवश्यक है। चुनाव घोषित होते ही इन पर रोक लग

जाती है। सत्तापक्ष का हर नेता अपने क्षेत्र में अपनी पसंद का अधिकारी नियुक्त कराना चाहता है। इसलिए महत्त्वपूर्ण स्थानों पर अपने विश्वस्त लोगों को बैठाने के लिए चुनावों की घोषणा से कुछ समय पूर्व बड़े स्तर पर स्थानांतरण होते ही हैं।'

'क्या नेताओं द्वारा निकाली जा रही यात्राओं का संबंध भी चुनावी मौसम से ही है?'

'हाँ, यों तो पक्ष और विपक्ष के लोग एक-दूसरे को गरियाते ही रहते हैं; पर चुनावी मौसम में उनके गले फूल जाते हैं। एक दल से दूसरे में आने-जाने का क्रम भी तेज हो जाता है। सुबह जो 'आयाराम' थे, शाम को वे ही 'गयाराम' हो जाते हैं। जिस दल के जीतने की आशा हो, उसके दरवाजे पर भीड़ बढ़ने लगती है। जैसे डूबती नाव से चूहे कूदते हैं, ऐसे ही पराजय के कगार पर खड़े दल को भी लोग छोड़ने लगते हैं।'

शर्माजी अपनी विशेषज्ञता का और भी परिचय देना चाहते थे; पर अचानक आई वर्षा से यह चर्चा स्थगित करनी पड़ी। बेचारे शर्माजी को भीगते हुए घर जाना पड़ा।

इस विशेषज्ञ वार्त्ता के बाद मैं अखबार देखते ही समझ जाता हूँ कि कहाँ चुनाव होने वाले हैं? यदि आप इस बारे में और अधिक जानना चाहें, तो सीधे शर्माजी से ही संपर्क करें। इसके लिए कहीं दूर जाने की जरूरत नहीं है। हर मोहल्ले में ऐसे शर्माजी मिलते हैं। आप भी ध्यान से देखिए। दो ढूँढ़ोगे, चार मिलेंगे।

(9.10.2011)

□

धनतेरस और धनवर्षा

कुछ लोग कहते हैं कि नाम में क्या रखा है; पर सच यह है कि नाम में बहुत कुछ रखा है। विश्वास न हो तो शर्माजी से पूछकर देखें। उनका पूरा नाम मक्खन लाल शर्मा है; पर वे यह बताना पसंद नहीं करते। इसकी भी एक कहानी है।

बात उस समय की है, जब शर्माजी के मित्र वर्माजी एक सुकन्या के हाथों नए-नए शहीद हुए थे। उस सुकन्या यानी श्रीमती वर्मा ने पहले करवा चौथ पर यह जिद ठान ली कि इस बार का व्रत दोनों साथ-साथ ही रखेंगे।

वर्माजी बड़े धर्मसंकट में फँस गए। वे ठहरे एक घंटे में दो कप चाय पीने वाले; पर नई-नवेली पत्नी को नाराज कर भावी जीवन में काँटे बोना ठीक नहीं था, इसलिए 'हाँ' कर दी।

वर्माजी सोचते थे कि नहाने के बाद व्रत चालू होगा; पर जब पत्नी ने उन्हें सुबह की चाय भी नहीं दी, तो वे समझ गए कि उन्होंने पैर पर कुल्हाड़ी नहीं, कुल्हाड़ी पर ही पैर दे मारा है।

इसके बाद का हाल तो और बुरा रहा। वर्माजी के कुल्ला-मंजन और स्नान करते समय भी वर्मानी मैडम यह देखती रहीं कि कहीं वे चुपचाप दो-चार घूँट पानी न पी लें। स्नान के बाद वर्माजी आदत के अनुसार नाश्ते की मेज की ओर बढ़े; पर वहाँ पूर्ण हड़ताल देख उल्टे पाँव लौट आए। लंचवाला डिब्बा भी आज बहुत उदास था। उसकी ओर बड़ी हसरत से देखते हुए वे दफ्तर चल दिए।

पर दफ्तर में भी मुसीबतों का अंत नहीं हुआ। वर्मा मैडम ने शर्माजी को और शर्माजी ने पूरे स्टाफ को व्रत की बात कहकर सावधान कर दिया कि आज कोई वर्माजी को चाय-पानी के लिए परेशान न करे।

बेचारे वर्माजी दिन भर सिर पर हाथ रखे उस घड़ी को कोसते रहे, जब

उन्होंने मैडम का मन रखने के लिए व्रत रखने को हाँ कही थी। बिना चाय वे कोई फाइल नहीं निबटा सके और इस कारण मेज की नीचे से होने वाली नियमित आमदनी भी मारी गई।

यों तो दफ्तर में लोग आपस में शर्मा, वर्मा, गुप्ताजी आदि कहकर ही बुलाते हैं; पर उस दिन वर्माजी को बार-बार मक्खनजी, भाई मक्खन लालजी, मक्खन लालजी सुनिए···आदि बोलते देख शर्माजी झुँझला गए।

उन्होंने जब टोका, तो वर्माजी रो पड़े, ''आपको पता है कि आज मेरा निर्जल व्रत है। सुबह से एक घूँट पानी तक नसीब नहीं हुआ। यदि आपका पूरा नाम लेने से मेरे गले और दिमाग को कुछ ठंडक मिलती है, तो आपको क्या आपत्ति है ? मैं आपका नाम ही तो ले रहा हूँ, कुछ और तो नहीं।''

पूरे स्टाफ की सहानुभूति वर्माजी के साथ देखकर शर्माजी चुप रह गए; पर तब से वे अपना नाम मक्खन लाल की बजाय एम.एल. शर्मा ही बताते हैं। यह बात दूसरी है कि उनसे चिढ़नेवाले पीठ पीछे नाक दबाकर म.ल. शर्मा कहकर अपना गुस्सा निकालते हैं।

कुछ-कुछ ऐसी ही कहानी दीपावली से दो दिन पूर्व मनाए जानेवाले धनतेरस पर्व की भी है। वैसे तो यह आयुर्वेदिक ओषधियों के निर्माता धनवंतरि देवता का जन्मदिवस है; पर न जाने कब और कैसे यह धनवंतरि त्रयोदशी 'धनतेरस' हो गई और लोग इस दिन दवाओं की बजाय बरतन और सोना चाँदी खरीदने लगे।

शर्माजी को यह पर्व और इसका नाम बहुत अच्छा लगता है। सरकारी नौकरी, और वह भी ऐसे विभाग में, जहाँ हर दिन सैकड़ों लोग अपने काम के लिए आते हों, वहाँ भला धन की चर्चा क्यों नहीं होगी ? इसलिए शर्माजी हों या वर्माजी, सब दिन भर धनवर्षा की प्रतीक्षा में छाता खोलकर बैठे रहते हैं। शाम तक किसी की जेब भर जाती है, तो किसी का थैला; पर छाता तो पूरी तरह धनतेरस पर ही गीला होता है।

जिन लोगों को सरकारी दफ्तर में प्रायः काम पड़ता रहता है, वे भी इस दिन की प्रतीक्षा करते रहते हैं। 'जैसा माथा, वैसा तिलक' के सिद्धांत के अनुसार जैसा कर्मचारी, उसके लिए वैसा ही डिब्बा।

कुछ लोग मिठाई के डिब्बे से ही संतुष्ट हो जाते हैं, तो कुछ को मेवेवाला डिब्बा भेंट करना पड़ता है। पहले तो लोग डिब्बे के ऊपर ही गांधी मार्का हरे कागज रख देते थे; पर अब माहौल बदल गया है। अतः उन कागजों को डिब्बे के अंदर ही रखना पड़ता है।

शर्माजी की कुरसी काफी ऊँची है। ऐसी कुरसी पर बैठनेवाले प्रायः मधुमेह

और उच्च रक्तचाप से ग्रस्त होते हैं। उनके सब जजमानों को भी यह मालूम है। इसलिए उनके डिब्बे में न मिठाई होती है और न सूखे मेवे। बस वहाँ धन ही धन होता है। इसलिए तो धनतेरस का पर्व शर्माजी को साल भर में सबसे सुहाना और पवित्र लगता है।

शर्माजी की इस बार की धनतेरस भी बहुत अच्छी बीती। गाँव के मकान की मरम्मत से लेकर शहर में कोठी, कुत्ता और कार जैसी कई समस्याएँ हल हो गईं। बेटी की अच्छे घर में शादी और बेटे को विदेश में पढ़ाने का सपना भी पूरा होने की संभावनाएँ बढ़ गई हैं। इस बार की धनवर्षा को उनका पुराना छाता सँभाल नहीं सका और टूट गया।

पर इससे शर्माजी को कोई दुख नहीं है। वे प्रतीक्षा में हैं कि कब धनतेरस आए और वे नया छाता खरीदें। जैसे बच्चे सोचते हैं कि हर महीने उनका जन्मदिवस हो और उन्हें नए कपड़े तथा उपहार मिलें, ऐसे ही शर्माजी सोचते हैं कि काश हर त्रयोदशी 'धनतेरस' हो और वे धनवर्षा को सँभालने के लिए नया छाता खरीदें।

इस बार की धनतेरस तो बीत गई है; पर उसकी खुमारी शर्माजी पर अभी तक सवार है। छातेवाले की दुकान के सामने से निकलते हुए, दफ्तर में झपकी लेते हुए और रात को नींद की खुमारी में वे प्राय: पूछ बैठते हैं, "क्यों, अगली धनतेरस कब है?"

यदि किसी के पास अगले साल की डायरी या कलेंडर हो, तो उन्हें धनतेरस की सही तारीख बता दे, जिससे उनकी बेचैन आत्मा को कुछ शांति मिले।

(23.10.2011)

□

गरीब दर्शन

युवराज पिछले काफी समय से बोर हो रहे थे। महारानीजी बीमारी में व्यस्त थीं, तो राजकुमारी अपनी घर-गृहस्थी में मस्त। युवराज की बचकानी हरकतों से दुःखी होकर बड़े सरदारों ने भी उन्हें पूछना बंद कर दिया था।

युवराज की यह बेचैनी उनके चमचों से नहीं देखी जा रही थी। असल में बिना पतीली के चम्मच को भी कौन पूछता है। इसलिए एक बार वे उन्हें घेरकर बैठ गए।

'युवराज, चलिए कहीं पिकनिक पर चलें। इससे आपके मन का बोझ कुछ कम हो जाएगा।'

'कहाँ चलें?'

'किसी जंगल में चलें। मौका लगा, तो कुछ शिकार भी कर लेंगे। नगालैंड और मेघालय के जंगल बहुत सुंदर हैं। सुना है, वहाँ शेर, चीते और हाथी भी बहुत हैं। वहाँ के आदिवासी नाचते भी बहुत अच्छा हैं। उनके जैसे कपड़े पहनकर, उनके साथ नाचते हुए आपका फोटो मीडियावाले बड़े चाव से दिखाएँगे।'

युवराज कुछ बोले नहीं। उन्हें जिम कॉर्बेट पार्क का पिछला भ्रमण याद आ गया। उस दिन दरबारियों के साथ सुबह से घूमते हुए दोपहर हो गई; पर युवराज को शेर-चीते तो दूर, किसी गीदड़ तक के दर्शन नहीं हुए थे। उनकी कार का चालक कभी इधर घुमाता, तो कभी उधर; पर सब व्यर्थ।

अचानक एक जंगली सुअर उनका रास्ता काटता हुआ निकला। दरबारी चिल्लाए—'सुअर, सुअर!'

इस शोर से सबके साथ-साथ चालक का ध्यान भी उस ओर ही चला गया। उसका हाथ बहका और युवराज समेत पूरी गाड़ी कीचड़ भरे गड्ढे में जा गिरी।

दूसरी गाड़ी में सवार सुरक्षाकर्मियों ने कूदकर युवराज को निकाला। दरबारी कुछ देर प्रतीक्षा करते रहे; पर जब सुरक्षाकर्मियों ने उनकी ओर ध्यान नहीं दिया,

तो वे खुद ही बाहर निकल आए। सबके कपड़े गंदे हो गए थे। युवराज को कुछ चोट भी आई थी। अतः भ्रमण का कार्यक्रम स्थगित कर दिया गया।

जंगल की बात सुनकर युवराज को वह सुअर और कीचड़ याद आ गया। उनका चेहरा देखकर दरबारी समझ गए कि युवराज को यह सुझाव पसंद नहीं आया। पर युवराज की बोरियत कैसे दूर हो, यह प्रश्न अभी बाकी था। एक दूसरे दरबारी ने अपनी बुद्धिमत्ता झाड़ी—'युवराज, क्यों न हम लोग तिहाड़ चलें?'

'क्या होगा तिहाड़ जाकर। वह कोई घूमने की जगह है?' तीसरा दरबारी दहाड़ा।

'घूमने की जगह तो नहीं है; पर हमारे दरबार और कारोबार के कई विश्वस्त साथी तो वहाँ हैं। हमारे जाने से उनका मनोबल बढ़ेगा और युवराज का मन भी बहल जाएगा। जेल से छूटने पर भी हमें उनका सहयोग तो लेना ही है।'

तिहाड़ के नाम से युवराज के चेहरे पर भय की लकीरें खिंच गईं। वह उस दिन की कल्पना करने लगे, जब उनके कुछ अति विशिष्ट दरबारी और रिश्तेदार भी तिहाड़ में होंगे। तब तो मिलने जाना ही पड़ेगा; पर अभी से यह बदनामी मोल लेना ठीक नहीं है।

एक घंटा बीत गया। तरह-तरह के सुझाव आए; पर समस्या वहीं की वहीं थी। युवराज की बोरियत कैसे दूर हो?

'युवराज, आप गरीब देखने चलें।' चौथे दरबारी ने कहा।

'ये कहाँ पाए जाते हैं?' युवराज ने पूछा।

'वैसे तो भारत के हर कोने में ये मिल जाते हैं; पर जो क्षेत्र पिछली कई पीढ़ियों से आपकी पुश्तैनी जागीर है, वहाँ गरीबी और भुखमरी कुछ अधिक ही है। गरीब लोग आपको देखकर बहुत खुश होंगे।'

'पर एक बार हमारी दादी ने 'गरीबी हटाओ' का नारा दिया था। क्या उसके बाद भी गरीब बच गए?' युवराज ने आश्चर्य से पूछा।

'इस नारे से उस समय तक के सब गरीबों की गरीबी दूर हो गई थी; पर उस बात को चालीस साल हो गए। अब नए गरीब पैदा हो गए हैं। आप उन्हें देखने चलें।'

'पर मेरे जाने से गरीबों को गुस्सा तो नहीं आएगा?'

'नहीं युवराज, गरीब अपनी रोटी के जुगाड़ में ही लगे रहते हैं। उन्हें इतनी फुरसत कहाँ है कि वे गुस्सा करें।'

युवराज को यह सुझाव काफी अच्छा लगा।

'पर वहाँ रहने और खाने-पीने का क्या होगा? उन गरीबों का खाना खाकर

और पानी पीकर तो मेरा पेट खराब हो जाएगा; और यहाँ वाला खाना हम उनके सामने खाएँगे, तो उन्हें बुरा लगेगा।'

'उसकी आप चिंता न करें। बरतन उनके होंगे और सामान हमारा। इस व्यवस्था में हम माहिर हैं।'

'पर मीडियावाले… ?'

'उन्हें भी मैनेज कर लेंगे। आप तो 'हाँ' कहिए। बाकी सब काम हमारे जिम्मे है।'

युवराज ने बहुत दिनों से गरीब और गरीबी नहीं देखी थी। अपनी खानदानी प्रजा को दर्शन दिए भी उन्हें बहुत दिन हो गए थे। उन्होंने सहमति दे दी। दरबारी गद्गदा उठे।

युवराज की बोरियत पूरी तरह दूर हुई या नहीं, यह तो चुनाव के बाद ही पता लगेगा; पर सुना है, वे इन दिनों बहुत तेजी से गरीब और गरीबी दर्शन के कार्यक्रम संपन्न कर रहे हैं।

(16.11.2011)

□

सदाखुश बाबू

शर्माजी में यों तो कई विशेषताएँ हैं, पर सबसे बड़ी विशेषता है कि वे स्वयं खुश रहते हैं और बाकी लोगों को भी खुश रखते हैं। अत: लोग उन्हें 'सदाखुश बाबू' भी कहते हैं।

जिस दिन विश्व की जनसंख्या सात अरब हुई, उससे अगले दिन मिले, तो खुशी मानो गिलास से बाहर छलक रही थी। देखते ही गले से लिपट गए और मेरे बीमार दिल को इतनी जोर से दबाया कि वह राम-राम से 'राम-नाम सत्य है' की तैयारी करने लगा। इसलिए जैसे-तैसे अलग होकर मैंने इस खुशी का कारण पूछा।

उन्होंने मेरे सामने एक अखबार में प्रकाशित जनसंख्या विश्लेषण रख दिया। उसमें कहा गया था कि जनसंख्या वृद्धि की गति पूरे विश्व में क्रमश: घट रही है। पाँच से छह अरब वह ग्यारह साल में हुई, तो छह से सात अरब तक पहुँचने में तेरह साल लग गए। अखबार के अनुसार अब सात से आठ होने में पंद्रह साल, आठ से नौ होने में अठारह साल लगेंगे और इसके बाद जनसंख्या स्थिर हो जाएगी।

मैं ठहरा छोटी बुद्धिवाला आदमी, इसलिए समझ नहीं पाया कि वे कहना क्या चाहते हैं ? अब उन्होंने उस विश्लेषण का दूसरा भाग मेरे सामने रखा। उसके अनुसार 2050 ई. के बाद जनसंख्या घटने लगेगी और बाईसवीं सदी प्रारंभ होने तक वह फिर उसी तीन अरब के आँकड़े पर पहुँच जाएगी, जहाँ बीसवीं सदी के प्रारंभ में थी।

मेरे भेजे में अब भी कुछ हलचल नहीं हो रही थी। मेरे चेहरे पर बने प्रश्नचिह्न को देखकर वे हँसे।

'ऐसे क्या मूर्खों की तरह देख रहे हो ? जनसंख्या विशेषज्ञ कहते हैं कि संपन्न और शिक्षित लोग कम बच्चे पैदा करते हैं, जबकि गरीब और अनपढ़ अधिक। इस हिसाब से देखें तो इस समय दुनिया में सबसे धनी देश अमरीका है। उसकी अपनी असली जनसंख्या तो स्थिर हो गई है; पर उस कमी को दूसरे देशों से जानेवाले पूरा कर रहे हैं। वहाँ जानेवालों में भारतवासियों की संख्या भी खूब है।'

'अच्छा फिर ?'

'दुनिया की जनसंख्या वृद्धि में भारत जैसे विकासशील देश खूब योगदान कर रहे हैं। हमसे आगे अशिक्षित और अविकसित अरब और अफ्रीकी देश हैं। चीन ने भी जनसंख्या की बढ़त को काफी हद तक रोक लिया है।'

'तो··· ?'

'तुम भी बुद्धि से पैदल हो, वर्मा। यदि ऐसा ही चलता रहा, तो एक दिन अमरीका पर हमारा कब्जा होगा। मैं तो उस दिन की कल्पना से ही खुश हो रहा हूँ। मेरी निगाह तो 'व्हाइट हाउस' पर है। मैं उसे ही अपना निवास बनाऊँगा।'

'शर्माजी, सपने देखने में कुछ खर्च नहीं होता; पर इस बात को लिख लो कि ऐसा नहीं होनेवाला है। आपके भाग्य में व्हाइट हाउस में रहना तो दूर, उसके पास जाना भी नहीं है।'

'न हो, पर भारत में हो रहे जनसंख्या परिवर्तन को भी तो देखो।'

'दिखाओ··· ।'

'यहाँ का हाल भी सारी दुनिया जैसा ही है। अर्थात् जनसंख्या वृद्धि की दर क्रमशः घट रही है। कुछ समय बाद यहाँ की जनसंख्या भी कम होने लगेगी। मकान तो होंगे; पर उनमें कोई रहेगा नहीं। तब मैं 'राष्ट्रपति भवन' में जाकर रहने लगूँगा।'

'लेकिन शर्माजी, भारत में किसकी जनसंख्या घट रही है और किसकी नहीं, इस पर भी तो ध्यान दो। यदि यही हाल रहा, तो राष्ट्रपति भवन और प्रधानमंत्री निवास में हम और आप नहीं, वे लोग रहेंगे, जो पाकिस्तान के मैच जीतने पर खुशी मनाते हैं।'

'मैं तो ऐसा नहीं समझता।'

'आप भले ही न समझें; पर अगले 60-70 साल में यही होना है।'

'चलो छोड़ो, हमें इससे क्या लेना। तब तक किसने जीना है। इस बारे में सोच-सोचकर हम अपनी खुशी कम क्यों करें ?'

काश, कोई सदाखुश बाबू की आँख में उँगली डालकर दिखाए कि जनसंख्या की संभावित कमी के जिन आँकड़ों से वे खुश हो रहे हैं, उसके पीछे कितने भयावह परिणाम छिपे हैं। कबूतर यदि बिल्ली को देखकर आँखें बंद कर ले, तो खतरा टल नहीं जाता।

ऐसे 'सदाखुश बाबू' हर जगह मिलते हैं। हो सकता है, वे आपके मोहल्ले में भी हों। यह खुशी उनकी भावी पीढ़ियों के लिए दुःख का कारण न बन जाए, इसके लिए उन्हें जगाना होगा। वे सोते न रह जाएँ, यह देखना हर जागरूक नागरिक का कर्तव्य है।

(23.11.2011)

□

आधार से निराधार तक

हर व्यक्ति के जीवन में छात्र-जीवन का बड़ा महत्त्व है। इस समय एक दौर ऐसा भी आता है, जब लोग प्रायः कविहृदय हो जाते हैं। डायरी में गुलाब का फूल रखने से लेकर रोमांटिक शेर लिखना तक उन दिनों आम बात होती है।

कविता और शेरो-शायरी का रोग बढ़ जाए, तो युवक और युवतियाँ कविता लिखने लगते हैं। भारत में जितने भी कवि हैं, वे मानते हैं कि उनके माता-पिता ने उनका नाम ठीक नहीं रखा। अतः वे सबसे पहले इस गलती को सुधारकर कोई उपनाम रख लेते हैं। फिर वे चाहते हैं कि लोग उन्हें इसी नाम से पुकारें। घायल, पागल, हुल्लड़, कुल्हड़, मनहूस, फंटूश आदि ऐसे ही उपनाम हैं।

शर्माजी के जीवन में जब यह दौर आया, तो उन्होंने अपना नाम 'निराधार' रख लिया। वैसे वे अच्छे खाते-पीते घर के थे। पिताजी उनके लिए गाँव में एक मकान और खेत के साथ अच्छा बैंक बैलेंस भी छोड़ गए थे; पर माता-पिता की छत्रच्छाया सिर पर न होने के कारण शर्माजी खुद को 'निराधार' ही समझते रहे।

छात्र जीवन समाप्त हुआ तो वे नौकरी करने लगे; पर यह नौकरी अस्थायी थी। शर्माजी की निराधारता के लिए यह तर्क पर्याप्त था। इस चक्कर में कोई लड़कीवाला भी उनके दरवाजे नहीं आता था। जैसे-तैसे नौकरी पक्की हुई और कुछ समय बाद शर्मानी के घर में शहनाई भी बज गई। मेरे जैसे उनके फक्कड़ मित्रों को कभी-कभी शर्मानी मैडम के हाथ की गरम चाय मिलने लगी।

पर शर्माजी ने अपना नाम नहीं बदला। वे कहते थे कि किराए के मकान का क्या भरोसा; कब मकान-मालिक नोटिस दे दे। इसलिए वे अब भी 'निराधार' ही रहे।

नौकरी में पदोन्नति के साथ-साथ शर्माजी के घर की जनसंख्या दो से बढ़कर पाँच हो गई। उन्होंने शहर में एक मकान बनाकर उसका नाम भी 'निराधार' ही रख लिया। पूरा परिवार एक साथ कहीं आ-जा सके, इसके लिए एक कार भी खरीद ली।

अब हमें लग रहा था कि वे अपना नाम जरूर बदल लेंगे; पर दो साल पहले अचानक शर्मानी मैडम उन्हें सदा के लिए छोड़ गईं। इस दुर्घटना से शर्माजी फिर 'निराधार' हो गए।

फिर भी उन्होंने हिम्मत नहीं हारी। अब तक बच्चे भी बड़े हो गए थे। उन्होंने बेटी और फिर बड़े बेटे का विवाह कर दिया। बहू ने कुछ समय तो उनकी सेवा की, फिर अचानक एक दिन बेटा और बहू एक दूसरा मकान लेकर वहाँ रहने चले गए।

शर्माजी का छोटा बेटा विदेश में पढ़ता था। उसने सलाह दी कि वे मकान बेचकर किसी वृद्धाश्रम में चले जाएँ, क्योंकि उसका इरादा अब विदेश में ही घर बसाने का है। शर्माजी गहरे असमंजस में फँस गए और इसी बीच उनके अवकाश प्राप्ति की तारीख भी आ गई।

कहते हैं कि नाम के अनुरूप गुण-अवगुण जीवन में आ ही जाते हैं। शर्माजी को लगा कि हो न हो, यह 'निराधार' उपनाम उनके जी का जंजाल बना है; पर इससे पीछा छुड़ाना भी समस्या थी।

जब सरकार ने देश के सभी वैध-अवैध नागरिकों की स्थायी पहचान के लिए 'आधार' योजना प्रारंभ की, तो शर्माजी बहुत प्रसन्न हुए। उन्हें लगा कि जीवन के इस तीसरेपन में उन्हें कम-से-कम एक पक्का आधार मिल जाएगा, जिसके सहारे वे शेष जीवन काट सकेंगे।

इसलिए जिस दिन उन्हें मोहल्ले में आधार कार्ड बनानेवालों के शिविर की सूचना मिली, उन्होंने सब पड़ोसियों से इसे शीघ्र बनवाने को कहा। अवकाश प्राप्ति के बाद वे शरीर सज्जा के प्रति उदासीन हो गए थे; पर आज उन्होंने ठीक से दाढ़ी खुरची। सुगंधित साबुन से नहाए। बहुत दिन बाद शर्मानी मैडम की पसंद से सिलवाया हुआ सूट पहना और सबसे पहले लाइन में जाकर खड़े हो गए।

पते और पहचान की पुष्टि के लिए उनके पास राशन कार्ड, बैंक की पासबुक, लाइसेंस, वोटर कार्ड आदि कई प्रमाण थे। 15 मिनट में फोटो से लेकर उँगली, अँगूठे और आँखों के निशान जैसी सब कार्यवाही पूरी हो गई। एक महीने बाद डाक से उन्हें एक सुंदर सा कार्ड मिला, जिस पर उनकी 'आधार' संख्या लिखी थी। इसे पाकर शर्माजी खुशी से झूम उठे।

पर पिछले दिनों आधार संख्या संबंधी संसदीय समिति ने नंदन नीलकेणी के नेतृत्व में बनी इस पूरी योजना को ही निरस्त करने की सिफारिश कर दी। गृहमंत्री चिदंबरम भी इसकी निरर्थकता पर संसद् में बोल चुके थे। इससे इस योजना पर संकट के बादल छा गए।

शर्माजी समझ नहीं पा रहे थे कि इस आधार कार्ड को ओढ़ें या बिछाएँ? जैसे-तैसे उन्होंने 12 अंकवाला यह नंबर याद किया था; पर अब सरकार इसे व्यर्थ की कवायद बता रही है। इस पर अरबों रुपया खर्च हो चुका है। जनता द्वारा अपने खून-पसीने की कमाई में से दिए गए टैक्स को मिट्टी होते देख उनका पारा चढ़ गया।

काश, कोई शर्माजी को बताए कि प्रधानमंत्री की कुरसी पर बैठे जिस व्यक्ति का ही कोई निजी आधार नहीं है। जो किसी और की कृपा से, किसी और के लिए गद्दी घेर कर बैठा है। जो खुदरा व्यापार में विदेशी निवेश को प्रोत्साहन देकर घरेलू व्यापारियों के मुँह से रोटी छीनने को तैयार है। जो हिंदुओं को अपने ही घर में द्वितीय श्रेणी का नागरिक बनाने के लिए सांप्रदायिक और लक्षित हिंसा विधेयक लाने की बात कर रहा हो, उसके हाथ से कोई अच्छा काम कैसे हो सकता है?

शर्माजी ने गुस्से में आकर आधार कार्ड को आग लगा दी और एक बार फिर 'निराधार' हो गए।

(11.12.2011)

□

लोकपाल विधेयक : पजामे से चड्डी तक

पजामा एक वचन है या बहुवचन; स्त्रीलिंग है या पुल्लिंग, उर्दू का शब्द है या हिंदी का; इसका प्रचलन भारत में कब, कहाँ, कैसे और किसने किया? 'तुम आदमी हो या पजामा' यह कहावत क्यों बनी... आदि विषयों पर चर्चा फिर कभी करेंगे। आज तो शर्माजी के पजामे की चर्चा करना ही ठीक रहेगा।

बात उस समय की है, जब शर्माजी की नई-नई शादी हुई थी। सबकी तरह उन्होंने भी शादी के समय और शादी के बाद पहनने के लिए बहुत से नए कपड़े बनवाए। इनमें दिन के कपड़े थे और रात के भी।

सोने जाते समय उन्होंने देखा कि उनका नया पजामा चार-छह इंच लंबा दिख रहा है। खैर, तब तो काम चल गया; पर अगले दिन उन्होंने अपनी नई नवेली पत्नी से उसे छह इंच छोटा कर देने को कहा।

पत्नी ने घूँघट में से ही मुँह बिचकाकर कहा, "अभी तो मेरे हाथ की मेहँदी भी नहीं छूटी है। कुछ दिन बाद कर दूँगी।"

शर्माजी को गुस्सा तो बहुत आया; पर उन्हें कुछ अनुभवी लोगों की बात ध्यान आ गई कि पत्नी से पहले ही दिन झगड़ा करना भावी जीवन के लिए ठीक नहीं है। अत: वे अपना सा मुँह लेकर रह गए।

दोपहर में उन्होंने माँ से पजामे को छह इंच छोटा करने को कहा। माँ डपटकर बोलीं, "देख नहीं रहे, कितना काम सिर पर पड़ा है। मेहमान वापस जा रहे हैं। विदाई में किसे क्या देना है, यह सब मुझे ही देखना है। जा, अपनी भाभी से करा ले।"

बेचारे शर्माजी पजामा लेकर भाभी के पास गए। भाभी उन्हें टरकाते हुए बोली, "मैंने बहुत दिन तुम्हारी सेवा कर ली है। अब तुम्हारी अपनी दुलहन आ गई है। उससे करा लो।"

शर्माजी की समझ में नहीं आ रहा था कि वे क्या करें? छोटी बहिन से कहा,

तो उसने भी मुँह बना दिया, ''सेहरे के समय मैंने 501 रुपए माँगे थे, तो तुमने 101 देकर ही मुझे चुप करा दिया था। अब मुझसे अपने किसी काम के लिए न कहना।''

झक मारकर शर्माजी मोहल्ले के दरजी के पास गए और उसे बीस रुपए देकर पजामा ठीक करा लिया।

अब कहानी का दूसरा अध्याय शुरू होता है। कुछ दिन बाद शर्माजी को अपने काम के सिलसिले में एक सप्ताह के लिए बाहर जाना पड़ा। तब तक बहन का गुस्सा कम हो चुका था। उसने सोचा कि 101 रुपए दिए तो क्या हुआ, आखिर हैं तो मेरे भैया ही। सो उसने चुपचाप पजामा उठाया और छह इंच छोटा कर दिया।

इसके बाद भाभी को ध्यान आया कि देवरजी ने कुछ काम कहा था। सो उन्होंने भी सिलाई मशीन निकालकर उसे ठीक कर दिया।

दो दिन बाद माँ को फुरसत हुई। उन्होंने पजामे को देखा, तो आश्चर्य हुआ कि यह तो ठीक लगता है। फिर बेटे ने उसे छोटा करने को क्यों कहा था? लेकिन कहा तो था ही। सो माँ ने भी दिमाग पर अधिक जोर दिए बिना उसे छह इंच काट दिया।

शर्माजी की वापसीवाले दिन पत्नी ने सोचा कि पतिदेव द्वारा बताए गए पहले काम को मना कर उसने ठीक नहीं किया। अत: उसने पजामे को छोटा तो किया ही, कहीं से एक पुराना रंगीन कपड़ा लेकर नीचे पायँचे पर किनारी भी बना दी।

रात को शर्माजी ने पजामा पहना, तो वह घुटने छू रहा था। उन्होंने अपना माथा पीट लिया। वह इतना छोटा नहीं था कि उसे चड्डी की तरह पहना जा सके और पजामा वह अब रहा नहीं था।

पाठक मित्रो, लोकपाल के नाम पर जो तमाशा संसद् और सड़क पर हुआ, वह कुछ-कुछ ऐसा ही है। भ्रष्टाचार के कलंक से देश को मुक्त कराने के लिए अन्ना हजारे और उनके साथियों ने लोकपाल का जो प्रारूप बनाकर दिया, उसमें धोखेबाज सरकार के साथ-साथ स.पा., ब.स.पा., भा.ज.पा., जनता दल, लालू यादव और न जाने किस-किसने इतनी काट-छाँट और जोड़-तोड़ कर दी है कि वह लोकपाल की बजाय सचमुच 'जोकपाल' नजर आने लगा है।

शर्माजी ने तो समझदारी दिखाते हुए अपने बचे-खुचे पजामे को थोड़ा और कटवाकर चड्डी बनवा ली; पर लोकपाल के साथ हो रहे मजाक को देखकर लगता है कि जनता को केवल पजामे का नाड़ा ही मिलेगा, और कुछ नहीं।

(26.12.2011)

□

टीम अन्ना का संगठन शास्त्र

अन्ना इन दिनों बीमार हैं। यद्यपि उनका उत्साह कम नहीं हुआ; पर क्या करें, शरीर साथ नहीं दे रहा। उनके साथियों को भी समझ नहीं आ रहा कि इस सर्दी के मौसम में अब आगे क्या रास्ता पकड़ें, जिससे आंदोलन में फिर से गरमी आ सके।

अन्ना अपने गाँव रालेगढ़ सिद्धि के शांत वातावरण में रहने के आदी हैं, तो उनके साथी दिल्ली की चकाचौंध में। अन्ना को मोबाइल, इंटरनेट, फेसबुक और ट्विटर की बात समझ नहीं आती, तो उनके साथी इसके बिना एक दिन भी नहीं रह सकते। फिर भी भ्रष्टाचार विरोध और जन लोकपाल की गोंद ने उन्हें जोड़ रखा था। यह देखकर कांग्रेस ने सरकारी लोकपाल को बाजार में उतार दिया। यह गोंद उतनी अच्छी तो नहीं थी, पर ग्राहक तो भ्रमित हो ही गए।

अन्ना की अनुपस्थिति में दिल्ली के एक वातानुकूलित भवन में उनके नए-पुराने सब साथी सिर जोड़कर बैठे। समस्या गहरी थी और ठंड भयंकर, इसलिए चाय-कॉफी और स्नैक्स के कई दौर चले। शर्माजी की अध्यक्षता में कई घंटे के विचार-विमर्श के बाद निष्कर्ष यह निकला कि अन्ना और मौसम, दोनों के ठीक होने की प्रतीक्षा की जाए। उसके बाद ही आंदोलन के नए दौर के बारे में सोचेंगे।

'पर तब तक लोग क्या करेंगे?'

'लोगों को अपने घर के काम नहीं हैं क्या? पाँच राज्यों में चुनाव हैं। छात्रों को परीक्षाएँ देनी हैं। फिर कुछ दिन बाद शादी-ब्याह का सीजन आ जाएगा। सब उसमें व्यस्त हो जाएँगे।'

'पर तब तक लोगों को कुछ संदेश तो देना ही होगा। वरना लोग कहेंगे कि अन्ना के बिना टीम ठंडी पड़ गई।'

'सच तो यही है। उनके बिना तो हम बिन दूल्हे की बरात की तरह हैं; पर

फिर भी कुछ तो करना ही होगा। करें भले ही नहीं; पर कुछ कहना तो होगा ही। ये तो अच्छा है कि मीडियावाले इस समय चुनाव में व्यस्त हैं, वरना वे हमारी बखिया उधेड़ देते।'

'तो मीडिया को क्या कहें, वे बाहर हमारी प्रतीक्षा कर रहे हैं?'

'उन्हें कहो कि अब हम देश के हर गाँव और शहर के हर वार्ड में संगठन खड़ा करेंगे। अगला आंदोलन संगठन के बल पर होगा। मीडिया, मोबाइल या इंटरनेट के बल पर नहीं।'

'पर संगठन तो हमने आज तक किया नहीं। इसके विशेषज्ञ तो संघवाले हैं।'

'तो हम संघ की तरह का ही संगठन बनाएँगे।'

'इसके लिए हमें संघ का कोई आदमी अपने साथ जोड़ना होगा। इससे तो दिग्विजय सिंह का आरोप सिद्ध हो जाएगा।'

'फिर… ?'

'यदि हम सब कुछ दिन संघ की शाखा में जाएँ, तो हो सकता है, हमें उनके काम की विधि समझ में आ जाए।'

'पर उनकी शाखा तो सुबह खुले मैदानों में लगती है। क्या हम इतनी जल्दी उठ सकेंगे?'

'मेरे बस की बात तो नहीं है। मैं तो सुबह सात बजे से पहले बिस्तर नहीं छोड़ता। उठते ही मुझे दो कप चाय और तीन अखबार चाहिए। इसके बिना मेरा पेट जाम हो जाता है।'

'वहाँ लोग खाकी निकर पहनकर आते हैं और व्यायाम के बाद जमीन पर ही बैठकर कुछ बातचीत करते हैं।'

'अच्छा… ? हमें तो कुरसी पर बैठने की आदत है। नीचे बैठे तो कई साल हो गए।'

'तो क्या करें?'

'क्यों न वर्माजी को यह काम दे दें। वे नौकरी से अवकाश प्राप्त हैं और उन्हें सुबह टहलने की आदत भी है।'

इस बात पर सब सहमत हो गए। वर्माजी को भी कोई आपत्ति नहीं थी। बैठक के एजेंडे में कई विषय और भी थे; पर सबकी अपनी व्यस्तताएँ थीं। एक को कवि सम्मेलन में जाना था, तो दूसरे को एक सम्मान कार्यक्रम में। तीसरे ने बच्चों के साथ फिल्म का कार्यक्रम बना रखा था, तो चौथे को एक दुकान का उद्घाटन करना था। अतः अगली तारीख तय कर सभा विसर्जित कर दी गई।

अगली बार वे मिले, तो ध्यान में आया कि वर्माजी नहीं आए हैं। उन्हें ही तो संघवालों से संगठन की तकनीक सीखनी थी। सब सोच रहे थे कि वे कुछ नई बात बताएँगे; पर वे तो···।

फोन मिलाया, तो पता लगा कि वे संघ की साप्ताहिक बैठक में गए हैं। दूसरी मीटिंग में भी वे नहीं आए। उन दिनों वे शीत-शिविर में व्यस्त थे। तीसरी बार सहभोज, चौथी बार वन-विहार, पाँचवीं बैठक के समय सेवा बस्ती में कंबल वितरण, तो छठी बार वे पड़ोस के गाँव में शाखा विस्तार के लिए गए हुए थे।

अन्ना के साथी परेशान हो गए। वर्माजी सेवाभावी व्यक्ति थे। श्रद्धा से वे अन्ना हजारे और इस आंदोलन के साथ जुड़े थे। उन्हें जो काम दिया जाता, उसे वे पूरी निष्ठा और समर्पण भाव से करते थे; पर अब तो वे संघवाले ही होकर रह गए।

कई दिन बाद शर्माजी को रेलवे स्टेशन पर वर्माजी मिल गए। हाथ में लाठी, सिर पर काली टोपी। चेहरे पर खिली चमक से वे अपनी उम्र से दस साल कम के लग रहे थे। साथ में उनका बिस्तर और एक बक्से में कुछ सामान भी था।

'वर्माजी, आप बहुत दिन से बैठक में नहीं आए।'

'जी, मैं आजकल संघ की बैठकों में व्यस्त रहता हूँ।'

'पर आपको तो संघ वालों से संगठन की तकनीक सीखने के लिए भेजा था।'

'वही सीखने के लिए बीस दिन के 'संघ शिक्षा वर्ग' में जा रहा हूँ।'

'तो आपने आज तक क्या सीखा?'

'सीखा तो कुछ अधिक नहीं; पर इतना जरूर समझ गया हूँ कि संगठन का कोई 'शॉर्टकट' नहीं होता। मोबाइल, इंटरनेट या मीडिया के बल पर चलनेवाले आंदोलन से कुछ दिन शोर भले ही हो जाए; पर देश की व्यवस्था नहीं बदल सकती। इसके लिए तो युवा पीढ़ी में देशभक्ति, अनुशासन, चरित्र और टीम भावना चाहिए। वह संघ की शाखा से ही मिलती है। यहाँ जाति, प्रांत, भाषा और काम के आधार पर ऊँच-नीच नहीं मानी जाती। मेरी मानो तो आप भी अपने साथियों के साथ संघ की शाखा में आओ। यहाँ आपको अच्छे लोग मिलेंगे, जिनके बल पर फिर आंदोलन भी ठीक से चल सकेगा।

शर्माजी ने अपना माथा पकड़ लिया।

(10.1.2012)

□

शामिल बाजा

आपका विवाह हो चुका है, तो अच्छी बात है। नहीं हुआ तो और भी अच्छी बात है; पर आप दस-बीस शादियों में गए जरूर होंगे। नाच-गाने के बिना शादी और बैंड-बाजे के बिना नाच-गाना अधूरा रहता है। बैंड में कई तरह के वाद्य होते हैं, जो समय-समय पर अपने हिस्से का काम करते हैं।

आप हैरान न हों। मैं अपने किसी मित्र के बैंड का प्रचार नहीं कर रहा हूँ। मैं आपको बैंड में शामिल होने के लिए भी नहीं कह रहा हूँ। चौराहे पर किसी का बैंड बजाना भी मेरा उद्‌देश्य नहीं है। मैं तो सिर्फ इतना बताना चाहता हूँ कि बैंड में सबसे अधिक शोभायमान होनेवाला वाद्य है 'शामिल बाजा'।

शामिल बाजा आकार में सबसे बड़ा और ऊँचा होता है। यह सबसे आगे चलता है और इस पर बड़े-बड़े अक्षरों में बैंड का नाम भी लिखा होता है। बाकी सब वाद्य बजाने के लिए प्रशिक्षण लेना होता है; पर इसमें पूरी ताकत से बस फूँक ही मारनी पड़ती है। बजने पर भों-भों या घों-घों जैसी आवाज आती है, जो बहुत दूर तक जाती है।

यह सब बताने का उद्‌देश्य केवल इतना है कि हर गाँव और मोहल्ले में भी कई लोग 'शामिल बाजा' होते हैं। वे बिना सोचे-समझे हर बात का समर्थन या विरोध करने लगते हैं। इस चक्कर में प्राय: वे अपनी ही कही हुई बातों को काटने, पीटने, फाड़ने या उलटने लगते हैं। इससे होनेवाली फजीहत को भी वे हँसकर सह लेते हैं।

हमारे प्रिय मित्र शर्माजी भी उनमें से एक हैं। इसलिए लोग उन्हें कभी-कभी 'शामिल बाजा' भी कह देते हैं।

बात तब की है, जब अटल बिहारी वाजपेयी के नेतृत्व में देश में पहली बार सही अर्थों में कांग्रेसहीन सरकार बनी थी। उनके शपथ लेते ही शर्माजी ने अपने घर की छत पर भाजपा का इतना बड़ा झंडा लगाया कि पूरे शहर में उसकी चर्चा होने लगी। उन्होंने मोहल्ले के शिव मंदिर में 108 कमल के फूलों से विशेष पूजा भी करवाई।

पर अगली बार इसका उल्टा हो गया। लोकसभा में कांग्रेस और उसके मौसमी मित्रों को सबसे अधिक सीट मिल गईं। इससे मैडम इटली की सुप्त इच्छाएँ जाग उठीं। वे प्रधानमंत्री की दावेदार बनकर राष्ट्रपति भवन जा पहुँचीं; पर देशभक्त राष्ट्रपति डॉ. कलाम ने उन्हें नियमों का हवाला देकर बैरंग लौटा दिया। राहुल बाबा तब बहुत ही छोटे थे। अत: मैडम को मजबूरी में अपने खानदानी जी-हुजूर मनमोहन सिंह को प्रधानमंत्री बनाना पड़ा।

इसके बाद कांग्रेस वालों ने मैडमजी को त्याग की प्रतिमा बताकर धन्यवाद जुलूस निकाले। तब शर्माजी भी इसमें शामिल थे; पर आज जब मैडम सरकार सब ओर से भ्रष्टाचार से घिरी है, तो वे इस विषय पर बात करना भी पसंद नहीं करते।

जब बाबा रामदेव और अन्ना हजारे ने भ्रष्टाचार-विरोधी आंदोलन किए, तो शर्माजी तिरंगा लेकर रामलीला मैदान में सबसे आगे जा बैठे। एक बार तो उनका चित्र भी कई जगह छप गया। इससे खुश होकर उन्होंने अपने मित्रों की दावत कर दी। इन दिनों वे सुब्रह्मण्यम स्वामी की सभाओं में नियमित रूप से जा रहे हैं।

पिछले दिनों मैं लखनऊ गया, तो वहाँ वे 'साइकिल' पर सवार होकर 'हाथ' हिलाते मिले; पर अगले ही दिन सीने पर 'कमल' का फूल लगाए 'हाथी मेरा साथी' के गीत गा रहे थे। मैं समझ नहीं पाया कि वे उत्तर प्रदेश का भूत हैं या भविष्य? मुझे गुस्सा आ गया।

'शर्माजी, तुम आदमी हो या गिरगिट?'

'वर्माजी, हम तो 'शामिल बाजा' हैं। बरात किसी की भी हो, हमें तो सबसे आगे चलना है। हमारा सिद्धांत है—जहाँ मिलेगी तवा परात, वहाँ कटेगी सारी रात।'

बात बिल्कुल सच है। शर्माजी के पास न रीति है न नीति। न दल है न सिद्धांत। न शरम है न लिहाज। न दीन है न ईमान। यदि कुछ है, तो वह है सत्ता की कभी शांत न होनेवाली भूख।

ठीक भी तो है, जब छोटे से लेकर बड़े तक, सब नेता और अफसर इस लालसा में जी रहे हैं, तो शर्माजी की ही क्या गलती है?

कुछ दिन बाद पाँच राज्यों के चुनाव परिणाम आनेवाले हैं। शर्माजी अपने बाजे को चमका रहे हैं। देखते हैं, वे अपने शामिल बाजे के साथ किसकी बरात में शामिल होते हैं?

(21.2.1012)

□

सर्वाधिक प्रिय देश

पिछले दिनों भारत के वाणिज्य मंत्री आनंद शर्मा पाकिस्तान के प्रवास पर गए। इसके बाद लोकसभा की अध्यक्ष श्रीमती मीरा कुमार भी वहाँ हो आईं। इससे शर्माजी बहुत प्रसन्न हैं। उनका खिला हुआ मुखमंडल देखकर ऐसा लग रहा था, मानो वे दोनों ही प्रतिनिधिमंडलों में साथ गए हों।

'शर्माजी, आपकी खुशी का कारण क्या है?'

'भारत और पाकिस्तान के संबंधों में एक नया और क्रांतिकारी मोड़ आनेवाला है।'

'अच्छा। जरा विस्तार से बताओ, जिससे हम भी अपना सौ-दो सौ ग्राम खून बढ़ा लें।'

'अब इस बात की संभावनाएँ बहुत बढ़ गई हैं कि पाकिस्तान हमें भी व्यापार में 'सर्वाधिक प्रिय देश' की श्रेणी में मान लेगा।'

'यह सर्वाधिक प्रिय देश क्या होता है?'

'इसका अर्थ है मोस्ट फेवर्ड नेशन यानी एम.एफ.एन।'

'शर्माजी, दसवीं फेल होने के कारण इतनी अंग्रेजी तो मैं भी समझता हूँ; पर इससे हमें क्या लाभ होगा?'

'इससे हमें यह लाभ होगा कि भारत और पाकिस्तान के बीच व्यापार के दरवाजे पूरी तरह खुल जाएँगे। अभी जो व्यापार करोड़ों रुपए में होता है, वह अरबों-खरबों तक पहुँच जाएगा।'

'अच्छा, और··· ?'

'और क्या, इससे भारत और पाकिस्तान दोनों देशों के व्यापारियों को लाभ होगा। इससे हमें वे चीजें सस्ती मिलेंगी, जो दूर के देशों से महँगे दाम पर मँगानी पड़ती हैं।'

'शर्माजी, आप भले ही कितने खुश हो लें; पर मुझे तो इन तिलों में कोई तेल दिखाई नहीं देता।'

'तो तुम अपना चश्मा बदलवा लो। मुझे तो लग रहा है कि दोनों देशों में स्थायी मित्रता के दिन आने ही वाले हैं। भारत को चाहिए कि अपने दिल के ही नहीं, घर के दरवाजे भी पूरी तरह खोल दे।'

'शर्माजी, हमने तो दिल के दरवाजे तब से ही खोल रखे हैं, जब से पाकिस्तान का जन्म हुआ है; पर उसने इसके बदले में हमें क्या दिया, यह भी तो सोचो?'

'वो क्या दे सकता है, वह तो छोटा भाई है। बेचारा गरीब, किस्मत का मारा, अपने अंदरूनी हालात से लाचार।'

'जी हाँ, तुमने शायद उस जेबकतरे के बच्चे की बात सुनी होगी, जिसने माँ के पेट से बाहर आते-आते दाई के हाथ से चूड़ी उतार ली थी। ऐसा ही हाल पाकिस्तान का है।'

'अच्छा... ?'

'और क्या; अलग होते ही उसने कश्मीर पर हमला कर उसके एक-तिहाई हिस्से पर अवैध रूप से कब्जा कर लिया। लगातार घुसपैठिए भेजकर बचे हुए कश्मीर को भी वह कब्जाना चाहता है। उसकी शह पर घाटी से सब हिंदुओं को खदेड़ दिया गया है। 1965, 1971 और 1999 के युद्ध तो आपने भी देखे हैं। उसकी नजर में हम सर्वाधिक प्रिय नहीं, सर्वाधिक घृणित देश हैं।'

'छोड़ो वर्माजी, कब तक इन पुरानी बातों को याद करोगे? तुमने वह फिल्मी गाना सुना ही होगा—छोड़ो कल की बातें, कल की बात पुरानी। नए दौर में लिक्खेंगे, मिलकर नई कहानी।'

'शर्माजी, ये पुरानी बातें नहीं हैं। ये तो दिल पर लगे हुए वे घाव हैं, जो कभी नहीं भर सकते। क्या हम संसद् पर हुए हमले और लोकतंत्र के उस मंदिर की रक्षा के लिए प्राण देनेवालों को भूल जाएँ; क्या मुंबई में हुए आतंकी हमले को याद करना बंद कर दें ? उन माँ-बहनों से पूछो, जिनके सुहाग इन हमलों में मिट गए हैं।'

'मेरा ये मतलब नहीं है वर्माजी।'

'तुम्हारा मतलब चाहे जो हो; पर हमने पाकिस्तान को सदा अपना छोटा भाई माना है। उसकी प्रसन्नता के लिए हमने क्या-क्या नहीं किया? रेल चलाईं, बसें चलाईं। देश विभाजक जिन्ना की प्रशंसा की। उसके कलाकारों को पैसा और प्रतिष्ठा दी। खुद घाटा उठाकर उसे तेल, गैस, राशन और सब्जियाँ दे रहे हैं। जरदारी की निजी यात्रा को सरकारी जैसा सम्मान दिया। 14 अगस्त को सीमा पर मोमबत्तियाँ

भी जलाते हैं; पर वह तो कुत्ते की दुम है, जो कभी सीधी नहीं होगी। इसलिए…'

'इसलिए क्या… ?'

'इसलिए इस दुम को काटकर आग में झोंक देना ही एकमात्र निदान है। अबकी बार इसका इलाज ऐसा हो कि 'न मर्ज रहे न मरीज।' पाकिस्तान ही नहीं, भारत में रहनेवाले उसके सर्वाधिक प्रिय शुभचिंतकों का भी यही इलाज होना चाहिए।'

शर्माजी ने चुपचाप घर चले जाने में ही अपनी भलाई समझी।

(22.2.2012)

□

राष्ट्रीय कवि-सम्मेलन

शर्माजी होली पर मिले, तो उनके चेहरे का उल्लास बता रहा था कि उन्होंने कुछ विशेष उपलब्धि पाई है।

'क्या बात है शर्माजी, आज तो''' ?'

'बस पूछो मत वर्मा, एक राष्ट्रीय हिंदी कवि-सम्मेलन में भाग लेने का निमंत्रण मिला है।'

'पर आपका तो कविता से दूर का भी कोई संबंध नहीं है ?'

'है क्यों नहीं ? मुझे बचपन से कविता सुनने और सुनाने का शौक है। विद्यालय की बाल सभा में मैंने कई बार पुरस्कार भी पाया है'

'पर शर्माजी, सिर पर बड़े बाल रखने से बालकवि और हाथ-पैर में मेहँदी पोत लेने से कोई मेहँदी हसन नहीं हो जाता।'

'दूसरों की कविताएँ याद करने के साथ ही मैंने कुछ कविताएँ खुद भी लिखी हैं। तुम्हें सुनाऊँ ?'

'जी नहीं, क्षमा करें। मैं इन दिनों बेकार नहीं हूँ।'

'यानी कविता बेकार लोग ही लिखते और सुनते हैं ?

'ऐसा तो नहीं है; पर इसके चक्कर में कई अच्छे-भले लोगों को बेकार होते मैंने जरूर देखा है। लेकिन यह तो बताओ कि कहाँ राजा भोज और कहाँ गंगू तेली; कहाँ आप और कहाँ राष्ट्रीय कवि-सम्मेलन ? बात कुछ हजम नहीं हुई।'

'होली पर मिलावटी तेल के पापड़ और नकली खोए की गुझिया अधिक खा लेने से पेट गड़बड़ हो ही जाता है।'

'फिर भी कुछ तो बताओ।'

'अब तुमसे क्या छिपाना। शर्मानी मैडम के चाचाजी एक राष्ट्रीय हिंदी कवि-सम्मेलन करा रहे हैं। मुझे भी वहाँ बुलाया गया है।'

'पर उसमें तो चोटी के साहित्यकार कवि आ रहे होंगे?'

'तुम क्या जानो वर्मा, आजकल कवि-सम्मेलन साहित्यिक नहीं, व्यावसायिक कर्म हो गया है।'

'मतलब··· ?'

'मतलब यह कि चाचाजी को एक लाख रुपए में कवि-सम्मेलन कराने की 'जिम्मेदारी' दी गई है।'

'तो फिर जिम्मेदारी क्यों, ठेका कहो?'

'कविता के क्षेत्र में ठेके को जिम्मेदारी ही कहा जाता है।'

'चलो, मान लेता हूँ; तो चाचाजी ने क्या किया?'

'उन्होंने अपने सब परिचित कवि मित्रों को और कुछ मेरे जैसे नाते-रिश्तेदारों को भी बुलाया है। वहाँ सस्वर कविता पढ़नेवाले 'ससुर' और बिना स्वर-लयवाले 'असुर' दोनों होंगे।'

'तो इससे यह कवि-सम्मेलन राष्ट्रीय कैसे हो गया?'

'देखो, मैंने केरल के बारे में बहुत पढ़ा है। कई बार वहाँ गया भी हूँ। सो मैं केरल का हिंदी कवि हो गया। शर्मानी मैडम बँगला फिल्में देखने की शौकीन हैं, वे बंगाली कवयित्री मानी जाएँगी। चाचाजी के दामाद पंजाब और समधी महाराष्ट्र के हैं। वे वहाँ का प्रतिनिधित्व करेंगे और चाचाजी खुद तो हरियाणवी हैं ही।'

'लेकिन भारत में तो बहुत से राज्य हैं।'

'तो चाचाजी के और भी कई रिश्तेदार व मित्र हैं। सबको मंच पर बैठा देंगे। वैसे भी आजकल हिंदी कवि-सम्मेलन में कविता कम और चुटकुलेबाजी अधिक होती है। फिर यह तो होली का मौसम है।'

'तो क्या इतने से कवि-सम्मेलन सफल हो जाएगा?'

'यदि सफल हो गया, तो वाह-वाह और नहीं हुआ, तो दोष श्रोताओं का, कि उन्हें कविता की समझ ही नहीं है।'

'पर इसमें बदनामी तो चाचाजी की होगी।'

'होती रहे; पर उन्हें पचास हजार रुपए का शुद्ध लाभ भी तो होगा।'

'पर मैं तो इसे राष्ट्रीय कवि-सम्मेलन नहीं मानता।'

'मत मानो। जब एक राज्य या दो-तीन जिलों में अपनी ढपली बजानेवाले लालू यादव, रामविलास पासवान, शरद यादव, मुलायम सिंह, ममता बनर्जी और सुब्रह्मण्यम स्वामी जैसों के दल राष्ट्रीय हो सकते हैं, तो हमारा कवि-सम्मेलन राष्ट्रीय कैसे नहीं होगा?'

'पर शर्माजी, यह तो हिंदी पर अत्याचार है।'

'वर्माजी, जब हिंदी को ओढ़ने-बिछाने और उसके नाम की रोटी खानेवाले ही अंग्रेजी की जय बोल रहे हैं, तो हम पीछे क्यों रहें ? अच्छा चलता हूँ, नमस्ते। मुझे कुछ तैयारी भी करनी है।'

(9.3.2012)

□

सिक्के का दूसरा पहलू

यों तो शर्माजी से हर दिन सुबह-शाम भेंट हो ही जाती है; पर दो दिन से मेरा स्वास्थ्य खराब था। अत: वे घर पर ही मिलने आ गए। कुछ देर तो बीमारी, डॉक्टर, दवा और परहेज की बात चली, फिर इधर-उधर की चर्चा होने लगी।

'वर्माजी, कहते हैं कि हर सिक्के के दो पहलू होते हैं। इसका क्या अर्थ है ?'

'यह तो बहुत सीधी सी बात है। कोई भी सिक्का देखो, तो उसमें दो भाग होते ही हैं। कोई उसे शेर-बकरी कहता है, कोई चित-पट, हेड-टेल, आगे-पीछे, ऊपर-नीचे या ऐसा ही कोई नाम। इसीलिए खेल प्रारंभ होने से पहले भी सिक्का उछाला जाता है।'

'ये तो बच्चोंवाली बात हो गई। थोड़ा विस्तार से बताओ।'

'सांसारिक रूप से देखें, तो इसका एक अर्थ यह है कि हर दुख के पीछे कोई सुख और सुख के पीछे दुख छिपा है। इसे ऐसे भी समझ सकते हो कि ईश्वर जब एक द्वार बंद करता है, तो दूसरा खोलता भी है। अब यह व्यक्ति के मनोबल और आत्मविश्वास पर निर्भर है कि वह उसे पहचानकर अपने मार्ग पर बढ़ चले।'

'इसका कोई उदाहरण दो वर्माजी।'

'जैसे बालक ध्रुव को उसके पिता ने अपने सिंहासन पर नहीं बैठने दिया, तो प्रभु की भक्ति कर उसने आकाश में तारों के बीच वह अटल स्थान पा लिया, जो अन्य किसी को नहीं मिला।'

'क्या इसका राजनीति में भी कोई उदाहरण हो सकता है ?'

'यह मेरा क्षेत्र नहीं है शर्माजी, इस बारे में तो आप ही ज्ञानवृद्धि कर सकते हैं।'

'तो सुनो, राजनीति में भी हर सिक्के के दो पहलू होते हैं। वो अपने नेताजी हैं न, जो हमारे साथ पहले खूब कबड्डी खेलते थे।'

'हाँ-हाँ, उन्हें कैसे भूल जाएँगे। बचपन में तो हम लोग साथ-साथ साइकिल

पर घूमते थे। बड़े हुए तो स्कूटर पर चलने लगे; पर अब तो वे कार से नीचे पैर ही नहीं रखते।'

'कैसे रखेंगे, वे नेताजी जो हो गए?'

'हाँ, पिछली बार उन्होंने विधानसभा का चुनाव लड़ा था। उनके सब पुराने साथियों ने परिश्रम किया। अच्छे वातावरण और भगवान् की कृपा से वे विधायक बन गए।'

'विधायक ही नहीं, बाद में मंत्री भी बने।'

'हाँ, मुझे सब मालूम है।'

'पर तुम्हें यह मालूम नहीं है कि उसके बाद नेताजी ईद के चाँद हो गए। जिसे दिन में एक बार मिले बिना चैन नहीं पड़ता था, उससे मिलने के लिए पहले से समय लेना जरूरी हो गया।'

'शर्माजी, मंत्री पद की कुछ मजबूरियाँ होती हैं। उन पर काम का बहुत बोझ होता है। आपको इसे भी समझना चाहिए।'

'मैं तो बहुत कुछ समझता हूँ, पर जब नेताजी फोन उठाना बंद कर दें; जब वे दिन में आठ-दस बार बाथरूम जाने लगें; जब उनके सचिव यह पूछने लगें कि मंत्रीजी से आपको क्या और कितनी देर का काम है, तो समझ लेना चाहिए कि मामला कुछ गड़बड़ है।'

'लेकिन आप इस उदाहरण से क्या बताना चाहते हैं?'

'मैं यह बताना चाहता हूँ कि इस बार नेताजी चुनाव हार गए हैं। विधायकी तो गई ही, उनके दल की सरकार न बनने से रुतबा भी जाता रहा।'

'अरे, यह तो बहुत बुरा हुआ।'

'हाँ, बुरा तो हुआ; पर इस सिक्के का दूसरा पहलू यह है कि चुनाव के बाद जब मैंने फोन किया, तो पहली घंटी बजते ही नेताजी ने खद फोन उठा लिया।'

'अच्छा··· ?'

'जी हाँ, और जब मैंने अपनी एक घरेलू समस्या बताई, तो वे शाम को मेरे घर ही आ गए। जिसने सुख-दुख में झाँकना तक बंद कर दिया था, वह बिना बुलाए घर आ जाए, तो आश्चर्य नहीं होगा?'

'तो आपके कहने का अर्थ यह है कि अब नेताजी फिर से अपने मित्रों और आम जनता के लिए उपलब्ध होने लगे हैं।'

'जी हाँ, यह सिक्के का दूसरा पहलू है; जो उनके लिए दुःखद, पर हमारे लिए सुःखद है।'

'पर शर्माजी, यदि वे मंत्री बनने के बाद भी आम जनता से ऐसे ही मिलते रहते, तो यह हाल न होता?'

'यह तुम मुझसे नहीं, सीधे जाकर नेताजी से ही कहो।'

यह सुनते ही मुझे जोर का झटका धीरे से लगा। शर्माजी तो घर चले गए; पर मैं तब से अपना सीना दबाए, इस झटके से उत्पन्न दर्द को झेल रहा हूँ। इससे उबरने का कोई उपाय आपके पास हो तो मुझे जरूर बताएँ।

18.3.2012

□

जनसेवा को आतुर

पिछले रविवार को मैं समाचार-पत्र के साथ चाय की चुस्कियों का आनंद ले रहा था कि अचानक फोन की घंटी बज उठी। सामान्यत: रविवार को फुरसत रहती है। ऐसे में खीर में कंकड़ की तरह कोई आ टपके, तो खराब तो लगता ही है; पर कुछ लोग ऐसे होते हैं कि उन्हें टाला भी नहीं जा सकता। ऐसे ही मेरे मित्र शर्माजी हैं, जिन्होंने फोन किया था।

'क्यों वर्मा, तुम घर पर ही हो ?'

'हाँ, हाँ।'

'ठीक है, मैं अभी आता हूँ।'

मेरा कमजोर दिल कई शंका, कुशंका और आशंकाओं से भर उठा; पर जल्दी ही मैंने अपने आप को संतुलित कर लिया। अंदर जाकर एक कप चाय और बनाने को कहकर मैं उनकी प्रतीक्षा करने लगा।

थोड़ी ही देर में वे आ गए। उन्हें देखकर मैं कुछ चौंका। घर पर वे कैसे भी रहें; पर बाहर निकलते समय वे पैंट-कमीज ही पहनते थे। पर आज तो उन्होंने कलफदार चकाचक सफेद कुरता-पाजामा पहन रखा था।

'क्या बात है शर्माजी, आज ये नई वेशभूषा कैसे ?'

'बात यह है वर्माजी, 'जैसा देस वैसा भेस' की कहावत तुमने सुनी ही होगी। मैंने भी अब 'जनसेवा' करने का निश्चय कर लिया है। इसलिए वेश बदलना आवश्यक है।'

'जनसेवा से वेश का क्या संबंध है ?'

'तुम नहीं समझोगे; पर मुझे इसमें तुम्हारा कुछ सहयोग चाहिए।'

'वैसे तो मैं किसी लायक नहीं, फिर भी बताइए।'

'मैंने सुना है कि पार्टी के कई बड़े लोगों से तुम्हारी निकटता है। तुम्हें मेरे साथ उनके पास तक चलना होगा।'

'पर जनसेवा का पार्टी से क्या लेना-देना है, शर्माजी?'

'तुम बिल्कुल भोंदू हो वर्मा। मैं इस बार अपने क्षेत्र से विधायक का चुनाव लड़ना चाहता हूँ। चुनाव जीतकर ही तो जनसेवा होगी।'

'ओ हो, इसीलिए आपने ये बगुला भगत जैसा वेश पहना है?'

'तुम चाहे जो कहो, पर तुम मेरे साथ चलकर पार्टी के दो-चार बड़े नेताओं से मेरी भेंट करा दो। उसके बाद का काम मेरा है।'

'पर शर्माजी, आप जहाँ रहते हैं, वहाँ आपने कोई सामाजिक काम तो कभी किया नहीं है। लोग आपको वोट क्यों देंगे?'

'काम भले ही न किया हो; पर वहाँ का जातीय समीकरण तो मेरे पक्ष में है। फिर हमारे गाँव की तरफ के भी वहाँ हजारों वोट हैं। यदि वे मेरे साथ हो गए, तो सीट निकली समझो। और एक बार विधायक बन गया, तो जनसेवा और पेट भर मेवा साथ-साथ चलेगा।'

'तो आपका उद्देश्य जनसेवा के नाम पर मेवा खाना है?'

'वर्माजी, आजकल सब यही कर रहे हैं।'

'पर यदि इस क्षेत्र से कोई और प्रबल दावेदार हुआ तो?'

'तो वे मुझे पड़ोसवाले क्षेत्र से टिकट दे दें। वहाँ मेरी ससुराल है। उनका भी पूरे क्षेत्र में अच्छा प्रभाव है। मुझे तो जनसेवा करनी है, मैं वहाँ कर लूँगा।'

'यानी आप जनसेवा किए बिना मानेंगे नहीं?'

'बिल्कुल नहीं। मेरा निश्चय अटल है। इसके लिए यदि कुछ नोट भी खर्च करने पड़ें, तो उसका प्रबंध मैंने कर लिया है।'

'अच्छा?'

'हाँ, 25 लाख रुपए मेरे पास हैं। इतना ही मेरे मित्र और ससुरालवाले दे देंगे। और पार्टी ने टिकट दे दिया, तो कुछ खर्चा वह भी तो करेगी?'

'क्या एक विधानसभा के चुनाव में इतने पैसे लगते हैं?'

'कई लोग तो इससे भी अधिक खर्च करते हैं, वर्माजी।'

'पर इतना खर्च करके उन्हें मिलता क्या है?'

'तुमने फिर भोंदूपने की बात की। एक बार जीतने की देर है, फिर तो वारे-न्यारे होते देर नहीं लगती।'

'कैसे?'

'पक्ष में हों या विपक्ष में, शहर में नए बननेवाले बाजार में एक-दो दुकान और नई कॉलोनी में दो-तीन प्लॉट या फ्लैट तो अपने प्रभाव से नेता ले ही लेते

हैं। साप्ताहिक बाजार, जंगल, खनन, थाने आदि के ठेकों में भी नेताओं का हिस्सा रहता है। फिर इतने मंत्रालय और समितियाँ हैं, यदि किसी मालदार विभाग में जाने का जुगाड़ बन गया, तो पाँचों उँगलियाँ घी में और सिर कढ़ाई में जाते देर नहीं लगती। प्राय: विदेश जाने का भी मौका हाथ लग जाता है।'

'अच्छा··· ?'

'और क्या; यदि किसी एक दल को बहुमत न मिले, तो मोलभाव में भी अच्छे दाम मिल जाते हैं। गाड़ी, लेपटॉप, दावत, भत्ते, तीर्थयात्रा के नाम पर घूमना-फिरना और खरीद-फरोख्त अलग से हो जाती है। विधायक बनते ही व्यक्ति का हाल युद्धिष्ठिर जैसा हो जाता है, जिनका रथ धरती से छह इंच ऊपर चलता था। और···'

'और क्या ?'

'अब राज्यसभा में बड़े-बड़े धनपति जाने लगे हैं। वे एक वोट के लिए कई लाख रुपए दे देते हैं। चारों ओर से होनेवाली इस धनवर्षा से पूरे खानदान के अगली-पिछली कई पीढ़ियों के संकट कट जाते हैं। खैर, जनसेवा के रास्ते तो बहुत से हैं। तुम जान कर क्या करोगे, क्योंकि जनसेवा मुझे करनी है, तुम्हें नहीं ? तुम तो बस तैयार होकर मेरे साथ चलो और मुझे अध्यक्ष और मंत्रीजी से मिलवा दो।'

'देखिए शर्माजी, मेरी इस काम में कोई रुचि नहीं है। इसलिए आप मुझे क्षमा करें।'

'वर्मा, ये अच्छी बात नहीं है। तुम सोचते हो कि मेरे पास कोई और जुगाड़ नहीं है। मैं किसी-न-किसी तरह पार्टीवालों से मिल ही लूँगा। और यह बात भी साफ सुन लो कि यदि इस पार्टी ने मुझे टिकट नहीं दिया, तो मैं उस पार्टी से ले लूँगा। अन्यथा निर्दलीय लड़ने का रास्ता तो खुला ही है। जब मैंने जनसेवा करने का निश्चय कर लिया है, तो फिर करके ही रहूँगा।'

शर्माजी तो नाराज होकर चले गए; पर मुझे समझ आ गया कि चुनाव के दिनों में पार्टी के कार्यालयों में भीड़, नारेबाजी और मारपीट क्यों होती है। मुझे यह डर भी लगा कि शर्माजी की तरह यदि सभी लोग जनसेवक हो गए, तो सेवा करवाएगा कौन ? क्या इसके लिए भी पाकिस्तान और बांग्लादेश से लोग बुलाने पड़ेंगे ?

(31.3.12)

□

ऐसी सुरक्षा और कहाँ ?

शर्माजी के मोहल्ले में जब एक ही महीने में तीसरी बार चोरी हो गई, तो लोगों के धैर्य का बाँध टूट गया। कोई इसे हाइटेक चोरों की चालाकी बता रहा था, तो कोई पुलिस से मिलीभगत। कुछ इसे मोहल्लेवालों की लापरवाही बताकर मामला रफादफा करना चाहते थे; पर काफी सिर खपाने के बाद सबने निर्णय लिया कि अगले रविवार को थाने का घेराव किया जाए।

घेराव को प्रभावी बनाने के लिए उसमें संख्या अच्छी होनी बहुत आवश्यक है। अत: यह भी निर्णय हुआ कि सब लोग अपने मित्रों और नाते-रिश्तेदारों को भी घेराव में शामिल करने का प्रयास करें।

शर्माजी ने सुझाव दिया कि यदि कुछ नेताओं को भी बुला लें, तो बात में वजन कुछ बढ़ जाएगा; पर यह सुनकर सब उन पर ही चढ़ बैठे। गुप्ताजी तो यहाँ तक कह गए कि चोरों की पीठ पर पुलिस का और पुलिस की पीठ पर नेताओं का हाथ न हो, तो चोरियाँ नहीं हो सकतीं। उन्होंने 'हाथ' शब्द जोर से बोला, तो कुछ कांग्रेस समर्थक नाराज हो गए। हाथ के नाम पर हाथापाई की नौबत आती देख इस प्रस्ताव को खारिज कर दिया गया।

अगले दिन शर्माजी सुबह मेरे पास आ धमके।

'वर्मा, तुम्हें रविवार को हमारे साथ थाने के घेराव पर चलना है।'

'शर्माजी, सप्ताह में एक ही दिन तो छुट्टी का मिलता है। इस दिन भी घरेलू काम छोड़कर आपके साथ चल दूँ, तो रोटी क्या आप खिलाएँगे ?'

शर्माजी ने मुझे पूरी बात विस्तार से समझाकर कहा, 'मामला किसी एक का नहीं, पूरे मोहल्ले की सुरक्षा का है। सबके मन में यह बात बैठ गई है कि हम सुरक्षित नहीं हैं।'

'देखिए शर्माजी, इस बारे में तो आप बिल्कुल चिंतित न हों। भारत जैसा सुरक्षित देश इस दुनिया में कोई दूसरा नहीं है।'

'कैसे ?'

'आपने सुना ही होगा कि पिछले दिनों केरल के समुद्र तट पर इटली के एक जहाज के दो सुरक्षाकर्मियों ने दो भारतीय मछुआरों की हत्या कर दी। भारतीय पुलिस ने उन्हें गिरफ्तार कर लिया। बहुत दिन तक वह जहाज भी तट पर खड़ा रहा; पर अंतत: किसी दबाव के चलते उसे छोड़ दिया गया।

'कुछ दिन बाद इटली के विदेश मंत्री भारतीय विदेश मंत्री श्री कृष्णा से मिले। उनकी माँग थी कि इन बंदियों को भी छोड़ दिया जाए, जिससे इन पर इटली में मुकदमा चलाया जा सके।'

श्री कृष्णा उन्हें समझा रहे थे—'सर, आप उन पर भारत में ही मुकदमा चलने दें। दुनिया में भारत ही एकमात्र ऐसा देश है, जहाँ देशी हों या विदेशी, बड़े अपराधी सबसे अधिक सुरक्षित रहते हैं।'

'मैं समझा नहीं मि. कृष्णा ?'

'देखिए, बोफोर्स तोप सौदेवाले क्वात्रोची और भोपाल गैस कांडवाले एंडरसन के बारे में तो आपने सुना ही होगा। हमारी सरकार ने उनके साथ कितनी उदारता का व्यवहार किया ?'

'हाँ, कुछ सुना तो है।'

'संसद् पर हमला करनेवाले मोहम्मद अफजल और मुंबई के हत्यारे कसाब की सुरक्षा पर करोड़ों रुपया खर्च हो रहा है। उन्हें प्रतिदिन मुर्ग-मुसल्लम और बकरा-बिरयानी परोसी जाती है, जिससे वे बेचारे दुबले न हो जाएँ। बँगलादेश के करोड़ों मुसलिम घुसपैठियों को हमने राशन कार्ड और वोट का अधिकार दे दिया है। बर्मा के रास्ते आए बँगलादेशियों को भी हमने दिल्ली में ही सम्मान सहित रख लिया है। कुछ दिन पूर्व कई विदेशी राजनयिक बिना अनुमति नागालैंड घूम आए। हमने उन्हें भी कुछ नहीं कहा। अपनी आदत के अनुसार विपक्षी लोग संसद् में थोड़ा शोर करते हैं, फिर सो जाते हैं।'

'अच्छा''' ?'

'जी हाँ, नक्सली हों या माओवादी हत्यारे या फिर उनके समर्थक और दलाल। हम उनके साथ भी मानवता का व्यवहार करते हैं। उन्हें पुरस्कृत कर शासकीय समितियों में रख लेते हैं। क्या दुनिया में कहीं ऐसा होता है ?'

'मैंने तो नहीं सुना।'

'जगह-जगह हुए बम विस्फोटों में जो लोग पकड़े जाते हैं, हम उन्हें भी छोड़ रहे हैं। कश्मीर से जो लोग आतंक का प्रशिक्षण लेने सीमा पार गए थे, उन्हें उनकी पाकिस्तानी बीवियों और बच्चों सहित वापस बुला रहे हैं। उन्हें सरकारी नौकरी और पैसा भी दिया जा रहा है, जिससे वे मजबूती से अपना बाकी काम कर सकें।'

'यह तो बहुत अच्छा है।'

'आर्थिक अपराधियों के साथ नरमाई की परंपरा तो हमारे पहले प्रधानमंत्री नेहरूजी ही डाल गए हैं। बोफोर्स के बारे में तो हमसे अधिक आप जानते होंगे। कलमाड़ी, कनिमोझी हो या ए. राजा, ये सब शूरवीर फिर से संसद् की शोभा बढ़ाने लगे हैं।'

'पर हमारे उन बंदी सैनिकों का क्या होगा ?'

'आप बिल्कुल चिंता न करें। जैसे हमने आपके जहाज को 25 लाख रुपए की जमानत पर छोड़ दिया, वैसे ही ये दोनों भी छूट जाएँगे। फिर ये मामला तो सीधे-सीधे इटली का है, इसलिए…।'

'25 लाख रुपए कितने होते हैं ?'

'लगभग 38,000 यूरो।'

'बस…। इससे अधिक तो मेरा वेतन है। अब मैं पूरी तरह संतुष्ट हूँ मि. कृष्णा, कि आपके रहते हमारे हित पूरी तरह सुरक्षित हैं।'

'ऐसा न कहें। जब तक मैडम इटली का हाथ चिदंबरम और मनमोहन सिंह जैसे लोगों के सिर पर है, तब तक क्या मजाल कि कोई किसी अपराधी को हाथ लगा दे।'

यह कहानी सुनाकर मैंने शर्माजी की ओर देखा। उनका चेहरा 45 डिग्री गरमी में कुम्हलाए फूल जैसा हो गया था।

'तो वर्माजी, हमें घेराव स्थगित कर देना चाहिए ?'

'घेराव तो करें, पर 'मा फलेषु कदाचन' की तरह कोई आशा न रखें। पुलिसवाले नेता और अपराधियों की रक्षा करें या आपकी ? इसलिए सब मोहल्लेवाले मिलकर एक अच्छा चौकीदार रख लें, इसी में भला है।'

(6.6.2012)

□

अमीरी रेखा की खोज में

बहुत सालों तक मैं गरीबी की रेखा को खोजता रहा। इस चक्कर में फिल्म अभिनेत्री रेखा की फिल्में कई-कई बार देखीं। अब तो सुना है, वह सांसद हो गई हैं। फिर किसी ने कहा कि कभी-कभी नाम में भ्रम हो जाता है, इसलिए रेखा से मिलते-जुलते नाम वाली राखी गुलजार और राखी सावंत की फिल्में भी देख डालीं; पर गरीबी की रेखा नहीं मिली।

गणित के मामले में मैं उपन्यास सम्राट् प्रेमचंद का अनुयायी हूँ। उन्होंने स्वयं लिखा है कि गणित पहाड़ की वह चोटी है, जिस पर वे कभी नहीं चढ़ सके। उनकी ही तरह मुझे भी गणित से सदा तकलीफ ही रही है; और गणित में भी रेखागणित, तौबा-तौबा। उसमें नंबर देते समय हमारे अध्यापक ने कभी कोई रेखा खींचने का कष्ट नहीं किया। वे सदा दो शून्य से ही काम चला लेते थे। यद्यपि कॉपी बिल्कुल कोरी छोड़ने के कारण सफाई के दो नंबर पाने का मेरा हक बनता था।

खैर, जो भी हो; पर बात रेखा की हो रही थी। गणित की ही तरह भूगोल में भी कर्क, मकर और विषुवत् रेखा का चक्कर मुझे कभी समझ नहीं आया। जब बहुत सिर मारने पर भी मुझे ग्लोब पर कर्क रेखा नहीं मिलती थी, तो हमारे भूगोल के अध्यापक मुझे मैदान के चक्कर लगाने भेज देते थे। इस चक्कर में मेरे पैर की रेखाएँ तो मजबूत हो गईं; पर हाथ की रेखा कमजोर रह गई।

आप जानते ही हैं कि मनुष्य का भाग्य पैर की नहीं, हाथ की रेखाओं से ही बनता और बिगड़ता है। मैंने कई ज्योतिषियों को अपने पैर की रेखाएँ दिखानी चाहीं; पर कोई इसके लिए तैयार नहीं हुआ। मेरी समझ में नहीं आता कि बच्चा जन्म के समय हाथ की तरह पैर भी साथ लेकर आता है। दोनों में ही चार उँगलियाँ और एक अँगूठा होता है। हाथ में हथेली है, तो पैर में तलुवा। हाथ की उँगलियों में अँगूठी पहनते हैं, तो पैर की उँगली में बिछुवे। संकट के समय किसी को जान

बचाकर भागना हो, तो पैर ही काम आते हैं। फिर भी हाथ की रेखाओं को न जाने क्यों अधिक महत्त्व दिया जाता है ? यदि हस्तरेखा की तरह पदरेखा विज्ञान का भी विधिवत् अध्ययन हो तो ज्योतिषियों का कारोबार रातोरात दुगना हो जाए।

एक बार कुछ लोग पानी के जहाज से यात्रा कर रहे थे। रास्ते में एक जगह ऐसी आई, जहाँ से होकर कर्क रेखा गुजरती थी। कागज पर बने मानचित्र में यह साफ दिखाया गया था। एक मौलाना ने जहाज के कप्तान से कर्क रेखा दिखाने का आग्रह किया। कप्तान ने बहुत समझाया कि यह रेखाएँ काल्पनिक होती हैं; पर उसने जिद पकड़ ली।

इस पर कप्तान ने एक सूक्ष्मदर्शी यंत्र के लैंस के नीचे एक सफेद धागा रखा और उसे कर्क रेखा बताकर मौलाना को दिखाया। उसे देखते समय मौलाना की दाढ़ी का एक बाल भी लैंस के नीचे पहुँच गया। इस पर वह खुशी से चिल्लाया, ''कप्तान साहब, यहाँ तो कर्क रेखा को काटती हुई मकर रेखा भी दिखाई दे रही है।''

कुछ ऐसा ही चक्कर इन दिनों गरीबी और अमीरी की रेखा को लेकर चल रहा है। योजना आयोग की कृपा से गरीबी की रेखा तो 28 और 32 रुपए के बीच में झूल रही है; पर अमीरी की रेखा का पैमाना क्या है, यह किसी को नहीं पता।

कुछ लोग कहते हैं कि इसका पैमाना मुकेश अंबानी का 4,000 करोड़ रुपएवाला मकान है, जिसमें पाँच लोग रहते हैं और जिसका बिजली का मासिक बिल केवल 70 लाख रुपए आता है। कुछ का कहना है कि इसका पैमाना पाँच करोड़ रुपएवाली कार है, जिसमें यात्रा के दौरान ही सोने और सुबह-शाम के जरूरी काम करने का भी प्रबंध है। ऐसी कार भारत में भी कुछ लोगों ने खरीद ली है। कुछ पाँच लाख रुपए की घड़ी, दो लाख रुपए का मोबाइल और एक लाख रुपएवाली कलम को इसका पैमाना मानते हैं।

पर काफी सिर खपाने के बाद पिछले दिनों मुझे इस बारे में अंतिम सत्य पता लग ही गया। वह यह है कि अमीरी की रेखा मकान, गाड़ी, घड़ी, कपड़े या कलम से नहीं, शौचालय से तय होती है।

हमारे देश के महान् 'योजना आयोग' के कार्यालय में दो शौचालयों की मरम्मत में 35 लाख रुपए खर्च कर दिए गए। जरा सोचिए, मरम्मत में इतने खर्च हुए, तो नए बनने में कितने होते होंगे ? जब कुछ लोगों ने इस पर आपत्ति की, तो योजना आयोग के मुखिया श्री मोंटेक सिंह अहलूवालिया ने इसे बिल्कुल ठीक बताया।

मैं श्री अहलूवालिया की बात से सौ प्रतिशत सहमत हूँ। बहुत से विचारकों का अनुभव है कि यही एकमात्र ऐसी जगह है, जहाँ व्यक्ति बिल्कुल एकांत में कुछ

देर बैठकर, शांत भाव से मौलिक चिंतन कर सकता है। कई लेखकों को कालजयी उपन्यासों के विचार यहीं बैठकर आए हैं। श्री अहलूवालिया और उनके परम मित्र मनमोहन सिंह की जिन योजनाओं से रुपया रसातल में जा रहा है, उसके बारे में चिंतन और मनन इतने आलीशान शौचालय में ही हो सकता है।

खैर, अमीरी की रेखा के बारे में मैंने तो निर्णय कर लिया है; पर कई लोग अभी इस बारे में और शोध कर रहे हैं। यदि आपके निष्कर्ष इससे कुछ अलग हों, तो मुझे जरूर बताएँ। मैं आपको भारत के आम आदमी की तरह, गरीबी की रेखा पर बैठे हुए, बड़ी हसरत से अमीरी की रेखा को ताकते हुए मिलूँगा।

(8.6.2012)

□

मुसीबत और परेशानी

किसी कवि ने लिखा है—

'दुनिया में आदमी को मुसीबत कहाँ नहीं,
वो कौन सी जमीं है जहाँ आसमाँ नहीं।'

इन पंक्तियों पर अपनी अमूल्य टिप्पणी देने से पहले मैं यह कहना चाहूँगा कि मुसीबत और परेशानी के बीच एक छोटा सा अंतर है। कोई मुसीबत को भी परेशानी समझकर टाल देता है और कोई परेशानी के बारे में सोच-सोचकर अपने लिए मुसीबत खड़ी कर लेता है। आप अपनी मुसीबत को परेशानी समझें या परेशानी को मुसीबत, यह आप जानें।

पिछले दिनों भारत सरकार द्वारा जारी आँकड़ों से पता लगा कि भारत में बाघों की संख्या तीस प्रतिशत बढ़ गई है। जिन्हें बाघों से वास्ता नहीं पड़ता, वे शहरवाले और देसी-विदेशी एन.जी.ओ. इससे प्रसन्न हैं; पर जिन गाँवों के आस-पास बाघ रहते हैं, वे इस समाचार से परेशान हैं। खैर, बाघों से आज नहीं तो कल, हम निबट ही लेंगे; पर जापानवाले एक दूसरी परेशानी में उलझ गए हैं, जो धीरे-धीरे उनके लिए मुसीबत बनती जा रही है।

वहाँ जनसंख्या के आँकड़ों और विभिन्न सर्वेक्षणों में बताया गया है कि लोगों द्वारा पाले जा रहे कुत्तों की संख्या उनके अपने बच्चों से अधिक हो गई है। सबको लगता है कि जब शासन उन्हें बुढ़ापे में सब तरह की सुरक्षा और चिकित्सा सुविधाएँ दे रहा है, तो फिर बच्चे पैदा कर परेशानी में क्यों पड़ें ? इसका एक पक्ष यह भी है वहाँ पुरुषों की तरह महिलाएँ भी काम करती हैं। यदि कोई महिला गर्भवती हो जाती है, तो उस संस्थान के मालिक मुँह बनाने लगते हैं। उन्हें लगता है कि माँ बनने पर यह कई महीने छुट्टी लेगी। इससे इसकी कार्यक्षमता ही नहीं, सुंदरता भी घटेगी और काम की हानि होगी। अत: नौकरी जाने या वेतन और पदोन्नति प्रभावित होने के भय से दंपती भी बच्चे पैदा करने में रुचि नहीं लेते।

पर काम से घर आने के बाद लोगों को स्नेह-प्रेम और मानसिक संतोष भी चाहिए। दूरदर्शन द्वारा परोसे गए मनोरंजन की भी एक सीमा है, जबकि बच्चे माता-पिता की गोद में कूद-फाँद कर, उनके कपड़े गंदे कर, उनसे लड़-झगड़कर, उनकी थाली में खाकर और रात में सोते हुए लातें मारकर उन्हें यह संतोष उपलब्ध कराते हैं। जापानवाले इस कमी को पूरा करने के लिए कुत्ते पाल रहे हैं। वे काम से लौटकर कुत्तों के साथ ही खेलते, खाते और सोते हैं। जहाँ तक घर के अन्य कामों की बात है, उसके लिए वहाँ रोबोट हैं ही।

कहते हैं, आवश्यकता आविष्कार की जननी है। कुत्तों की बढ़ती संख्या को देखकर वहाँ हर नगर में 'कुत्ता बाजार' खुल गया है। अत: कुत्तों के लिए कपड़े, बिस्कुट, मिठाई, दूध, उपहार, चिकित्सा, जिम और शृंगार की दुकानें लगातार बढ़ रही हैं। कुत्तों के फैशन शो भी होते हैं, जिसमें कुत्तों के पीछे उनके मालिक और मालकिन भी शान से चलते हैं। वे यह ध्यान रखते हैं कि कुत्तों की देखरेख करनेवाला नौकर चाहे जैसे रहे; पर 'कुत्ता कक्ष' का ए.सी. कभी बंद न हो।

अब तो लोग अपने कुत्तों के जन्मदिन भी बड़ी धूमधाम से मनाने लगे हैं। लोगों ने खुद भले ही अंतरजातीय और अंतरप्रांतीय विवाह किया हो; पर उनके पप्पी किसी ऐसे-वैसे गलीछाप के चक्कर में न पड़ जाएँ, इसका वे बहुत ध्यान रखते हैं। मानवजाति में व्याप्त रंगभेद अब वहाँ भी पहुँच गया है। सुना है, एक अंग्रेजीछाप नववधू ने विवाह के तीन दिन बाद ही अपने पति से तलाक ले लिया। क्योंकि पति महोदय ने उसके साथ मायके से आए डॉगी को कुत्ता कह दिया था।

जापान में जहाँ बच्चों की घटती संख्या परेशानी का कारण बनी है, वहाँ भारत में बच्चे लगातार बढ़ रहे हैं। जापान की अधिकांश जनसंख्या वृद्ध है, तो भारत में 60 प्रतिशत लोग युवा हैं। यदि यही हाल रहा, तो 50 साल बाद जापान और भारत का क्या हाल होगा, इससे लोग चिंतित हैं। जापान में घर होंगे; पर उसमें रहनेवाले नहीं, जबकि भारत में लोगों के रहने के लिए घर ही नहीं होंगे।

कहते हैं, अति हर चीज की बुरी होती है। इस नाते मेरे खुराफाती दिमाग में एक बहुत क्रांतिकारी विचार आया है। भारत में एक वर्ग ऐसा है, जिसका मुख्य काम जनसंख्या बढ़ाना ही है। ऐसे सब लोगों को यदि नौ संतानोंवाले लालू दंपती के नेतृत्व में जापान भेज दिया जाए, तो 'एक पंथ दो काज' की तरह भारत और जापान दोनों की समस्या हल हो जाएगी।

बात कुत्तों की चल रही थी, तो यह भी निवेदन कर दूँ कि मेरे भारत महान् में भी कुत्ताप्रेमी धीरे-धीरे बढ़ रहे हैं। जिन्होंने आवश्यकता से अधिक पैसा कमा

लिया है या बहुत अधिक अंग्रेजी पढ़ ली है, वे भी जापान के मार्ग पर चल दिए हैं। सुबह-शाम टहलते समय ऐसे लोगों से मुलाकात होती रहती है। पहले लोग अपने घर के दरवाजे पर 'स्वागतम्' का बोर्ड लगवाते थे; पर अब उसके बदले 'कुत्तों से सावधान' लिखा मिलता है।

कुत्ते को अपनी थाली में खिलाते, बिस्तर पर अपने साथ सुलाते और उसका मुँह चूमते बच्चे प्राय: ऐसे घरों में मिल जाते हैं। कई बेरोजगार लोग इन कुत्तों को नहला-धुला और टहलाकर अपना पेट भर रहे हैं। जैसे बीमार एवं वृद्धों की देखभाल के लिए पुरुष तथा स्त्री नर्सों के भरती व प्रशिक्षण केंद्र हैं, महानगरों में ऐसे ही केंद्र अब कुत्ता-सेवकों के लिए भी खुल रहे हैं।

शर्माजी को गर्व है कि उनका प्यारा डॉगी अंग्रेजी के अलावा कोई और भाषा नहीं समझता। यह बात दूसरी है कि वे उसकी भाषा, हावभाव और इशारे बहुत अच्छी तरह समझने लगे हैं। पहले लोग कुत्तों के नाम शेरू, टॉमी और जैकी आदि रखते थे; पर वैश्वीकरण के इस युग में नामों की शृंखला ओबामा से लेकर ओसामा तक और क्लिंटन से लेकर जरदारी तक जा पहुँची है। मुझे तो भय है कि जैसे एक फिल्म 'मुन्ना भाई एम.बी.बी.एस.' के कारण देश में हर तरफ 'गांधीगिरी' होने लगी थी, ऐसे ही कहीं 'कुत्तागीरी' का फैशन भी न चल निकले।

कलियुग में कुत्ताप्रेमियों की महिमा अपार है। माता-पिता वृद्धाश्रम में, बच्चे देश या विदेश के छात्रावास में और घर में मन लगाए रखने के लिए कुत्ते। माता-पिता के लिए नर्स, बच्चों के लिए वार्डन और कुत्तों की सेवा के लिए तो वे खुद हैं ही। ऐसे में उनका भविष्य क्या होगा, ये वही जानें। काश, वे ऐसे बुजुर्गों से कुछ सीख सकें, जिनके सपूतों ने उन्हें अकेला छोड़ दिया है और जो अपनी सुरक्षा के लिए कुत्तों पर ही निर्भर हैं।

कुत्तों की मानवजाति से मित्रता कब से है, यह शोध का विषय है। महाभारत काल का एक प्रसंग इसमें कुछ सहयोग कर सकता है, जब धर्मराज युद्धिष्ठिर ने अपने सहयात्री कुत्ते के बिना स्वर्ग जाने से मना कर दिया था। यद्यपि अब न युद्धिष्ठिर जैसे धर्मराज रहे और न वैसे कुत्ते। सोवियत रूसवालों की कृपा से 'लाइका' नामक कुतिया ने मनुष्य से पहले ही अंतरिक्ष की सैर कर ली थी।

अमरीकी राष्ट्रपतियों के साथ उनकी सुरक्षा के लिए प्रशिक्षित कुत्तों का दस्ता भी आता है। पिछली बार क्लिंटन के आने से पूर्व उन कुत्तों द्वारा गांधीजी की समाधि के निरीक्षण पर बड़ा विवाद हुआ था। कुत्ते तो इस बार ओबामा के साथ भी आए थे; पर गनीमत है, वे गांधी समाधि पर नहीं गए।

जहाँ तक वर्माजी की बात है, वे टहलते समय कुत्तों और कुत्तेवालों से एक लाठी की दूरी बनाए रखते हैं। मैंने इसका कारण पूछा, तो उन्होंने बुजुर्गों की कही हुई ये पंक्तियाँ दोहरा दीं—

'बहिन के घर भाई कुत्ता
ससुर के घर जँवाई कुत्ता
जो कुत्ता पाले वह कुत्ता।'

यदि आप इसमें से किसी श्रेणी में हों, तो सावधान हो जाएँ। कहना मेरा कर्तव्य है, बाकी तो ये आपकी परेशानी और आपके पड़ोसियों की मुसीबत है। भौं-भौं।

(11.6.2012)

□

अब थोड़े में गुजारा नहीं होता

लगभग 50 साल पहले राजकपूर ने एक फिल्म 'जिस देश में गंगा बहती है' बनाई थी। इसके गीत शैलेंद्र ने लिखे थे। फिल्म के एक गीत में कहा गया था कि 'ज्यादा की नहीं लालच हमको, थोड़े में गुजारा होता है⋯।'

यदि राजकपूर या शैलेंद्र आज होते, तो उन्हें इस गीत की सार्थकता पर संदेह हो जाता। क्योंकि आज के युग में जहाँ एक ओर लालच, दिखावा और आवश्यकताएँ बढ़ी हैं, वहीं दूसरी ओर महँगाई डायन भी कपड़े उतारने पर तुली है। पहले लोग बड़ा परिवार होने के बाद भी कम खर्च में गुजारा कर लेते थे; पर अब छोटा परिवार होने पर भी खर्च पूरा नहीं होता।

इसीलिए अब हर घर में पुरुषों के साथ ही महिलाएँ भी पैसा कमाने में लगी हैं। इतना ही नहीं, तो हर व्यक्ति एक की बजाय दो या तीन काम करता है, तब कहीं जाकर समाज में सम्मान से रहने का अवसर मिल पाता है। इन्हें 'दूसरा काम' तो कह सकते हैं; पर 'दो नंबर' का काम नहीं। जो सचमुच दो नंबर का काम है, वह यानी मेज के ऊपर या नीचे से ली गई राशि को दूसरा काम कहना ठीक नहीं है। क्योंकि वह सुविधा शुल्क तो कार्यालय में काम करते हुए ही लिया जाता है।

बड़े कारोबारियों को देखें, तो टाटा ट्रक भी बनाता है और साबुन भी। अंबानी बंधु तेल के साथ-साथ सब्जी और फल भी बेच रहे हैं। शिक्षक कुछ देर विद्यालय में पढ़ाने की औपचारिकता पूरी कर ट्यूशन और कोचिंग में पिल जाते हैं। वकील भी कई बार थाने और न्यायालय में दलाली करते मिल जाते हैं। कभी-कभी तो यह समझना भी कठिन हो जाता है कि इनका मुख्य काम क्या है ? जो छोटे व्यापारी पूँजी या साहस के अभाव में दो-तीन काम नहीं कर सकते, वे मिलावट या कमतौली से ही काम चला लेते हैं।

लोग काम चाहे जितने करें; पर प्राय: उन कामों की प्रवृत्ति एक सी ही होती है; लेकिन राजनीति से लेकर व्यापार तक, हर क्षेत्र में विदेशी निवेश के युग में अब भारत उन्नति पर है। लोग एक ही साथ दो-तीन तरह के काम करने लगे हैं। यदि

यह शुभ प्रवृत्ति बढ़ती गई, तो भारत की सुस्त पड़ी जी.डी.पी को अंतरिक्ष यान की गति मिलते देर नहीं लगेगी।

पिछले दिनों दिल्ली पुलिस ने एक 73 वर्षीय सम्मानीय वकील साहब को पकड़ा है, जिनका मुख्य धंधा कारों की चोरी है। सम्मानित होने के कारण वे स्वयं कार में चलते थे और जो कार चुरानी हो, उसके पास ही अपनी कार खड़ी कर देते थे। फिर थोड़ी देर बाद मास्टर चाबी से वह कार लेकर चंपत हो जाते थे। यदि ऐसा करते कोई टोकता, तो अपने सफेद बाल और काले कोट का हवाला देकर इसे गलतफहमी बताकर माफी माँग लेते थे। उस कार को सुरक्षित स्थान पर रखने के बाद वे अपनी कार भी वहाँ से ले जाते थे।

इस तरह पिछले कई साल से वे इस काम में लगे थे। हरियाणा निवासी ये महापुरुष वकालत तो अपने राज्य में करते थे, पर चोरी दिल्ली में। शायद ऐसा कर वे अपनी जन्मभूमि से रिश्ते बिगाड़ना नहीं चाहते होंगे। एक खास बात यह कि वे नई की बजाय पुरानी कारें ही चुराते थे, जिससे उसके मालिक को अधिक कष्ट न हो।

पंजीकृत वकील होने के कारण कार चुराने के बाद उसके फर्जी कागज बनवाने में भी वे माहिर थे। इस फर्जीवाड़े को करते हुए एक बार तो वह फर्जी नियुक्ति-पत्र बनवाकर 40 दिन तक न्यायालय में न्यायाधीश की कुरसी पर भी बैठ चुके हैं।

पुलिस ने अपने एक मुखबिर की सूचना पर जब उन्हें पकड़ा, तो उनसे चोरी की दो कार और एक मोटरसाइकिल भी बरामद हुई। जैसे व्यक्ति पेट ठीक रखने के लिए कभी-कभी हल्का भोजन करता है, ऐसे ही वे श्रीमानजी कभी-कभी छोटे वाहन पर भी हाथ साफ कर लेते थे।

पुलिस ने जब छानबीन की, तो उन पर 92 आपराधिक मामले निकले, इनमें से 44 में वह दोषी सिद्ध हो चुके हैं। इन सबमें सजा के बाद उनका शेष जीवन जेल की गैराज में झाड़ू लगाते बीतेगा।

आप इसे चाहे जो कहें; पर मेरी उनके साथ पूरी सहानुभूति है। दोष उनका नहीं, वर्तमान महँगाई और बढ़ते खर्चों का है, जो व्यक्ति को एक साथ कई काम करने पर मजबूर करता है।

काश, कोई राजकपूर और शैलेंद्र को बताए कि थोड़े में गुजारा होनेवाले दिन उनके साथ ही चले गए। आज का सच तो यह है कि थोड़े में गुजारा बिल्कुल नहीं होता। इसके लिए दो-तीन काम करना मजबूरी है, चाहे वह चोरी या सीनाजोरी ही क्यों न हो?

(17.6.2012)

□

चलो, कुछ समाजसेवा ही हो जाए

हर दिन मिलनेवाले शर्माजी पिछले एक सप्ताह से नहीं मिले, तो मैंने फोन मिलाया। पता चला कि वे हैं तो नगर में ही, पर जरा व्यस्त हैं। खैर, दो दिन बाद उनके दर्शन हो ही गए।

'क्या बात है शर्माजी, इतनी व्यस्तता ठीक नहीं है कि मित्रों को ही भूल जाओ?'

'बात तो तुम्हारी ठीक है वर्मा; बस कुछ दिन की बात है। जरा अखाड़ा जम जाए और काम चालू हो जाए, तो फिर फुरसत हो जाएगी।'

'पर शर्माजी, कैसा अखाड़ा, कैसा काम; कोई दंगल कराने का विचार है क्या?'

'अरे नहीं, वो अपने बचपन का साथी है न आर.पी?'

'कौन आर.पी··· ?'

'आर.पी. यानी रघुवीर प्रसाद, जिसे हम लोग रग्घू कहते थे।'

'हाँ-हाँ; सेठ मनोहर प्रसाद के लड़के को भला कैसे भूल सकते हैं; सुना है, इन दिनों वह बड़ा आदमी हो गया है?'

'हाँ, उसकी फैक्टरी अच्छी चल रही है। रियल प्रापर्टी में भी उसकी किस्मत अच्छी रही और अब तो वह एक बहुमंजिला कॉलोनी बना रहा है। लखपति तो वह पहले से ही था; पर शादी के बाद करोड़पति और अब अरबपति हो चुका है। उँगलियों सहित पूरा हाथ घी में है और सिर कड़ाही में।'

'पर उसका तुम्हारी व्यस्तता से क्या मतलब है?'

'हुआ यह कि पिछले दिनों वह एक कार्यक्रम में मिल गया। बोला कि पैसा तो भगवान् और सरकारी अफसरों की कृपा से खूब कमा लिया है। अब इच्छा कुछ समाजसेवा करने की है।'

'अच्छा फिर··· ?'

'इसके लिए हम लोगों ने एक एन.जी.ओ. बनाया है। इसके माध्यम से अब समाजसेवा करेंगे।'

'तो शर्माजी, आप भी उसमें हैं ?'

'हाँ, मैं तो हूँ ही। असल में आर.पी. ने कहा कि पैसा तो मैं लगा दूँगा; पर कोई समय देनेवाला व्यक्ति चाहिए।'

'तो अंधे और लँगड़े की तरह उसके पास पैसा था और आपके पास समय। इसलिए बात बन गई ?'

'बिल्कुल ठीक समझे तुम वर्मा। आर.पी. उस संस्था का अध्यक्ष है और मैं सचिव। कुछ अवकाश प्राप्त बुद्धिजीवी, शोध-छात्र और पत्रकार जैसे लोग भी जोड़ लिए हैं। उसी के पंजीकरण के लिए भाग-दौड़ कर रहा था।'

'तो ये समाजसेवा का अखाड़ा है या दुकान ?'

'तुम कुछ भी कहो; पर आर.पी का पेट पैसे से लगभग भर ही गया है। इसलिए अब उसकी प्रसिद्धि की भूख जाग गई है। अन्ना हजारे और बाबा रामदेव के आंदोलन के बाद मीडियावाले भी इन आंदोलनों को काफी महत्त्व देने लगे हैं। असल में यह भी एक नया फैशन जैसा ही है। इसलिए...'

'तो तुम भी इसमें लगे हो ?'

'हाँ, उसने मुझे चालक सहित एक कार, लैपटॉप और मोबाइल दे दिया है। उसके कहे अनुसार मैं करता रहता हूँ। संस्था का पंजीकरण होते ही हम एक गोष्ठी करेंगे। इस तरह काम चालू हो जाएगा।'

'पर शर्माजी, विचार गोष्ठियों या सेमिनारों में आएगा कौन ?'

'देखो वर्मा, ये दिल्ली है। यहाँ न वक्ताओं की कमी है, न श्रोताओं की। ऐसे कार्यक्रमों के समाचार छापने और दूरदर्शन पर दिखाने के लिए पत्रकार भी सब तरफ घूमते फिरते हैं। आपकी जेब में तो पैसा होना चाहिए। कार्यक्रम सड़क पर करना हो या वातानुकूलित सभागार में, उसे सफल बनाने का पूरा प्रबंध दिल्ली में हो जाता है। यहाँ तक कि यदि शासन के विरोध में प्रदर्शन करना हो, तो नारे लगाने से लेकर डंडे खानेवाले तक मिल जाते हैं।'

'अच्छा... ?'

'जी हाँ। कुछ वर्तमान और कुछ पूर्व अधिकारियों से बात हो गई है। एक-दो मंत्री भी संपर्क में हैं। ये आएँगे, तो मीडिया आएगा ही। इसलिए हमारे कार्यक्रम तो सफल होने ही हैं। जब सफल होंगे, तो समाचार-पत्रों और दूरदर्शन पर हमारे चेहरे भी दिखाई देंगे।'

'यानी कुछ भला समाज का, और बाकी तुम्हारा?'

'तुम कुछ भी कहो; पर समाजसेवा का अर्थ जान देना थोड़े ही है। हम अन्ना हजारे या रामदेव बाबा की तरह नहीं हैं, जो अनशन पर बैठ जाएँ। हम तो पाँच दिन अपना काम करेंगे और शनिवार-रविवार की छुट्टी में समाजसेवा।'

'यानी आप 'वीकेंड समाजसेवी' हैं?'

'पहली बार तुम बात को बिल्कुल ठीक समझे हो, वर्मा। हम न खुद कष्ट उठाएँगे और न किसी को कष्ट देंगे। हमारा काम तो 'थिंक टैंक' जैसा है। जब मौका मिलेगा, थोड़ा सा थिंक लेंगे।'

'तो आपकी अगली गोष्ठी किस विषय पर है?'

'विषय तो कोई भी रख लेंगे। सूचना का अधिकार, जल का व्यापार, चुनाव में सुधार, शिक्षा का प्रसार, आतंक का विस्तार, युवाओं का बदलता व्यवहार, सरकार में भ्रष्टाचार… जैसे सैकड़ों विषय हैं। पिछले 50 साल से बुद्धिजीवी इन पर सिर मार रहे हैं और अगले 50 साल तक मारते रहेंगे।'

'तो शर्माजी, यह मानसिक व्यायाम आप भी करेंगे?'

'और क्या? थोड़ा बोलेंगे, थोड़ा सुनेंगे, खूब सारी ताली बजाएँगे। बढ़िया खाना-पीना करेंगे और धूल झाड़कर घर आ जाएँगे। महीने-दो महीने बाद फिर एक गोष्ठी या सेमिनार।'

'शर्माजी, आपकी ये 'दिखावटी समाजसेवा' मेरी समझ से परे है। सेवा करनी है तो उनकी करो, जो रोटी, कपड़ा, मकान, शिक्षा और स्वास्थ्य संबंधी समस्याओं से जूझ रहे हैं। ठंडे सभागारों में मानसिक जुगाली करने से किसी का भला नहीं होगा।'

'वर्माजी, हम तो ऐसे ही करेंगे। मेरी मानो, तो तुम भी हमारे साथ आ जाओ। दाम और नाम दोनों ही मिलेंगे।'

मेरे क्रोध का ठिकाना न था। मैं शर्माजी को खरी-खरी सुनाना ही चाहता था कि तभी उनका मोबाइल बजा। उन्हें संस्था के अध्यक्ष आर.पी. सर ने याद किया था। इसलिए वे चल दिए। मुझे अकबर इलाहबादी की पंक्तियाँ याद आईं—

'कौम के गम में डिनर खाते हैं हुक्काम के साथ,
रंज लीडर को बहुत है, मगर आराम के साथ।'

(23.4.12)

□

शर्म निरपेक्षता

शर्माजी यों तो हर समय राजनीतिक मूड में रहते हैं; पर यदि उनके हाथ में ताजा समाचार-पत्र हो, तो समझ लीजिए कि वे बहस पर उतारू हैं। सामने जो भी मिल जाए, वे बहस शुरू कर देंगे।

'वर्मा, देश में धर्मनिरपेक्ष प्रधानमंत्री हो, इसमें बुरी बात क्या है?'

'शर्माजी, हम और आप साधारण लोग हैं। हम कौन हैं यह तय करनेवाले कि राजा कौन और कैसा हो?'

'क्यों, भारत एक लोकतांत्रिक देश है। यहाँ हर व्यक्ति को अपना शासक चुनने का अधिकार है।'

'यही तो आपको भ्रम है। भारत में लोकतंत्र के आवरण में आज भी राजतंत्र और परिवारवाद जीवित है। कांग्रेस में यह ऊपर के लोगों से होता हुआ नीचे तक पहुँचा। भाजपा में यह नीचे से ऊपर की ओर खिसक रहा है। सभी नेताओं ने अपनी पत्नियों और बेटे-बेटियों को राजनीति में उतार दिया है।'

'पर राजनीति में ये दो ही दल तो नहीं हैं?'

'हाँ, पर बाकी जो दल हैं, वे तो एक परिवार और जाति या कबीलेवाले दल हैं। वे कुछ और कबीलों को अपने साथ मिलाकर सत्ता में आ जाते हैं। फिर जैसी आवश्यकता हो, कभी कांग्रेस तो कभी भा.ज.पा. के साथ हाथ मिलाकर सत्ता सुख भोगते रहते हैं।'

'तुम बात को घुमा रहे हो, वर्मा। मैं कह रहा था कि प्रधानमंत्री धर्मनिरपेक्ष होना चाहिए।'

'और मैं कह रहा हूँ कि प्रधानमंत्री हो या मुख्यमंत्री, वह धर्मनिरपेक्ष भले ही न हो; पर 'शर्म निरपेक्ष' अवश्य होना चाहिए।'

'शर्म निरपेक्ष से तुम्हारा क्या मतलब है, वर्मा?'

'देखिए शर्माजी, इस समय भारत की राजनीति में सबसे अधिक अकाल शर्म का ही है। सब नेता और दल शर्म निरपेक्ष हो गए हैं।'

'मैं समझा नहीं?'

'राष्ट्रपति का चुनाव इसका सबसे अच्छा उदाहरण है। कांग्रेस की प्राथमिकता किसी मुसलमान को राष्ट्रपति बनाना था, जिससे उसके झोले में मुसलमान वोट फिर से आ सकें; पर ममता ने मुलायम सिंह के साथ मिलकर उसे जो झटका दिया, उससे मजबूर होकर उन्हें प्रणब मुखर्जी को अपना प्रत्याशी घोषित करना पड़ा।'

'ये तुम्हारा दृष्टिकोण हो सकता है, सबका नहीं।'

'पर मुलायमसिंह ने ममता के साथ जो खिचड़ी पकाई थी, उस पतीली को उन्होंने अगले ही दिन उलट दिया और प्रणब बाबू का समर्थन कर दिया। इससे नाराज ममता ने प्रणब बाबू का समर्थन न करने की घोषणा कर दी। वैसे वे अंतिम समय में कहाँ खड़ी होंगी, यह उनके अतिरिक्त कोई नहीं जानता।'

'हाँ, यह तो है।'

'दूसरी ओर नीतीश कुमार भा.ज.पा. के कारण बिहार में सत्ता की खीर खा रहे हैं; पर इस विषय में वे भा.ज.पा. के साथ नहीं हैं। उन्हें अगले लोकसभा चुनाव के सपने आ रहे हैं। शिवसेना भी प्रणब बाबू के साथ है। उ.प्र. में मुलायम सिंह और मायावती कांग्रेस को फूटी आँख देखना पसंद नहीं करते; पर राष्ट्रपति चुनाव में दोनों उसके साथ हैं।'

'और भारतीय जनता पार्टी··· ?'

'उसका खेल भी बड़ा निराला है। सबसे बड़ा विपक्षी दल होने के बाद भी उसे कोई प्रत्याशी नहीं मिला। अपनी शर्म छिपाने के लिए वे धर्मनिरपेक्षता के नाम पर उस संगमा के पीछे आ खड़े हुए हैं, जो न कभी उनके साथ था और न कभी होगा।'

'पर नवीन पटनायक और जयललिता तो इस बार भा.ज.पा. के साथ हैं।'

'किसी भ्रम में न रहो, शर्माजी। उन्हें तो कांग्रेस का विरोध करना है, इसलिए वे संगमा के साथ हैं। वे भा.ज.पा. के हितैषी न कभी थे और न कभी होंगे। यह मत भूलो कि नवीन ने विधानसभा चुनाव से एकदम पहले भा.ज.पा. को लात मारी थी और जयललिता ने अटलजी की सरकार को तेरह महीने बाद एक वोट से गिराया था।'

'भा.ज.पा. का हाल तो खस्ता है ही; पर कांग्रेस तो मजबूत है।'

'तो उसकी भी सुनो। लालू यादव बहुत दिनों से केंद्रीय मंत्री बनना चाहते हैं; पर कांग्रेस उन्हें घास नहीं डाल रही। अब राष्ट्रपति चुनाव के लिए वही कांग्रेस

लालू से समर्थन माँग रही है और लालू मंत्रिपद के लालच में उन्हें समर्थन दे भी रहे हैं।'

'तुम कहना क्या चाहते हो ? मैं धर्मनिरपेक्ष प्रधानमंत्री की बात कर रहा था और तुम राष्ट्रपति चुनाव की गोटियाँ गिना रहे हो।'

'शर्माजी, मैं यह कहना चाहता हूँ कि राष्ट्रपति हो या प्रधानमंत्री; सत्ताधारी दल हो या विपक्ष; एक बार धर्मनिरपेक्ष न हो तो चलेगा; पर शर्म निरपेक्षता के बिना गाड़ी बिल्कुल नहीं चल सकती। इस शर्म निरपेक्षता के कारण राजनीति और राजनीतिक नेताओं के प्रति आम लोगों में घृणा पैदा हो गई है। यदि ऐसे ही चलता रहा, तो लोगों का लोकतंत्र से विश्वास उठ जाएगा। फिर क्या होगा, यह सोचो।'

शर्माजी अचानक बहुत गंभीर हो गए। इससे उनके कमजोर दिल को हानि न पहुँचे, इसलिए मैंने उन्हें एक किस्सा सुनाया।

शर्म निरपेक्ष शामलाल के दस बच्चे थे। एक बार उन्हें कहीं से दावत का निमंत्रण मिला, तो वे पत्नी और नौ बच्चों के साथ वहाँ जा पहुँचे। उन्होंने एक मेज पर कब्जा कर लिया और पूर्ण मनोयोग से भोजन करने लगे। सब लोग उनके इस आचरण पर हँस रहे थे।

दावत के बाद जब वे चलने लगे, तो किसी ने पूछ ही लिया—क्यों, लज्जा नहीं आई ? शामलाल ने हँसते हुए जवाब दिया—जी, लज्जा बिटिया की कल परीक्षा है, इसलिए आ नहीं सकी; पर मैंने उसके लिए खाना इस डिब्बे में ले लिया है।

भगवान् ऐसे शर्म निरपेक्ष लोगों से इस देश को बचाए।

(25.6.2012)

□

उन्होंने तय कर लिया है

अभी सुबह ठीक से हुई भी नहीं थी। प्रात:कालीन चाय का तीसरा कप मेरे हाथ में था कि शर्माजी टपक पड़े। उनके एक हाथ में मिठाई का डिब्बा और दूसरे में बहुत भारी माला थी। कलफदार धुले हुए कपड़े पहने शर्माजी के चेहरे से प्रसन्नता ऐसे फूट रही थी, मानो बेटे की शादी के बिना ही पोते का मुँह देख लिया हो।

'लो वर्मा, जरा ठीक से मुँह मीठा करो।'

'शर्माजी, ठीक से मुँह मीठा कैसे होता है?'

'मुँह मीठा तो एक ही लड्डू से हो जाता है; पर ठीक से तब होता है, जब पेट भर के मिठाई खाई या खिलाई जाए।'

'लेकिन मिठाई का कारण तो बताइए; और यह इतनी भारी माला लेकर कहाँ जा रहे हो?'

'तुम कैसे घोंचू हो, वर्मा। दिन भर अखबार चाटते रहते हो, फिर भी कहते हो कारण बताओ।'

'चलो, मैंने अपनी भूल मान ली; पर अब तो बता दो।'

'तो सुनो, अब भारत के बुरे दिन समाप्त होनेवाले हैं। तुमने वो गाना सुना 'होगा, दुख भरे दिन बीते रे भैया, अब सुख आयो रे।'

'हाँ सुना तो है।'

'बस तो फिर। सब अखबारों में लिखा है कि राहुल भैया पार्टी और सरकार में महत्त्वपूर्ण भूमिका निभाने को तैयार हैं। मैं यह माला उन्हें ही पहनाने जा रहा हूँ।'

'पर यह भूमिका तो वे कई साल से निभा रहे हैं। कांग्रेस में वे महासचिव और युवा कांग्रेस के प्रभारी हैं। सरकार को भी वे जब कुछ कहते हैं, तो पूरी सरकार घुटनों पर बैठकर उसे मान लेती है।'

'पर अब उन्होंने सक्रिय होने का निर्णय कर लिया है।'

'मैंने तो सुना है शर्माजी कि वे बिहार चुनाव के समय खूब सक्रिय हुए थे। इसका परिणाम यह हुआ कि विधायकों की संख्या तेरह से घटकर चार रह गई। फिर वे उत्तर प्रदेश के चुनावों में सक्रिय हुए, तो वहाँ भी कांग्रेस चौथे नंबर पर पहुँच गई। यही हाल पंजाब में हुआ। इसलिए लोग उन्हें चुनाव प्रचार में बुलाने से भी डरने लगे हैं।'

'तुम जले पर नमक मत छिड़को, वर्मा। उ.प्र. में हार का कारण हमारी परम आदरणीय अध्यक्षजी ने बता ही दिया है कि वहाँ नेता अधिक थे और कार्यकर्ता कम। ऐसे में राहुल भैया क्या करते?'

'पर पिछले तीन साल से तुम्हारे राहुल भैया यूथ कांग्रेस और कांग्रेस संगठन को चाक-चौबंद करने के लिए पूरे देश में धक्के खा रहे थे। फिर नए कार्यकर्ता क्यों खड़े नहीं हुए?'

'यह तुम नहीं समझोगे; पर अब सब ठीक हो जाएगा, क्योंकि राहुल भैया ने तय कर लिया है कि...।'

'उन्होंने यही तो तय किया है कि उनकी माताश्री और मनमोहनजी जब चाहे तब उन्हें काम दे सकते हैं।'

'यह तो उनकी विनम्रता और बड़प्पन है। वरना वे तो जब चाहें, तब प्रधानमंत्री बन सकते थे।'

'तो फिर बने क्यों नहीं?'

'उन्होंने कहा ही है कि इसका निर्णय प्रधानमंत्रीजी को करना है।'

'पर शर्माजी, यदि प्रधानमंत्री निर्णय करने लायक होते, तो देश की यह हालत क्यों होती? उनके नाम के पीछे भले ही सिंह लगा हो; पर वे पिंजरे के उस सिंह की तरह हैं, जो अपने मालिक के हंटर की आवाज सुनकर दुम दबा लेता है। फिर वह वही करता है, जो मालिक कहता है। उसके इशारे पर वह रस्सी पर चलता है और कलाबाजी भी खाता है।'

'तुम बेकार की बात कर रहे हो। मनमोहन सिंहजी के नेतृत्व में सरकार बहुत सफलतापूर्वक काम कर रही है।'

'हाँ, इसीलिए तो सैकड़ों प्रस्ताव रुके हुए हैं। कोई लोकसभा में फँसा है, तो कोई राज्यसभा में। कोई संसदीय समिति में अटका है, तो कोई मंत्रिमंडलीय समिति में। कुछ पर मैडम राजी नहीं हैं, तो कुछ पर मंत्रिगण। 'हर मर्ज में अमलतास' की तरह एक संकटमोचन बाबा थे, वे राष्ट्रपति भवन चले गए। यह बात दूसरी है कि

सारे संकट अब भी जस के तस विद्यमान हैं। इसलिए जो थोड़ा-बहुत काम होता था, अब वह भी नहीं होगा।'

'यह तुम्हारे जैसे निराशावादी लोगों की सोच है, वर्मा। अब काम बहुत तेजी से होगा, क्योंकि राहुल भैया पार्टी और सरकार में सक्रिय होनेवाले हैं।'

'लेकिन शर्माजी, उनकी पार्टी में अब तक की सक्रियता से तो पार्टी का बंटाधार हो गया है। अब यदि सरकार में भी आ गए, तो फिर देश का भगवान् ही मालिक है।'

'जी नहीं। उनके आने से मैडम और प्रधानमंत्रीजी को सहारा मिलेगा। ये तीनों मिलकर इतना काम करेंगे कि लोग देखते रहे जाएँगे।'

'सच तो यह है वर्माजी कि शून्य दो हों या तीन, वे मिलकर भी शून्य ही रहते हैं। देश का भला तब होगा, जब ये तीनों काम से मुक्ति ले लेंगे। वैसे जनता भी इन्हें छुट्टी देने को तैयार है। अभी तो हालत यह है कि ये न खुद कुछ करते हैं और न दूसरों को करने देते हैं। इनके हटने से कांग्रेस में भी जो अच्छे लोग हैं, वे आगे आएँगे और विपक्ष में तो एक से एक योग्य और समर्थ लोग हैं।'

'तुम चाहे जो कहो; पर मैं राहुल भैया को माला जरूर पहनाऊँगा।'

'साथ में मेरी तरफ से यह भी कह देना कि जिंदाबाद करनेवाले स्वार्थी लोगों के हाथ से बहुत मालाएँ पहन लीं। अब किसी भारतीय सुकन्या के हाथ से पावन वेदमंत्रों के बीच विधि-विधान से जयमाला पहन लें। इससे उनका भी भला होगा और देश का भी।'

शर्माजी ने मुँह तिरछा किया और पलटकर घर को चल दिए।

(20.7.2012)

□

राजनीति के अखाड़े में

आखिर शर्माजी ने राजनीति के अखाड़े में उतरने का निश्चय कर ही लिया। वैसे तो उनके मन में काफी समय से यह इच्छा थी; पर घोषणा के लिए थोड़ा वातावरण बनाना जरूरी था। इसलिए कुछ दिन अनशन भी करना पड़ा। यह अच्छा हुआ कि अनशन तुड़वाने के लिए दो-तीन खास लोग आ गए। इससे मीडिया में कुछ स्थान भी मिल गया। मित्र होने के नाते सहानुभूति व्यक्त करने को मैं उनके घर चला गया।

'तो शर्माजी, अब राजनीति कब से शुरू कर रहे हैं?'

'अभी तो कुछ दिन स्वास्थ्य लाभ करना है। मुझे तो अनशन का लंबा अनुभव है; पर मेरे साथी इस चक्कर में पहली बार ही फँसे हैं। उन्हें लग रहा था कि सरकार इस बार भी झुक जाएगी; पर सरकार ने तो घास ही नहीं डाली। फिर मीडिया ने भी पहले जैसा साथ नहीं दिया। इसलिए उन सबकी हालत खस्ता है। वे कुछ ठीक हो जाएँ, तब देखेंगे।'

मुझे भी लगा कि शर्माजी के कमजोर तन और घायल मन, दोनों को आराम चाहिए। कुछ दिन बाद जब मैं उनके घर पहुँचा, तो वहाँ उनके साथियों की बैठक चल रही थी। अरविंद खेजड़ीताल, मनीष पिसौदिया, गोपाल हाय, किरण भेदी, कुमार अविश्वास, प्रशांत दूषण आदि सभी प्रमुख लोग वहाँ थे। वातावरण काफी गरम था।

एक : सबसे पहले हमें अपने दल का नाम तय करना होगा।

दूसरा : हमने कहा है कि दल का नाम जनता ही तय करेगी। इसलिए इसे जनता पर ही छोड़ देते हैं।

तीसरा : पर यदि दल का नाम नहीं होगा, तो हम जनता के बीच जाएँगे कैसे?

चौथा : इसलिए पहले जनता के बीच जाकर नाम तय कर लें।

पहला : जनता तो सड़कों पर रहती है। तो क्या हम भी सड़क पर जाकर बैठ जाएँ?

दूसरा इस बात से नाराज था कि मीडियावाले उसे पहलेवाले की अपेक्षा अधिक महत्त्व क्यों नहीं देते। इसलिए वह गुस्से में बोला—अब तक तो हम जनता के बीच ही बैठे थे, इसलिए फिर बैठने में क्या नुकसान है?

पहला : पर इस बार जनता ने हमें समर्थन नहीं दिया, इसलिए तो वहाँ से बिस्तर समेटना पड़ा।

दूसरा : तो चुनाव में जनता समर्थन देगी, इसकी क्या गारंटी है?

शर्माजी ने बात बिगड़ते देखी, तो बीच-बचाव करा दिया। अंततः तय हुआ कि दल का नाम अगली बैठक में तय करेंगे; पर दल के संविधान के बारे में कुछ मोटी-मोटी बातें तय कर ली जाएँ।

तीसरा : संविधान तो सब दलों का लगभग एक सा ही होता है।

पहला : नहीं, हमारा संविधान सबसे अलग होगा। वरना हम उनसे अलग कैसे दिखेंगे?

दूसरा : क्यों न किसी एन.जी.ओ. को इसका ठेका दे दें? वह फेसबुक पर सर्वेक्षण कर दल का नाम और संविधान बना देगा।

पाँचवा : मेरी राय में दल के नाम और संविधान से भी अधिक जरूरी है कि हम अगले चुनाव के लिए प्रत्याशी तय करें। यदि अभी से ऐसा हो गया, तो हमारी बढ़त बन जाएगी। चुनाव का क्या भरोसा; वे 2014 की बजाय 2013 में भी हो सकते हैं?

दूसरा : पर प्रत्याशियों के लिए कुछ नियम और योग्यताएँ तो तय करनी ही होंगी। वरना सैकड़ों लोग टिकट माँगने लगेंगे।

चौथा : विधानसभा के लिए एक सप्ताह और लोकसभा के लिए पंद्रह दिन के अनशन का अनुभव और हिम्मत तो होनी ही चाहिए।

पहला : अब हमें अनशन नहीं करना। इसलिए अनशन करनेवाले नहीं, चुनाव में जीत सकें, ऐसे प्रत्याशी तय करने होंगे।

दूसरा : चुनाव तो जाति, क्षेत्र, भाषा और धर्म के आधार पर जीते जाते हैं। धनबल और बाहुबल की भी जरूरत पड़ती है। अंतिम समय में कुछ खाने-पीने का भी प्रबंध करना होता है?

तीसरा : नहीं, हम यह सब नहीं करेंगे। यदि यही करना है, तो फिर इस आंदोलन की जरूरत ही क्या थी?

चौथा : तो फिर?

पहला : यही तय करने के लिए तो बैठक हो रही है।

उनकी बहस और सिर फुटव्वल देखकर मैं पानी पीने के बहाने बाहर आ गया। कुछ देर में बातों का स्वर काफी ऊँचा हो गया। मुझे लगा है कि बस अब निर्णय होने को ही है; पर तभी शर्माजी भी बाहर आ गए।

'क्यों, शर्माजी! कुछ निर्णय हुआ?'

'मुझे नहीं लगता कि ये लोग किसी निर्णय पर पहुँच सकेंगे। अभी तो ये लोग आपस में ही लड़ रहे हैं। यदि ऐसे ही चलता रहा, तो भ्रष्टाचार और कांग्रेस से कैसे लड़ेंगे?'

'शर्माजी, आपको यह गलतफहमी कैसे हो गई कि यह आंदोलन कांग्रेस के विरुद्ध है?'

'क्यों, भ्रष्टाचार की जननी तो कांग्रेस ही है।'

'यह तो ठीक है; पर यदि आप राजनीतिक दल बनाकर चुनाव लड़ेंगे, तो कांग्रेस विरोधी वोट बँटने से लाभ तो उसे ही होगा।'

'अच्छा, यह तो मैंने सोचा ही नहीं था।'

'तो अब सोच लीजिए। असल में जो लोग आपको कंधे पर उठाकर घूम रहे हैं, उनका एजेंडा कांग्रेस को लाभ पहुँचाना ही है; पर अब जनता उनके भ्रष्टाचार विरोधी मुखौटे के पीछे छिपे असली चेहरे को पहचान गई है। इसलिए आपको यदि अपनी इज्जत बचानी है, तो इन धोखेबाजों का साथ छोड़ दें।'

'यानी अब इनसे अलग हटकर ही मुझे कुछ करना होगा।'

'हाँ, पर एक बात ध्यान रहे कि अब अनशन बिल्कुल मत करना।'

शर्माजी नाराज होकर फिर अंदर चले गए और अपनी टीम को ही भंग कर दिया।

(6.8.2012)

□

बातों और वायदों का ओलंपिक

शर्माजी बचपन से ही खेलकूद में रुचि रखते हैं। यद्यपि उन्होंने आज तक किसी प्रतियोगिता में भाग नहीं लिया। इसलिए पुरस्कार जीतने का कोई मतलब ही नहीं; पर कबाड़ी बाजार से खरीदे कप, ट्रॉफी और शील्ड से उनका कमरा भरा है, जिसे वे हर आने-जानेवाले को विभिन्न राज्य और राष्ट्र स्तर की प्रतियोगिताओं में जीता हुआ बताकर बड़े गर्व से दिखाते हैं।

हर बार की तरह इस बार भी ओलंपिक के लिए शर्माजी के मन में बड़ी उत्सुकता थी। लंदन जाकर भारतीय खिलाड़ियों का उत्साहवर्धन करने की उनकी बहुत इच्छा थी; पर हवाई जहाज से वहाँ तक जाने लायक पैसे जेब में नहीं थे और साइकिल से कोई साथ जानेवाला नहीं मिला। मजबूरी में दूरदर्शन के सामने बैठकर खेलों का दूर से दर्शन करते रहे; पर बुरा हो सुशील कुमार शिंदे का, उन्होंने दो दिन बत्ती गुल कर दूर से देखने का आनंद भी नहीं लेने दिया।

भारतीय खिलाड़ियों ने इस बार पहले से दोगुने पदक जीते, इससे शर्माजी बहुत खुश हैं। उनकी इच्छा है कि वे भी खिलाड़ियों को सम्मानित करें। इसके लिए उन्होंने कई बार संपर्क का प्रयास किया; पर विजेता खिलाड़ी इन दिनों करोड़ों में खेल रहे हैं। उन्हें बड़े नेताओं और उद्योगपतियों से सम्मानित होने से ही फुरसत नहीं है, इसलिए शर्माजी के घर कौन आता?

शर्माजी को इस बात की बहुत पीड़ा है कि सवा अरब जनसंख्यावाले भारत देश का नाम पदक तालिका में बहुत नीचे है। खिलाड़ी और उनके रिश्तेदार, प्रशिक्षक, मालिश करनेवाले, रसोइए, चिकित्सक, सरकारी मेहमान और ऐरे-गैरे मिलाकर सैकड़ों लोग वहाँ गए थे; पर लाए क्या? केवल छह पदक। इससे तो लाख-दो लाख जनसंख्यावाले वे देश अच्छे हैं, जो स्वर्ण पदक ले गए।

अधिकांश देशवासियों का मानना है कि खेलों में राजनीति होती है, इसलिए

यह गड़बड़ है। यहाँ खिलाड़ियों को प्रशिक्षण की वैसी सुविधाएँ और उपकरण उपलब्ध नहीं होते, जैसे दुनिया के अन्य देशों में हैं। जीतने के बाद उन्हें भरपूर पुरस्कार भी नहीं मिलते। यदि ऐसी व्यवस्था भारत में हो, तो हम भी सैकड़ों पदक जीत सकते हैं।

पर मौलिक चिंतन के धनी शर्माजी इससे सहमत नहीं हैं। वे पदक तालिका में भारत के फिसड्डी रहने को अंतरराष्ट्रीय षड्यंत्र बताते हैं। उनका कहना है कि ओलंपिक संघ ने जानबूझकर उन खेलों को प्रतियोगिताओं से बाहर रखा है, जिसमें हम पुरस्कार जीत सकते हैं।

उदाहरण के लिए, यदि ओलंपिक में 'बातों और वायदों' की प्रतियोगिता हो, तो इसके सारे पदक भारत के हिस्से में ही आएँगे। विश्वास न हो तो पहले स्वाधीनता दिवस पर प्रधानमंत्री जवाहरलाल नेहरू का दिया भाषण देखें या 15 अगस्त, 2012 को लाल किले से दिया गया मनमोहन सिंह का भाषण। तब भी रोटी, कपड़ा और मकान के वायदे किए गए थे। अनुशासन और कड़ी मेहनत की बात कही गई थी और आज भी उन्हें ही दोहराया जा रहा है।

इंदिरा गांधी ने चालीस साल पहले 'गरीबी हटाओ' का नारा लगाकर चुनाव जीता था। उसके बाद आम आदमी की तो नहीं, पर राजनेताओं की कई पुश्तों की गरीबी जरूर हट गई। इसलिए नेता अरबों-खरबों में खेलते हैं, जबकि आम आदमी आज भी भूखे पेट सो रहा है।

इन दिनों असम में हुए दंगे चर्चा में हैं। 1985 में प्रधानमंत्री राजीव गांधी ने असम के युवा आंदोलनकारियों से एक समझौता किया था। उसके अनुसार 1971 के बाद असम में घुसे बँगलादेशियों को वापस भेजने की बात कही गई थी; पर उन्हें भेजना तो दूर, अभी तक उनकी पहचान ही नहीं हुई है।

असम में रहनेवाला हर व्यक्ति जानता है कि कौन यहाँ का मूल निवासी है और कौन घुसपैठिया; पर हमारे महान् शासकों को यह दिखाई नहीं देता। उस समझौते को 27 साल बीत गए। इस दौरान घुसपैठियों की संख्या एक करोड़ से बढ़कर पाँच करोड़ हो गई। पहले वे मुख्यत: असम में ही थे; पर अब वे पूरे देश में महामारी की तरह फैल गए हैं। असम शासन ने केंद्र को बता दिया है कि उन्हें निकालना अब संभव नहीं है। मजे की बात यह है कि दोनों ही जगह कांग्रेस की सरकार है।

वायदे कई और भी थे। हर युवा को रोजगार देने का वायदा था, हर किसान को खाद और पानी देने की बात थी। ये वायदे सरकारी फाइलों में भले ही पूरे हो गए हों; पर शायद ही कोई दिन जाता हो, जब अखबार में किसी नौजवान या

किसान की आत्महत्या की खबर न छपती हो। वायदा तो महिलाओं को सुरक्षा देने का भी था; पर गुवाहाटी में हुई छेड़छाड़ से लेकर गीतिका शर्मा तक के किस्से आम हो रहे हैं। आम आदमी की सुरक्षा के लिए बने पुलिस थाने ही उनके लिए सबसे अधिक अरक्षित हो गए हैं।

भ्रष्टाचार की बात करें, तो इस क्षेत्र में भारत का स्थान सर्वोपरि है। 'हरि अनंत हरि कथा अनंता' की तरह जीप घोटाले से लेकर बोफोर्स तक और फिर टू जी स्पैक्ट्रम से लेकर कोयले की दलाली तक वर्तमान सत्ताधीशों ने अपने हाथ और मुँह इतने अधिक काले कर लिए हैं कि उन्हें पहचानना कठिन हो गया है। किसी ने ठीक ही कहा है कि शर्म की सीमा होती है, बेशर्मी की नहीं।

बड़े घोटालों को यदि बड़े लोगों के लिए जाने दें, तो अपनी रोटी के लिए संघर्ष करते हुए परिवार को पालनेवाला शायद ही कोई व्यक्ति हो, जिसका पाला रिश्वत से न पड़ा हो। यदि कोई हो तो मेरा राष्ट्रपति महोदय से अनुरोध है कि वे उसे अगली 26 जनवरी को पद्‍म पुरस्कार से सम्मानित करें। यदि पुराने पुरस्कार की परिधि में वह न आ सके, तो कोई नया पुरस्कार ही घोषित कर दें।

ऐसे खेलों की सूची तो बहुत लंबी हो सकती है; पर फिलहाल ओलंपिकवाले इन्हें ही शामिल कर लें। अगला ओलंपिक 2016 में है। शर्माजी को पूरा विश्वास है, इन खेलों के स्वर्ण से लेकर काँस्य तक, सब पदक भारत ही जीतेगा। फिर हम भी पदक तालिका में अपना नाम नीचे नहीं, बल्कि ऊपर की ओर देखेंगे और शर्म से सिर झुका लेंगे।

(18.8.2012)

□

हिंदी ओढ़ें, देवनागरी बिछाएँ

पिछले दिनों किसी काम से शर्माजी के घर गया, तो उनकी मेज पर चिट्ठियों और निमंत्रण-पत्रों का ढेर लगा था। उन्होंने मेरी ओर कोई विशेष ध्यान नहीं दिया और पत्रों से उलझे रहे।

'क्या बात है शर्माजी, बड़े व्यस्त लग रहे हैं?'

'हाँ भई, 14 सितंबर आ रहा है न?'

'इससे आपकी व्यस्तता का क्या संबंध है?'

'तुम अनपढ़ आदमी इसे नहीं समझोगे। 14 सितंबर हम हिंदीवालों के लिए बड़े गर्व का दिन है। 1949 में इसी दिन हिंदी को भारत की राजभाषा और देवनागरी को उसकी अधिकृत लिपि घोषित किया गया था। इसलिए हर 14 सितंबर को हम 'हिंदी दिवस' मनाते हैं। सैकड़ों कार्यक्रम होते हैं। सरकारी आयोजनों में करोड़ों रुपए का बजट रहता है। पैसा पूरा खर्च हो जाए, इसके लिए पहले हम 'हिंदी सप्ताह' मनाते थे और अब 'हिंदी पखवाड़ा' चल निकला है।'

'तो आपको भी कुछ कार्यक्रमों में जाना है क्या?'

'कुछ नहीं, कई कार्यक्रमों में जाना है। इन दिनों हिंदी का हर कवि और लेखक व्यस्त रहता है। दिन में विचार गोष्ठी और शाम को काव्य गोष्ठियाँ होती हैं, जिनमें चाय-नाश्ते के साथ एक अदद शॉल और श्रीफल तो मिलता ही है।'

'पर शर्माजी, शॉल और श्रीफल से पेट तो नहीं भरता?'

'हाँ, पर थोड़ा मानसिक संतोष तो होता ही है। वैसे कुछ संस्थाएँ कवियों को आने-जाने के खर्च के साथ ही लिफाफा भी देती हैं। 25 निमंत्रण तो मेरे पास ही आ चुके हैं। यही सोच रहा हूँ कि कैसे अधिक-से-अधिक कार्यक्रमों में जाकर 'हिंदी सेवा' का इस वर्ष का कोटा पूरा कर सकूँ?'

'इसका मतलब अगले 15 दिन तक आपकी पाँचों उँगलियाँ घी में और सिर कढ़ाई में रहनेवाला है?'

'नहीं वर्मा, मैं तो छोटा सा लेखक हूँ। बड़े कवि और लेखकों को तो लोग

मनमाने मूल्य पर साल भर पहले ही बुक कर लेते हैं।'

मैं शर्माजी की व्यस्तता में बाधा नहीं डालना चाहता था, इसलिए एक निमंत्रण-पत्र देखने लगा; पर उसे देखते ही मैं चौंका, चूँकि वह तो पूरा अंग्रेजी में ही छपा था।

'शर्माजी, हिंदी दिवस पर यह अंग्रेजी का निमंत्रण-पत्र ?'

'असल में यह केंद्रीय सरकार के जिस मंत्रालय का कार्यक्रम है, उसके मंत्रीजी को हिंदी बिल्कुल नहीं आती। सच तो यह है कि वे हिंदी के घोर विरोधी हैं। यदि निमंत्रण-पत्र हिंदी में छापें, तो मंत्रीजी नहीं आएँगे। उनके न आने से पत्रकार नहीं आएँगे। पत्रकारों के न आने पर अखबार चुप रहेंगे और यदि समाचार-पत्र में न छपे, तो कार्यक्रम का होना न होना बराबर ही है। इसलिए…।'

'और इसे देखिए। बहुत कीमती चिकने कागज पर चार रंगों में छपा यह निमंत्रण-पत्र भी अंग्रेजी में ही है।'

'हाँ, असल में इसकी प्रायोजक अमरीका की एक बहुराष्ट्रीय कंपनी है। उन्होंने कार्यक्रम भी पंचतारा होटल में रखा है। बाद में इच्छानुसार खाने और पीने का भी प्रबंध है। तुम चाहो तो…।'

'शर्माजी, यह निमंत्रण-पत्र तो 'हिंदी सभा' की ओर से कंप्यूटर, मोबाइल और अंतरजाल पर देवनागरी प्रयोग बढ़ाने के लिए हो रही कार्यशाला का है; पर इसमें रोमन अंकावली का प्रयोग किया गया है।'

'यह रोग तो पूरे देश में फैल गया है वर्मा। इन्हें अंतरराष्ट्रीय अंक कहकर हम अपनी विरासत को ही छोड़ रहे हैं। कोई इनसे यह नहीं पूछता कि चीन, रूस, जापान, जर्मनी या जापान जैसे देश अपनी भाषा और अंकावली के साथ लगातार आगे कैसे बढ़ रहे हैं ?'

'आप बिल्कुल ठीक कह रहे हैं शर्माजी। नई पीढ़ी हिंदी बोलती तो है, पर वह उसे पढ़ना और लिखना नहीं जानती। जैसे संस्कृत की उपेक्षा से ज्ञान-विज्ञान के भंडार लाखों ग्रंथ बेकार हो गए, ऐसे ही 50 साल बाद हिंदी की पुस्तकें पढ़नेवाले भी नहीं बचेंगे।'

'हाँ, जो काम अंग्रेज नहीं कर सके, उसे हमारे नेताओं ने कर दिया। नेहरू को हिंदी से घृणा थी और राजीव गांधी को अंग्रेजी से प्रेम। इसलिए नेहरू ने हिंदी का उर्दूकरण किया और राजीव ने अंग्रेजीकरण। राजीव के प्रधानमंत्री बनते ही अंग्रेजी विद्यालयों की जो बाढ़ आई, उससे नई पीढ़ी हिंदी से पूरी तरह कट गई।

'अच्छा…?'

'जी हाँ, हमारे वर्तमान प्रधानमंत्री महोदय जो हिंदी भाषण पढ़ते हैं, वह अरबी

में लिखा होता है, जिसे लोग भूल से उर्दू कहते हैं। मैडमजी और राहुल बाबा के हिंदी भाषण भी रोमन में लिखे होते हैं। नई पीढ़ी फिल्मी सितारों और क्रिकेट के खिलाड़ियों को अपना आदर्श मानती है। ये लोग भी कैमरे के सामने अंग्रेजी में गिटपिट करने में अपनी शान समझते हैं। जब शीर्ष पर बैठे लोगों का यह हाल है, तो युवाओं को दोष क्यों दें?'

'तो ऐसे हिंदी दिवस के आयोजन से क्या लाभ है, शर्माजी?'

'कुछ नहीं। जैसे पितृपक्ष में हम अपने पुरखों को याद करते हैं, वैसे ही ये हिंदी का वार्षिक कर्मकांड है। जिन्होंने अपने माता-पिता को जीवन भर दुख दिया हो, वे भी समाज में अपनी नाक ऊँची रखने के लिए उनके श्राद्ध में लाखों रुपए फूँक देते हैं। ऐसे ही साल भर हिंदी के नाम पर नाक सिकोड़नेवाले इन दिनों हिंदी के हितैषी बनकर उसे देश को जोड़नेवाली भाषा बताने लगते हैं।'

'तो फिर इस तमाशे को बंद क्यों नहीं कर दिया जाता?'

'क्योंकि इसके नाम पर करोड़ों रुपए खर्च होते हैं, जिससे ऊपर से लेकर नीचे तक सबकी जेब भारी हो जाती हैं। जिस तमाशे से सबका लाभ हो, उसे बंद क्यों करें?'

'पर हिंदी के साहित्यकार इसका विरोध क्यों नहीं करते?'

'क्योंकि उन्हें भी इस बहाने माला, शॉल और लिफाफे मिलते हैं। अखबारों में नाम और चित्र छपता है। कुछ पुस्तकों का लोकार्पण हो जाता है, तो वे जानबूझकर अपने पेट पर लात क्यों मारें?'

'यानी अब हिंदी का भविष्य ऐसे थोथे आयोजन तक ही सीमित रहेगा?'

'वर्माजी, हर व्यक्ति के पास कुछ ऐसे कपड़े होते हैं, जिन्हें विशेष अवसरों पर ही पहना जाता है। ऐसे ही हिंदी और देवनागरी है, जिसे सितंबर मास में ओढ़ा और बिछाया जाता है।'

'पर हिंदी की इस दुर्दशा से मुझे बहुत कष्ट होता है।'

'कष्ट तो मुझे भी होता है वर्मा; पर जब कुएँ में ही भाँग पड़ी हो, तो हर आदमी बौराएगा ही। आज भारत में हर निर्णय सत्ता के गलियारों में होता है या फिर बाजार में; और इन दोनों जगह हिंदी उपेक्षित है। इसलिए तुम अब जाओ। मुझे हिंदी दिवस के आयोजनों में जाने के लिए स्वीकृति के पत्र लिखने हैं।'

मैं भारी मन से उठ खड़ा हुआ। चलते हुए मैंने देखा, शर्माजी भी अपनी आँखें पोंछ रहे थे।

(29.8.2012)

□

मौन मोहन सिंह का मौन भंग

शर्माजी कल बहुत दिन बाद मिले, तो चेहरा ऐसा लग रहा था, मानो साठ वाट के बल्ब में सौ वाट की चमक आ गई हो। होंठों पर हँसी शरद पूर्णिमा की स्वच्छ चाँदनी की तरह चारों ओर छिटक रही थी। मन इतना गद्गदायमान हो रहा था, जैसे बराक ओबामा ने अमरीका में राष्ट्रपति पद का चुनाव जीतने के बाद उन्हें उपराष्ट्रपति नियुक्त कर दिया हो। उनकी चाल ऐसी लग रही थी, मानो एक पैर धरती पर, तो दूसरा मंगल ग्रह पर रख रहे हों।

'क्या बात है शर्माजी, आज तो आपका उत्साह कपड़ों से बाहर निकल रहा है ?'

'बस पूछो मत, वर्मा। तुम मनमोहन सिंह कहकर जिनकी आलोचना करते हो, उन्होंने अपना मौन भंग कर दिया है।'

'शर्माजी, मैं क्या पूरा देश उन्हें यही कहता है। विदेशियों की भी उनके बारे में यही धारणा है। हाँ, जब से ममता बनर्जी ने 440 वोल्ट का झटका दिया है, तबसे उनकी जुबान कुछ खुल गई है।'

'यही तो मैं भी कह रहा हूँ। अब देखना देश की प्रगति सुपरफास्ट राजधानी एक्सप्रेस की तरह होगी।'

'इसके बदले प्रगति यदि राबर्ट वडेरा की संपत्ति की तरह हो, तो अधिक अच्छा रहेगा।'

'तुम चाहे जितनी बेकार की बात करो, पर अब प्रगति होकर रहेगी।'

'यह तो बहुत खुशी की बात है; पर हथेली में आशा के ऐसे नकली फूल उगाकर वे देश को कई बार 'फूल' बना चुके हैं।'

'हाँ, पर इस बार की बात दूसरी है। उन्होंने सार्वजनिक रूप से कह दिया है कि अगले पाँच साल में देश के हर गाँव को चौबीस घंटे सस्ती दर पर बिजली मिलने लगेगी।'

'शर्माजी, लोग तो रात को नींद में सपने देखते हैं; पर मनमोहनजी शायद दिन में भी सपने देखने लगे हैं।'

'क्यों?'

'क्योंकि बिजली तो तब मिलेगी, जब वह बनेगी। कुडनकुलम परमाणु संयंत्र आंदोलनकारियों के कारण रुका है, तो कोयलेवाले बिजलीघर भ्रष्टाचारियों के कारण। नदियों पर बाँध बनाना भी अब इतना सरल नहीं रहा। टिहरी में बाँध बने दस साल हो गए; पर आज तक वो अपनी क्षमता की आधी बिजली भी नहीं बना सका। जो बाँध बने हैं, उनके पानी के लिए राज्य सरकारें आपस में लड़ रही हैं। कहीं झगड़ा सड़क पर हो रहा है, तो कहीं न्यायालय में। पर्यावरण को हानि न पहुँचानेवाली सौर ऊर्जा, वायु ऊर्जा, पशु ऊर्जा तथा छोटी पनबिजली योजनाओं की ओर किसी का ध्यान नहीं है।'

'तुम चाहे जो कहो, पर मनमोहनजी ने कह दिया है, तो फिर पाँच साल में सबको भरपूर बिजली सस्ते में मिलने लगेगी।'

'लेकिन शर्माजी, मनमोहनजी अगले पाँच साल की बात कर रहे हैं; पर पाँच दिन बाद ही वे इस कुरसी पर होंगे या नहीं, यह कौन जानता है?'

'क्यों, उनकी कुरसी पूरी तरह सुरक्षित है।'

'हाँ जरूर। एक पैर ममता ने तोड़ लिया है। मायावती और मुलायम सिंह कब अपने हिस्से का पैर हटा लें, कोई नहीं जानता। इसके बाद भी आप कुरसी को सुरक्षित कहें, तो दोष आपका नहीं, उस डॉक्टर का है, जो आपकी आँखों का इलाज कर रहा है।'

'नहीं, ऐसी कोई बात नहीं है। ये दोनों सरकार के पक्के समर्थक हैं। आखिर सांप्रदायिक ताकतों को सत्ता से दूर जो रखना है।'

'इसीलिए तो सरकार ने दोनों के पीछे 'कांग्रेस ब्यूरो ऑफ इन्वेस्टिगेशन' (सी.बी.आई.) को लगा दिया है। देखना है कि चूहे-बिल्ली के इस खेल में कौन जीतता है? मायावती कभी दो दिन की बात कहती हैं, तो कभी चार दिन की। मनमोहनजी की समझ में नहीं आ रहा कि माया से ममता दिखाएँ या मुलायम से सख्ती। घर में 24 घंटे बिजली होने के बावजूद वे बेचारे इस कारण न दिन में ठीक से सो पाते हैं न रात में।'

'पर तुम किसी चक्कर में न रहो, वर्मा। यदि किसी कारण इन्होंने हाथ खींचा, तो हम बिहारी बाबू का तीर अपने तरकश में डाल लेंगे।'

'लेकिन नीतीश कुमार तो आपके विरोध में हैं?'

'तो क्या हुआ; वे इन दिनों बिहार में 'अधिकार यात्रा' निकाल रहे हैं। उन्होंने कहा भी है कि वे दिल्ली में उसी को समर्थन देंगे, जो बिहार को विशेष राज्य का दर्जा देगा।'

'यानी संकट पड़ने पर आप उन्हें यह दर्जा देकर सरकार के लिए जरूरी ऊर्जा प्राप्त कर लेंगे?'

'हाँ, बिल्कुल।'

'लेकिन शर्माजी, कुछ दिन पूर्व सी.बी.आई. के सम्मेलन में प्रधानमंत्री महोदय ने ही कहा है कि वे कानून बदलकर ऐसी व्यवस्था करेंगे, जिससे रिश्वत लेनेवालों की तरह रिश्वत देनेवालों को भी अपराधी माना जा सके।'

'तो… ?'

'तो यह कदम रिश्वत के दायरे में आएगा या नहीं?'

यह सुनते ही शर्माजी को साँप सूँघ गया। 24 घंटे बिजली के सपने के बावजूद उनके चेहरे का बल्ब फिर से फ्यूज हो गया। काफी देर तक जब वे नहीं बोले, तो मैं समझ गया कि मौनमोहन सिंह की पीठ पर चढ़ा बेताल अब उनके कंधे पर बैठ गया है।

(11.10.2012)

□

हाथ मिलाएँ, पर ध्यान से

लगता है कि अखबारवालों के पास छापने के लिए विषयों की कमी हो गई है, इसलिए वे न जाने कहाँ-कहाँ से लाकर ऊल-जलूल बातें त्योहार के मौसम में पाठकों को परोस देते हैं।

शर्माजी कल बहुत दिन बाद मिले, तो मैंने उत्साहपूर्वक हाथ आगे बढ़ाते हुए उन्हें दीपावली की बधाई देनी चाही; पर उन्होंने हाथ मिलाने की बजाय मुझे अखबार की एक कतरन थमा दी।

'शर्माजी, मेरे पास इस समय चश्मा नहीं है। इसलिए आप ही बताइए, इसमें क्या लिखा है ?'

'क्या बताऊँ वर्मा, बात ऐसी है कि बताते हुए संकोच होता है।'

'फिर भी कुछ बात तो होगी ही।'

'इसमें छपा है कि साफ सफाई के मामले में ब्रिटिश लोगों की आदतें ठीक नहीं है।'

'अच्छा··· ?'

'जी हाँ, क्वीन मैरी विश्वविद्यालय तथा लंदन स्कूल ऑफ हाइजीन ऐंड ट्रॉपिकल मेडिसन द्वारा किए गए एक शोध में यह बात सामने आई है कि 26 प्रतिशत अंग्रेजों के हाथ में वही बैक्टीरिया पाए गए हैं, जो मानव मल में पाए जाते हैं।'

'छिह···छिह।'

'इतना ही नहीं, इन्हीं हाथों से जब वे क्रैडिट कार्ड या कार्यालय में फोन, फाइलें आदि छूते हैं, तो यह बैक्टीरिया वहाँ भी पहुँच जाता है। इस तरह एक से दूसरे तक इनका भ्रमण होता रहता है।'

'यह तो बहुत चिंता की बात है, शर्माजी ?'

'हाँ, शोध के दौरान जब शौच के बाद सफाई के बारे में पूछा गया, तो 99 प्रतिशत लोगों ने कहा कि वे हाथ ठीक से धोते हैं।'

'हम भारतवाले तो कई बार साबुन या राख से हाथ धोते हैं। बिना इसके तो हम किसी चीज को छूते तक नहीं।'

'पर ब्रिटेन में ऐसा नहीं है। वहाँ तो काम पूरा होने के बाद पानी की बजाय एक विशेष प्रकार का कागज प्रयोग करते हैं और फिर उसे वहीं कूड़ेदान में फेंक देते हैं। इसीलिए लोग हाथ धोने की जरूरत ही नहीं समझते।'

'तो फिर सर्वेक्षण कैसे हुआ?'

'इसके लिए शोधकर्ताओं ने शौचालयों के वॉशबेसिन के पास छिपे हुए कैमरे लगा दिए।'

'हे राम। इस तरह छिप-छिपकर देखना तो बहुत ही खराब बात है और वह भी शौचालय में।'

'हाँ, पर सर्वेक्षण के लिए यह जरूरी था।'

'तो शर्माजी, इस सर्वेक्षण से क्या पता लगा?'

'पता यह लगा कि 32 प्रतिशत पुरुष और 64 प्रतिशत महिलाओं ने ठीक से हाथ धोए। बाकी ऐसे ही पतली गली से निकल लिये।'

'यानी लगभग आधे लोगों ने झूठ बोला?'

'और क्या?'

'लगता है, ये बात केंद्रीय मंत्री जयराम रमेश को नहीं पता?'

'क्यों?'

'पिछले दिनों उन्होंने 'निर्मल भारत अभियान' के अंतर्गत हर घर में फ्लशवाला शौचालय बनवाने का बीड़ा उठाया था। यदि उन्हें पता होता, तो वे ब्रिटेन में भी हाथ धुलवाने का अभियान प्रारंभ कर देते।'

'तुम चाहे जो कहो; पर हाथ तो ठीक से धोने ही चाहिए।'

'जी हाँ, इस मामले में हम भारतवाले प्राचीन काल से ही बहुत समझदार और जागरूक हैं।'

'वह कैसे वर्मा?'

'हमारे यहाँ हाथ मिलाने की बजाय हाथ जोड़कर अभिवादन करने की परंपरा है। इससे यदि किसी के हाथ गंदे भी हों, तो संक्रमण दूसरे के हाथों में नहीं पहुँचता।'

'तो क्या भारत में हाथ मिलाने की परंपरा नहीं रही?'

'ऐसा तो नहीं है। हनुमानजी ने श्रीराम और सुग्रीव की मित्रता अग्नि की साक्षी में हाथ मिलवाकर कराई थी। उसी से दुष्ट बाली का वध हुआ और सीताजी की खोज का अभियान आगे बढ़ सका। इसी प्रकार विवाह के समय यज्ञकुंड में

प्रज्वलित अग्नि की परिक्रमा करते हुए पुरोहित वर और वधू का हाथ मिलवाते हैं, और फिर नवयुगल इस गठबंधन को जीवन भर निभाते भी हैं।'

'यानी हमारे यहाँ हाथ मिलाने का अर्थ है जीवन भर के लिए अभिन्न और अटूट मित्रता।'

'जी हाँ शर्माजी, आप ठीक समझ रहे हैं; पर इन धूर्त अंग्रेजों के हाथ बहुत शीघ्र ही कोहनी, कंधे और फिर गले तक पहुँचकर उसे दबाने लगते हैं। भारत में भी ये हाथ हिलाते और मिलाते हुए व्यापार के नाम पर आए और फिर देश पर अधिकार ही कर बैठे। फिर हमें कितने संघर्ष और बलिदान के बाद 1947 में आजादी मिली, यह कौन नहीं जानता?'

'तो क्या तुम कहना चाहते हो कि खुदरा व्यापार में विदेशी निवेश के नाम पर यदि ये विदेशी भारत में आए, तो फिर…?'

'आप ठीक समझ रहे हैं, शर्माजी।'

'इसका अर्थ हुआ कि ब्रिटेनवाले हों या अमरीकावाले, इनसे हाथ मिलाते हुए बहुत सावधान रहना होगा।'

'जी हाँ, पर मेरे हाथ बिल्कुल साफ हैं और हम दोनों की मित्रता भी अटूट है, इसलिए आप मुझसे हाथ मिलाने में संकोच न करें।'

शर्माजी ने अपना हाथ आगे बढ़ाया और फिर गले से लिपट गए।

(18.10.2012)

□

भाषण की दुकान

अंग्रेजी की एक कहावत के अनुसार खाली दिमाग शैतान का घर होता है। यह कहावत संभवत: बच्चों और युवाओं के लिए बनाई गई होगी; पर शर्माजी ने जब से अवकाश लिया है, तब से यह उन पर भी फिट बैठ रही है।

उनके इस खालीपन से सबसे अधिक परेशान शर्मानी मैडम हैं, चूँकि कभी-कभी शर्माजी को सनक सवार हो जाती है और वे रसोई में घुसकर कुछ नए व्यंजन बनाने लगते हैं।

एक बार उनके दिमाग में आया कि करेले का हलुवा बनाया जाए। अब कहाँ करेला और कहाँ उससे 36 के आँकड़े वाला हलुवा? अत: उनकी पत्नी ने बहुत समझाया; पर शर्माजी और समझदारी में कई किलोमीटर की दूरी है। इसलिए वे जबरन रसोई में घुस गए।

दो घंटे बाद जब वे करेले का हलुवा लेकर बाहर निकले, तो कोई उसे एक चम्मच भी खाने को तैयार नहीं हुआ। शर्माजी ने भी आँख और नाक बंद कर जैसे-तैसे दो चम्मच निगले, फिर उसे कूड़े में फेंक दिया।

इस दीवाली पर उन्हें एक और खूँखार आइडिया आया। उन्होंने शिमला मिर्चों को बीच से खोखला कर उसमें मूँग की दाल की पिट्ठी भर दी। फिर इसे बेसन में लपेटकर पकौड़े की तरह घी में तला। इसके बाद उसे तीन तार की चाशनी में डालकर फ्रिज में रख दिया। रात को खाना खाते समय इस बेसिर-पैर के आविष्कार की भी वही गति हुई, जो करेले के हलुवे की हुई थी।

लेकिन पिछले सप्ताह शर्माजी जो आइडिया लेकर आए, वह सचमुच लाजवाब था।

'वर्मा, मैंने अपने लिए काम ढूँढ़ लिया है। इससे नाम भी मिलेगा और दाम भी।'

'शर्माजी, यह तो बहुत ही अच्छा है। नाम और दाम भले ही न मिले; पर

शर्मानी मैडम को आराम जरूर मिलेगा।'

'तुम उन्हें बीच में मत लाओ। यह हमारे घर की बात है।'

'चलिए, नहीं लाता; पर आपको कहाँ नौकरी मिल गई?'

'नौकरी तो बहुत कर ली। अब मैं अपना निजी काम करूँगा।'

'यह तो और भी अच्छा है शर्माजी; पर इसके लिए पूँजी और अनुभव की भी तो आवश्यकता है।'

'जी नहीं, मैं जो काम करने जा रहा हूँ, उसमें दो रुपए भी नहीं लगेंगे। हाँ, अनुभव जरूर चाहिए, और वह मेरे पास भरपूर है।'

'शर्माजी, पहेलियाँ बुझाना बंद कर असली बात बताइए।'

'असली बात यह है वर्मा कि मैंने 'भाषण की दुकान' खोलने का निश्चय किया है।'

'क्या कहा, राशन की दुकान··· ?'

'राशन नहीं, भाषण की दुकान।'

'यह नाम तो मैं पहली बार सुन रहा हूँ शर्माजी; पर इस दुकान पर बिकेगा क्या?'

'देखो वर्मा, बात को ठीक से समझो। इन दिनों चुनाव का माहौल है। अगले साल भी आठ-दस राज्यों में विधानसभा के चुनाव होंगे। चुनावी मौसम में नेताओं को दिन में कई बार भाषण देना पड़ता है। तुमने देखा ही होगा कि बड़े नेता प्रायः लिखा हुआ भाषण पढ़ते हैं। बड़ी पार्टियों ने तो इसके लिए वेतनभोगी लोग रखे हुए हैं। वे जो लिखते हैं, नेताजी उसे ही पढ़ देते हैं।'

'तो आप इसमें क्या करेंगे?'

'मैंने तय किया है कि मैं भी नेताओं के लिए भाषण लिखूँगा। हर पार्टी का घोषणा-पत्र मेरे पास है। नेताओं के बारे में उसके विरोधियों द्वारा कही गई बातें भी एकत्र कर रहा हूँ। भाषण के बीच-बीच में उन्हें चटनी और अचार की तरह सजा दूँगा। जैसा नेता और जैसा माहौल होगा, उसके अनुसार भाषण-लेखन के दाम होंगे।'

'तो लोग भाषण लिखवाने आएँगे?'

'बिल्कुल। आजकल नेता इतने व्यस्त रहते हैं कि उन्हें पढ़ने-लिखने की फुरसत ही नहीं होती। ऐसे में मेरा काम चल निकलेगा। बड़े नेता भले ही न आएँ, पर छोटे नेता तो भाषण लिखवाने आएँगे ही।'

'मान लो, कोई अनशन पर बैठना हो··· ?'

'तो वह कहेगा कि चाहे मेरी जान चली जाए; पर जब तक प्यारे क्षेत्रवासियों

की समस्या दूर नहीं होगी, मैं अनशन नहीं तोड़ूँगा।'

'और यदि तोड़ना पड़ जाए तो··· ?'

'तो वह कहेगा कि क्षेत्रवासियों के भारी दबाव पर आंदोलन को आगे बढ़ाने के लिए मैं अनशन तोड़ रहा हूँ; पर मेरा संघर्ष तब तक जारी रहेगा, जब तक यह समस्या हल नहीं हो जाती।'

'पर आजकल नेताओं के भाषण पर मीडिया वाले प्राय: विवाद खड़ा कर देते हैं ?'

'इसके लिए मैं भाषण के साथ सफाई परिशिष्ट नि:शुल्क दूँगा, जिसमें विवाद होने पर क्या कहना है, यह लिखा होगा। वैसे इन विवादों से नुकसान की बजाय लाभ ही होता है। इसलिए कई नेता तो जानबूझकर ऐसे भाषण लिखवाएँगे, जिससे विवाद खड़ा हो और उन्हें प्रसिद्धि मिले।'

'अच्छा··· ?'

'और क्या; पिछले दिनों कई नेताओं ने चटपटे बयान दिए। पचास करोड़ की गर्लफ्रेंड, डेंगू का मच्छर, राखी सावंत और केजरीवाल, सड़कछाप, नाली का कीड़ा, 71 लाख का चिल्लर जैसा भ्रष्टाचार, विवेकानंद और दाउद, करगिल और एफ.डी.आई., कसाब और भगतसिंह···। ऐसे बयान भी मैं तैयार करा रहा हूँ। तुम चाहो तो इसमें मेरी सहायता कर सकते हो।'

'वह कैसे ?'

'तुम्हारे पास लिखने की कला है और मेरे पास बेचने की। हम दोनों मिलकर काम करेंगे। लाभ का 25 प्रतिशत मैं तुम्हें दे दूँगा।'

मैंने शर्माजी से क्षमा माँग ली। कल जब मैं उनके घर के सामने से निकला तो वहाँ 'भाषण की दुकान' का बोर्ड लगा था। मैंने पास जाकर देखा कि वहाँ नेता ही नहीं, बल्कि कई साहित्यकार, पत्रकार और कलाकार भी लाइन में खड़े थे। आपको भी यदि किसी विशेष अवसर के लिए भाषण लिखवाना हो तो शर्माजी से संपर्क करें। मेरा नाम लेंगे तो काम शायद कुछ सस्ते में हो जाए।

(29.8.2012)

□

शिष्टाचार हमारी परंपरा है

शर्माजी के गुस्से की बात न पूछें। भगवान् न करे कभी आपको ऐसे में उनके सामने जाने का मौका मिले। गुस्से में उनका चेहरा ऐसा लगता है, मानो जून में हीटर जला दिया हो। मैं उनका पुराना मित्र हूँ, इसलिए मुझे ऐसा माहौल झेलने का अभ्यास है; पर कभी-कभी बात इतनी गंभीर हो जाती है कि मुझे ठंड में भी पसीना आ जाता है।

बात अधिक पुरानी नहीं है। आपने भी अखबार और दूरदर्शन पर पढ़ा या सुना होगा। हमारे परम आदरणीय गृहमंत्री शिंदे साहब उस समय तो चुप रहे, जब पाकिस्तानी गृहमंत्री रहमान मलिक भारत आकर अंट-शंट बोलते रहे; पर उनके वापस जाते ही शिंदे साहब के मुँह में लगा ताला खुल गया।

रहमान मलिक ने दिल्ली आकर भारतीय नेताओं को साफ-साफ बता दिया कि भारत ने मुंबई हमले और नरसंहार के सूत्रधार हाफिज सईद के बारे में जो प्रमाण पाकिस्तान को दिए हैं, वे अपर्याप्त हैं। इसलिए उसे गिरफ्तार करने के बाद भी न्यायालय ने छोड़ दिया।

उस समय तो शिंदे साहब की बोलती बंद रही; पर उसके जाते ही वे रहमान मलिक और पाकिस्तान सरकार पर आरोप लगाने लगे कि हाफिज सईद को मुंबई मामले में तो गिरफ्तार ही नहीं किया गया। उसकी गिरफ्तारी वस्तुतः किसी और मामले में थी।

पर शर्माजी के गुस्से का कारण यह नहीं था। उनका पारा इस कारण चढ़ा हुआ था कि सुशील शिंदे ने अपने वक्तव्य में बार-बार उस खूँखार आतंकी को 'श्री हाफिज मोहम्मद सईद' कहा। शर्माजी का बस चलता, तो वे सुशील शिंदे का मुँह नोचकर उसे कुशील फिंदे कर देते। मैंने उन्हें समझाना चाहा—'शर्माजी, सर्दी के मौसम में इतना गरम होना ठीक नहीं है। राजनीति और कूटनीति में कुछ मर्यादा निभानी पड़ती है। आप और हम इसे नहीं जानते।'

'भाड़ में जाए तुम्हारी मर्यादा। जब पाकिस्तान हमारे साथ किसी मर्यादा का पालन नहीं करता, तो फिर हम क्यों करें?'

'देखिए पाकिस्तान अभी बच्चा है। अभी उसकी उम्र जुम्मा-जुम्मा सिर्फ 65 साल ही तो है, जबकि हमारा देश लाखों-करोड़ों साल पुराना है। उसे अभी बहुत कुछ सीखना है। हम यदि शिष्टाचार का व्यवहार करेंगे, तो उसे भी कुछ अक्ल आएगी।'

'तुम बेकार की बात मत करो वर्मा। कुत्ते की दुम चाहे दस साल नली में डालकर रखो, निकालने पर वह तिरछी ही मिलती है।'

'हाँ, यह तो है।'

'फिर तुम यह क्यों भूलते हो कि बँगलादेश मुक्ति संग्राम के बाद इसी दुष्ट पाकिस्तान के 93,000 सैनिकों की हमने कितने दिन तक खातिरदारी की थी। खुद चाहे भूखे रहे, पर उन्हें ईद पर सेवियाँ खिलाईं; पर इसने करगिल युद्ध में बंदी बनाए गए हमारे वीर सौरभ कालिया को तड़पा-तड़पाकर मारा।

'उसके बाद भी इसे चैन कहाँ मिला शर्माजी? तब से इसने कश्मीर में आतंकवादियों को भेजकर हमारा जीना हराम कर रखा है।'

'जी हाँ। हमारी भलमनसाहत का इसने सदा गलत फायदा उठाया है। संसद् पर हमला हो या मुंबई का नरसंहार। यह दुष्टता से बाज नहीं आता और हम हैं कि शिष्टाचार ही निभा रहे हैं।'

'वह कैसे शर्माजी?'

'देखो, संसद् पर हमले के अपराधी मोहम्मद अफजल को फाँसी देने की बजाय हम उसकी खातिरदारी में लगे हैं। कश्मीर में बंद पाकिस्तानी आतंकियों को बिरयानी खिलाकर मोटा किया जा रहा है। कोयंबटूर हमले के अपराधी मदनी को सर्वश्रेष्ठ आयुर्वेदिक चिकित्सा उपलब्ध कराई जा रही है।'

'पर सरकार ने मुंबई के अपराधी मोहम्मद अजमल कसाब को फाँसी तो दी है।'

'हाँ, पर उसे पुणे की जेल में ही क्यों दफना दिया? हमें अमरीका से कुछ सीखना चाहिए था, जिसने पाकिस्तान की सीमा में घुसकर ओसामा बिन लादेन को मारा और उसकी लाश को मछलियों की दावत के लिए समुद्र में फेंक दिया। क्या हमारी सरकार कसाब के साथ ऐसा नहीं कर सकती थी?'

'शर्माजी, आप भूलते हैं कि हमारी सरकार सेक्यूलर सरकार है। इसीलिए तो दिग्विजय सिंह जैसे लोगों के मुँह से 'ओसामाजी' ही निकलता है।'

'यही तो मेरे गुस्से का कारण है। ऐसे सेक्यूलरवाद को ओढ़ें या बिछाएँ। रहमान

मलिक हमारे घर में आकर, अपने गुरगे अबू जंदाल को भारतीय एजेंट बता रहा है और हमारे नेता कुत्ते की तरह दुम हिलाते हुए श्री-श्री और जी-जी कर रहे हैं।'

'शर्माजी, 'अतिथि देवो भव' तो हमारे देश की परंपरा है।'

'परंपरा तो हमारे देश में 'शठे शाठ्यम समाचरेत' (जैसे को तैसा) की भी है। उनकी ओर भी तो ध्यान देना चाहिए।'

'आप कहना क्या चाहते हैं; पाकिस्तान से हमारा व्यवहार कैसा होना चाहिए ?'

'वर्माजी, इसके लिए भी हमारे शास्त्रों ने बहुत सुंदर बात बताई है। हमें इसका ही पालन करना चाहिए—

'दुष्टों से व्यवहार का, यही मार्ग मशहूर।
जूतों से मुख तोड़कर, रहो मील भर दूर।।'

मैं सोच रहा था कि शर्माजी मुझे चाय पिलाएँगे; पर बात जूतों और मुँह तोड़ने तक पहुँचने लगी, तो मैंने अपने जूते पहनकर चलना ही उचित समझा।

(20.12.2012)

□

बयानवीर

किसी ने कहा है वीर भोग्या वसुंधरा। अर्थात् वीर लोग ही इस धरती पर सत्ता सुख भोगते हैं। सत्ता के साथ सभी तरह की भौतिक सुख-सुविधाएँ अपने आप ही आ जाती हैं।

कुरुक्षेत्र के मैदान में जब अर्जुन दोनों ओर अपने नाते-रिश्तेदारों को देखकर मोह से ग्रस्त हुआ, तो भगवान् श्रीकृष्ण ने उसे गीता का उपदेश देते हुए यही कहा था कि यदि जीते तो पृथ्वी का राज्य भोगने का अवसर मिलेगा और यदि वीरगति को प्राप्त हुए तो स्वर्ग का। उनकी बात मानकर अर्जुन अपना गांडीव उठाकर रणक्षेत्र में उतर गए और आगे की बात तो सारी दुनिया को पता ही है।

लेकिन ऐसे रणवीरों के साथ ही धर्मवीर, कर्मवीर, दानवीर, प्रणवीर और कलमवीर जैसे लोग भी होते हैं। इनमें से हर एक का अपना अलग ही महत्त्व है; पर मीडिया के बढ़ते प्रभाव से वीरों की इस प्रजाति में पिछले कुछ समय से एक नए समूह का उदय हुआ है, जिसे हमारे परम मित्र शर्माजी 'बयानवीर' कहते हैं।

ये बयानवीर 'मान न मान मैं तेरा मेहमान' की तरह हर जगह घुसकर अपनी बात कहने लगते हैं। कैमरे देखते ही इनकी जुबान में खुजली होने लगती है। प्राय: ये लोग इससे अपनी छीछालेदर ही कराते हैं; पर 'बदनाम गर हुए तो, कुछ नाम ही तो होगा' के समर्थक ये बयानवीर अपनी बदजुबानी से बाज नहीं आते।

पिछले दिनों दिल्ली में 23 वर्षीय युवती के साथ सामूहिक दुष्कर्म हुआ। उससे जो आग पूरे देश में भड़की, उसमें ऐसे कुछ बयानवीरों ने भी तेल डाला। शर्माजी ऐसी ही कुछ अखबारी कतरनें मुझे दिखा रहे थे।

आंध्र प्रदेश के कांग्रेस अध्यक्ष बोत्सा नारायण राव का कहना था कि देश को आजादी आधी रात में मिलने का अर्थ यह नहीं है कि महिलाएँ भी आधी रात में

सड़कों पर घूमने लगें। आखिर वह लड़की इतनी रात में वहाँ क्या कर रही थी? उसे तो इस समय अपने घर में होना चाहिए था।

बोत्साजी, आपने बिल्कुल ठीक फरमाया; पर उस लड़की को न जाने क्यों यह भ्रम हो गया था कि दिल्ली राज्य और केंद्र में कांग्रेस की सरकार है। कांग्रेस की सर्वेसर्वा और दिल्ली की मुख्यमंत्री महिला होने के कारण यहाँ महिलाएँ सुरक्षित हैं। खैर, अब तो जो हुआ सो हुआ; पर आशा है, बाकी महिलाएँ और लड़कियाँ इसका ध्यान रखेंगी।

मध्य प्रदेश की कृषि वैज्ञानिक अनिता शुक्ला के अनुसार यदि वह लड़की उन दरिंदों के सम्मुख समर्पण कर देती, तो कम-से-कम उसकी आँतें तो बच जातीं। महिला होकर भी यह कहनेवाली शुक्ला मैडम को शायद नहीं पता कि महिला के लिए इज्जत बहुत बड़ी चीज होती है। अब उस युवती की मृत्यु के बाद शुक्ला मैडम का क्या कहना है, यह पता नहीं लगा।

वर्तमान राष्ट्रपति प्रणब मुखर्जी के पुत्र अभिजीत मुखर्जी संसद् में नए-नए आए हैं, पर हैं तो खानदानी कांग्रेसी। यानी 'करेले पर नीम चढ़ा।' उनका कहना है कि आजकल मोमबत्ती मार्च निकालने का भी फैशन चल पड़ा है। इस कांड के विरोध में प्रदर्शन करनेवाली अधिकांश महिलाएँ रँगी-पुती होती हैं। वे दिन में प्रदर्शन करती हैं और रात को डिस्को क्लब में जाती हैं। जब उनके बयान पर सब तरफ थू-थू हुई, तो उन्होंने बेशरमी से माफी माँग ली। कांग्रेस ने तो उन्हें माफ कर दिया; पर जनता ने किया या नहीं, यह अगले चुनाव में ही पता लगेगा।

अपने गृहमंत्री शिंदे साहब न जाने किस ग्रह से आए हैं। दिल्ली की पुलिस सीधे-सीधे उनके ही अधीन रहती है। जब आक्रोशित युवा दिल्ली में सड़कों पर थे, तो किसी ने उन्हें युवाओं से बात कर लेने की सलाह दी। इस पर वे भड़क गए और बोले कि यदि मैं हर किसी से मिलने लगा, तो कल प्रदर्शन कर रहे माओवादियों से भी मिलना पड़ेगा।

गृहमंत्रीजी आप धन्य हैं। अब हम समझ गए कि देश में हर घर असुरक्षित क्यों है?

बंगाल में सत्ताधारी तृणमूल कांग्रेस के विधायक चिरंजीत चक्रवर्ती के अनुसार ऐसी दुर्घटनाओं के लिए लड़कियाँ ही जिम्मेदार हैं, चूँकि उनकी स्कर्ट हर दिन छोटी होती जा रही है। जबकि उनकी सुपर नेता और मुख्यमंत्री ममता बनर्जी का विचार है कि माँ-बाप द्वारा लड़कियों को दी जा रही अत्यधिक आजादी इसका कारण है। वे आधी रात को नाइट क्लब में जाती ही क्यों हैं?

कुछ दिन पूर्व ममता बनर्जी ने 24 परगना की एक बलात्कार पीड़िता चंपाला सरदार को अपने कार्यालय में बुलाकर बीस हजार रुपए मुआवजा दिया था। इसकी आलोचना करते हुए मार्क्सवादी नेता और पूर्व मंत्री अनीसुर्रहमान अभद्रता पर उतर आए। उन्होंने उत्तर दिनाजपुर के इटाहार में हुई एक सार्वजनिक सभा में पूछा कि यदि मुआवजा देना ही बलात्कार का निदान है, तो ममताजी इसके लिए कितने पैसे लेंगी?

ऐसी ही एक टिप्पणी दो साल पूर्व उ.प्र. की मुख्यमंत्री मायावती के लिए तत्कालीन प्रदेश कांग्रेस अध्यक्ष श्रीमती रीता (बहुगुणा) जोशी ने भी की थी।

हरियाणा प्रदेश कांग्रेस कमेटी के प्रवक्ता धर्मवीर गोयल के अनुसार 90 प्रतिशत मामलों में लड़कियाँ परस्पर सहमति से ही यौन संबंध बनाती हैं; पर जब बात खुल जाती है, तो वे पुरुषों पर आरोप लगाने लगती हैं।

शर्माजी के पास ऐसी कई कतरनें और भी थीं, जिन्हें सुनने में मेरी कोई रुचि नहीं थी। इसलिए उन्हें बीच में ही रोककर मैंने पूछा कि इतनी बड़ी दुर्घटना के बाद भी हमारे महान् देश की अति महान् पार्टी के अत्यधिक महान् नेता श्री राहुल बाबा तब तक चुप क्यों रहे, जब तक वह लड़की मर नहीं गई?

'हो सकता है, उनका बयान लेखक छुट्टी पर हो या फिर वे गुजरात के सदमे से अभी तक उबर न पाए हों।'

'और मनमोहन सिंहजी?'

'वे तो 'ठीक है' की उलझन को ठीक करने में लगे हैं।'

शर्माजी कभी-कभी सचमुच बहुत मार्के की बात कह जाते हैं। उनके इस बयान से मैं तो पूरी तरह सहमत हूँ, और आप··· ?

(30.12.2012)

□

विवाद टाइम्स

शर्माजी खाली बैठे-बैठे अब ऊबने लगे थे। उनकी पत्नी भी चाहती थी कि वे किसी धंधे से लगकर दिन भर बाहर रहें, जिससे वे अपने पड़ोस की महिलाओं के साथ बैठकर बात कर सकें। दो-चार दिन ऐसा न होने पर उनके पेट में दर्द होने लगता था।

इधर सेठ चंदूलाल चमचाकर एक नया अखबार निकालना चाहते थे। उनके पास कई तरह से कमाया हुआ बेहिसाब पैसा था। वे जानते थे कि मीडियावालों पर कोई आसानी से हाथ नहीं डालता। इसलिए वे अखबार की आड़ में अपने काले धंधों को छिपाना चाहते थे। एक स्थानीय राजनेता भी इसमें रुचि ले रहे थे।

उन्हीं नेताजी के माध्यम से शर्माजी और सेठ चंदूलाल चमचाकर की भेंट हुई और इस जुगलबंदी से 'संवाद टाइम्स' नामक अखबार छपने लगा। सेठजी इसके प्रकाशक बने और शर्माजी संपादक।

संपादक बनने से शर्माजी की व्यस्तता बढ़ गई। वे सुबह नाश्ता करके निकलते, तो रात को ही लौटते थे। वेतन भी ठीकठाक मिल रहा था। इससे शर्माजी और उनकी पत्नी के दिन अच्छे बीतने लगे।

कुछ दिन बाद शर्माजी घर पर आए, तो अखबार के विषय में ही बात होने लगी।

'शर्माजी, आप 'संवाद टाइम्स' के संपादक कैसे बन गए?'

'अपनी योग्यता के कारण।'

'पर आपने तो 40 साल की सरकारी नौकरी में पूरा समय गपशप, लेनदेन और चायबाजी में ही लगाया है?'

'वर्माजी, आपकी समझदानी छोटी है। इसलिए आप विषय की गहराई तक नहीं पहुँच सकते। गपशप, लेनदेन और चायबाजी द्वारा बात को अपने मनचाहे लक्ष्य तक पहुँचाने का नाम ही तो 'संवाद' है। इसलिए सेठजी को मुझसे अच्छा संपादक नहीं मिल सकता था।'

'अच्छा'' ?'

'और क्या। देखो, संवाद तो मुलायम मिट्टी की तरह होता है, जिसे कुम्हार अपने कुशल हाथों से मनचाहा आकार दे देता है। ऐसे ही हम समाचार में विचार मिलाकर उसे अपने अखबार की नीति और पाठकों की रुचि के अनुरूप मनचाही दिशा में मोड़ देते हैं।'

उस दिन मुझे कहीं जाना था, इसलिए बात टालते हुए मैंने उन्हें चाय पिलाकर टरका दिया।

कुछ दिन बाद मैं किसी काम से 'संवाद टाइम्स' के कार्यालय के सामने से निकला, तो शर्माजी से मिलने चला गया। वहाँ शर्माजी के साथ कुछ अन्य संवाददाताओं की बैठक हो रही थी। शर्माजी ने मुझे भी अंदर ही बुला लिया।

शर्माजी : बहुत दिनों से हमारे अखबार में कोई चटपटी खबर नहीं छपी है। इस उदासी को हमें जल्दी ही तोड़ना होगा।

एक : हाँ, दिल्ली दुष्कर्म की खबर भी पुरानी हो गई। उसके धरने और प्रदर्शन पर अब पाठक ध्यान नहीं देते।

दूसरा : सीमा पर हुई मुठभेड़ की स्टोरी को कुछ आगे बढ़ा सकते हैं।

शर्माजी : अब वहाँ भी शांति हो गई है। सेनाध्यक्ष भी बलिदानी सैनिकों के घर हो आए। इसलिए अब उस खबर में दम नहीं रहा।

तीसरा : अभी एक नई फिल्म लगी है। उसमें से कोई खबर निकाली जा सकती है।

शर्माजी : अच्छा'' ?

तीसरा : जी हाँ, उसके एक गाने में कुछ ऐसे शब्द हैं, जिस पर स्टोरी की जा सकती है।

शर्माजी : ठीक है, तुम इस पर काम करो।

पहला : सर, मुझे भी कुछ काम बताइए।

शर्माजी : तुमने पिछले दिनों कुछ लोगों के वक्तव्यों को तोड़-मरोड़कर जो स्टोरी की थी, उससे सारे देश में हलचल मच गई। ऐसी ही कोई धाँसू चीज फिर खोज कर लाओ।

पहला : जयपुर में कांग्रेस का चिंतन शिविर हो रहा है, वहाँ से कुछ चीज निकल सकती है।

शर्माजी : बहुत कठिन है; क्योंकि गांधीजी के नाम की रोटी खा रहे कांग्रेस के तीनों बंदर कभी प्रेस से बात नहीं करते। वे प्रायः चुप रहते

हैं या फिर अपने लेखकों द्वारा लिखे गए वक्तव्यों को पढ़ देते हैं। फिर भी तुम प्रयास करो।

चौथा : और सर मैं क्या करूँ?

शर्माजी : आप कुंभ में चले जाइए। वहाँ से कुछ ऐसे चित्र या समाचार भेजें, जिनसे धर्म का मजाक उड़े और माहौल में गरमी आए। ऐसी चीजें लोग बहुत चाव से पढ़ते हैं। इनकी क्रिया और प्रतिक्रिया में आठ–दस दिन तक अखबार चलता रहता है।

बैठक समाप्त होने पर शर्माजी ने 'संवाद टाइम्स' के बारे में मेरे विचार जानने चाहे। मैंने कहा कि देश और दुनिया में इतने अच्छे काम हो रहे हैं, आप कुछ खबर उनके बारे में भी दिया करें।

इस पर वे हँसे—'वर्माजी, आप पुरानी सोच के आदमी हैं। इन चीजों से आजकल अखबार नहीं चलते। जब तक कोई चटपटी बात न हो, तब तक लोग अखबार नहीं खरीदते। इसलिए हम तो 'बाल की खाल' से जूता बनाकर भीड़ में फेंक देते हैं। 'तिल का ताड़' और 'बिना फूस का झाड़' बनाना हमारे बाएँ हाथ का खेल है। इससे खूब विवाद होता है और हमारा अखबार खूब बिकता है। यही हमारी नीति है और यही सफलता का रहस्य।'

'तो फिर आप अखबार का नाम भी संवाद टाइम्स के बदले 'विवाद टाइम्स' रख लें, तो अच्छा रहेगा।'

शर्माजी मेरा मुँह देखते रह गए।

(18.1.2013)

□

छिपाने का सामान

किसी भी लेखक के लिए उसकी पुस्तक का छपना और फिर विमोचन होना ऐसा ही है, जैसे बहुत प्रतीक्षा के बाद घर में बेटे का जन्म और फिर उसका विवाह होना; पर यह सब इतना आसान काम नहीं है। जो लेखक अच्छे या बुरे, किसी भी कारण से प्रसिद्ध हो जाते हैं, उनकी बात तो जाने दें; पर बाकी के बारे में यह शत प्रतिशत सच है। विश्वास न हो, तो किसी भी लेखक से पूछ लें।

मेरी भी ऐसी कई पुस्तकों की पांडुलिपियाँ वर्षों से अलमारी और फाइलों में पड़ी धूल खा रही थीं। एक भले आदमी के माध्यम से मेरा एक प्रकाशक महोदय से संपर्क हो गया और वे मेरी कुछ पुस्तकें छापने को तैयार हो गए।

अब मैं तेजी से इस काम में लग गया। पुस्तकों की सामग्री पर फिर से एक बार निगाह डालकर उन्हें प्रकाशक और फिर प्रेस में भेजा। इसके बाद कम-से-कम दो बार उनका प्रूफ पढ़ना और मुखपृष्ठ की सज्जा भी एक महत्त्वपूर्ण काम था।

मैंने एक महीने तक घर में ही रहकर प्राथमिकता के आधार पर यह काम करने का निश्चय किया। कहीं ऐसा न हो कि प्रकाशक महोदय का मन बदल जाए और फिर ऐतिहासिक महत्त्व की वे पुस्तकें छपने से रह जाएँ।

इसलिए मैंने अपने सब मित्रों को बता दिया कि 144 साल बाद हो रहे इस महाकुंभ में मैं एक महीने के कल्पवास हेतु प्रयाग जा रहा हूँ। वहाँ के धार्मिक तथा आध्यात्मिक वातावरण में मैं अपना मोबाइल भी बंद रखूँगा। इसलिए वे संपर्क का प्रयास न करें।

लेकिन महाकुंभ में हुई दुर्घटना से मेरे मित्रों की चिंता बढ़ गई। जब मृतकों की सूची और चित्रों में उन्हें मैं दिखाई नहीं दिया, तो वे शांत हो गए; लेकिन शर्माजी को फिर भी चैन नहीं पड़ा और वे मेरी कुशल-मंगल जानने के लिए घर पर ही आ धमके।

अब मैं आपको क्या बताऊँ? जब वे आए, तो मैं कागजों से उलझा हुआ था। मेरे हाथ में पुस्तक के मुखपृष्ठ के नमूने भी थे। मैं नहीं चाहता था कि प्रकाशन और विधिवत् विमोचन से पहले कोई उन्हें देखे। इसलिए मैंने उन्हें दरी के नीचे छिपा दिया। यह देखते ही वे भड़क गए।

'वर्मा, महाकुंभ और कल्पवास के नाम पर झूठ बोलकर तुम यहाँ घुसे बैठे हो, यह ठीक नहीं है।'

'शर्माजी, पहले आप मेरी पूरी बात सुन लें।'

'मुझे इसकी कोई जरूरत नहीं है। तुम तो मुझे सीधे-सीधे यह बता दो कि तुम्हारे पास आखिर ऐसी क्या चीज है, जो तुम मुझसे और बाकी सबसे छिपाना चाहते हो?'

'शर्माजी, आप मुझ पर विश्वास करें। मेरे पास छिपाने जैसी कोई चीज नहीं है। मैं प्रधानमंत्री मनमोहन सिंह, रक्षामंत्री ए.के. एंटनी या देश के उस विशिष्ट 'परिवार' की तरह नहीं हूँ, जो हर दिन कुछ न छिपाने की दुहाई दे रहे हैं।'

'वर्मा, लगता है तुम्हारा शकों से कोई पूर्व जन्म का नाता है। इसलिए तुम हर किसी पर शक करने लगते हो। वे बेचारे...।'

'शर्माजी, आप भले ही उन्हें बेचारा कहें; पर इस समय मैं नहीं, पूरा देश उन पर शक कर रहा है। फिर बात जब रक्षा सौदे और इटली की हो, तो शक होना ही है।'

'क्यों, इटली में क्या खास बात है?'

'लगता है, आप बोफोर्स कांड को भूल गए हैं?'

'कुछ-कुछ याद तो आ रहा है।'

'तो ठीक से याद कर लीजिए। वहाँ भी इटली, क्वात्रोकी और राजीव गांधी का त्रिकोण था। राजीव गांधी पहले कहते थे कि मैंने दलाली नहीं ली। फिर बोले कि मेरे परिवार में से किसी ने नहीं ली; पर इससे आगे की बात बोलने से पहले ही वे दिवंगत हो गए।'

'तो बोफोर्स और हैलिकॉप्टर सौदे में क्या कुछ समानता है?'

'बहुत समानता है। दोनों में रिश्वत दी गई, यह तो पक्का है; पर भारत में वह किसने ली, यह साफ नहीं हुआ।'

'लेकिन सी.बी.आई. ने इसकी जाँच तो की थी?'

'शर्माजी, आप भी बहुत भोले हैं। भारत में जितने भी बड़े घोटाले हुए हैं, किसी की जाँच अपनी पूर्णता तक नहीं पहुँची। हाँ, कुछ लाख या कुछ करोड़वाले मामलों में लोग जेल जरूर गए हैं।'

'सुना है, हैलिकॉप्टर खरीद के इस मामले में 320 करोड़ रुपए की रिश्वत दी गई है। ये राशि तो बहुत अधिक है, वर्मा?'

'शर्माजी, बोफोर्स तोपों के लिए 65 करोड़ रुपए की रिश्वत ली गई थी। तब से महँगाई दस गुना बढ़ गई है। ऐसे में बिचौलियों का 320 करोड़ रुपए का हक तो बनता ही है। फिर जहाँ पौने दो लाख करोड़ रुपए के घोटाले हुए हों, वहाँ यह पैसा तो चिल्लर जैसा है; लेकिन बात चूँकि रक्षा मंत्रालय की है, इसलिए बहुत गंभीर है।'

'तो इस मामले में क्या होगा?'

'वही जो पहले होता आया है। कुछ दिन शोर होगा, फिर पहले की तरह पतनाला वहीं गिरने लगेगा।'

'लेकिन वर्मा, ऐसे में विपक्ष की भी तो कुछ जिम्मेदारी बनती है।'

'हाँ, बोफोर्स कांड के विरुद्ध विश्वनाथ प्रताप सिंह ने झंडा बुलंद किया था। देश ने भी उनका भरपूर साथ दिया; पर आज कोई ऐसा व्यक्ति दिखाई नहीं दे रहा। क्योंकि इस मामले के तार बहुत पीछे तक जा रहे हैं। सच हो या झूठ; पर बदनामी से तो हर आदमी डरता ही है।'

शर्माजी को आए काफी देर हो चली थी। मेरा काम अटक रहा था। इसलिए मैंने उन्हें एक कप चाय पिलाकर यह संकेत दिया कि अब वे कृपया प्रस्थान करें। मेरी बात समझकर वे उठ खड़े हुए।

'लेकिन वर्मा, कल्पवास के नाम पर झूठ बोलकर, इस तरह घर में छिपे रहना ठीक नहीं है। तुम्हें निश्चित रूप से पाप लगेगा।'

'शर्माजी, मैं तो इस पाप को भुगत लूँगा; पर आप कृपया हमारे उन महान् नेताओं से जाकर कहें कि उनके पापों के कारण देश के हर नागरिक की आँखें शर्म से झुकी जा रही हैं। भारत के जो लोग विदेशों में काम-धंधा कर रहे हैं, उनके लिए सिर उठाकर चलना कठिन हो गया है। यदि इन नेताओं में कुछ शर्म और हया बाकी है, तो छिपने-छिपाने का यह गंदा खेल छोड़कर वे हमारी नजरों से दूर हो जाएँ। अन्यथा कुछ दिन बाद जनता अपने वोट की ताकत से उन्हें स्थायी कल्पवास में भेज देगी।

(20.2.2013)

□

लाली देखन मैं गई...

शब्द, उसके अर्थ, मात्रा और फिर उसके उच्चारण की महिमा निराली है। यदि शब्द को बोलने या सुनने में कुछ गड़बड़ हो जाए, तो कई बार अर्थ का अनर्थ भी हो जाता है। उर्दू में तो इसके लिए एक कहावत ही है—नुक्ते की गलती से खुदा जुदा हो गया। हिंदी में भी 'रोको, मत जाने दो' और 'रोको मत, जाने दो' जैसे उदाहरण देकर शब्द और मात्राओं के प्रयोग समझाए जाते हैं।

यों तो एक शब्द के कई अर्थ होते हैं। 'कनक कनक ते सौ गुनी, मादकता अधिकाय' वाला दोहा आपने भी सुना ही होगा। इसमें एक कनक का अर्थ सोना है तो दूसरे का धतूरा। ऐसे प्रयोग को हिंदी काव्य में 'यमक अलंकार' कहा गया है।

एक ही शब्द के अलग-अलग भाषा या क्षेत्रों में भी अलग-अलग अर्थ होते हैं। घुमक्कड़ लोगों को इस मामले में बहुत सावधानी रखनी होती है। दूध शब्द से प्रायः गाय या भैंस के दूध का अर्थ लगाया जाता है; पर मैंने सुना है कि भारत के कुछ राज्यों में दूध का अर्थ माँ का दूध होता है। ऐसे में यदि आप किसी घर या दुकान में जाकर दूध की माँग करें, तो हो सकता है हाथापाई हो जाए।

चाय के साथ मैदे से बनी नमकीन मट्ठी आपने भी कई बार खाई होगी; पर इसका अर्थ कुछ स्थानों पर युवा लड़की होता है। यदि आप ऐसे किसी स्थान पर जाएँ, तो चायवाले से मठरी भले ही माँग लें; पर भूलकर भी मट्ठी की बात न कहें, वरना हो सकता है, वह आपको पुलिस के हवाले कर दे।

मेरा कहने का अभिप्राय: यह है कि एक ही शब्द के कई अर्थ होते ही हैं; पर यह अजूबा कम ही देखने में आता है कि कई शब्दों का एक ही अर्थ हो। भारत में आजकल ऐसा ही हो रहा है।

'मोदी' शब्द भारतवालों के लिए अनजाना नहीं है। दैनिक उपयोग के लिए आटा, दाल, चावल आदि का भंडार करने और बेचनेवाले को प्रायः मोदी कहा

जाता है। इसी से 'मोदीखाना' शब्द प्रचलित हुआ। शायद इसी से मोदी गोत्र भी निकला होगा।

दिल्ली से हरिद्वार जाते समय लगभग 50 कि.मी. दूर 'मोदीनगर' आता है। जिसे रायबहादुर गूजरमल मोदी ने बसाया था। वहाँ मोदी परिवार द्वारा स्थापित कई उद्योग हैं। किसी समय भारत के उद्योगपतियों में मोदी का डंका बजता था। वहाँ लालटेन से लेकर साबुन तक बनते थे; पर अब संपत्तियों के बँटवारे के साथ ही इस परिवार का जलवा भी कम हो गया।

हाँ, इस परिवार के एक लाड़ले सपूत ललित मोदी ने आई.पी.एल. के माध्यम से 'फटाफट क्रिकेट' में बहुत नाम कमाया। उसने खेल के नाम पर मनोरंजन, पैसे और दलाली का कॉकटेल बनाकर जनता को खूब मूर्ख बनाया। यद्यपि वह खुद इस जाल में ऐसा फँसा कि भारत आना ही कठिन हो गया है।

किसी समय ऑस्ट्रेलिया निवासी कैरी पैकर ने रात्रि क्रिकेट का तमाशा किया था, जिसे कुछ लोगों ने 'क्रिकेट सर्कस' कहा था। आई.पी.एल. के नाम से उसी का नया संस्करण प्रस्तुत करने का श्रेय ललित मोदी को ही है।

मोदी नाम से सुशील मोदी का भी ध्यान आता है, जो इन दिनों बिहार के उपमुख्यमंत्री हैं। कहते हैं कि यदि वे पीछे हट जाएँ, तो मुख्यमंत्री नीतीश कुमार दो मिनट में चित्त हो जाएँ; पर दोनों ही मजबूर हैं। इसलिए मतभेद और मनभेद होते हुए भी अंधे और लँगड़े की तरह दोनों लगातार साथ निभा रहे हैं।

लेकिन इन दिनों मोदी नाम लेते ही जिस प्रभावी और तेजस्वी व्यक्ति का चेहरा आँखों के सामने आ जाता है, वह है नरेंद्र मोदी। आप उनसे सहमत या असहमत हो सकते हैं; उनके घोर समर्थक या कट्टर विरोधी भी हो सकते हैं; पर उनकी उपेक्षा नहीं कर सकते। 'जिधर देखता हूँ, उधर तू ही तू है…' की तरह नरेंद्र मोदी के चाहनेवाले उनके दिल्ली आने की चर्चा से उत्साहित हैं, तो उनके विरोधी अभी से पसीने-पसीने हो रहे हैं।

पिछले दिनों दिल्ली में भारतीय जनता पार्टी की राष्ट्रीय कार्यकारिणी की बैठक हुई। वहाँ अंदर क्या हुआ, यह तो अंदरवाले ही जानें; पर अखबारों में जो छपा, उससे तो लगा कि नरेंद्र मोदी का जादू वहाँ सबके सिर चढ़कर बोल रहा था। मिशन और कमीशन, दीमक और पसीना, परिवार और चौकीदार जैसी उनकी चुटकियों ने सबका दिल जीत लिया।

पर उनके इस संबोधन से कांग्रेसवालों को भी खूब मिर्चें लगीं और सारे भोंपू एक स्वर में बोलने लगे। कोई उन्हें अभद्र बता रहा है, तो कोई अशालीन; कोई

साँप कह रहा है, तो कोई बिच्छू। एक से एक भारी शब्द ढूँढ़कर शब्दकोश में से निकाले जा रहे हैं; पर नरेंद्र मोदी हैं कि आस-पास के क्षुद्र जीवों की चिंता किए बिना मस्त हाथी की तरह बढ़े जा रहे हैं।

मुझे पिछले दिनों कुछ घरेलू कामों से गाँव जाना पड़ा। लौटकर आया तो पता लगा कि शर्माजी बीमार हैं। उनके घर गया, तो शर्मा मैडम बहुत परेशान थीं। बिस्तर के पास दवाइयों का ढेर लगा था। उन्होंने बताया कि रात में सोते-सोते अचानक शर्माजी चीख पड़ते हैं—'बचाओ, बचाओ, मोदी आया।'

शर्माजी मेरे पुराने मित्र हैं। मैंने उन्हें समझाया कि आप दुखी न हों, क्योंकि नरेंद्र मोदी के आने से भले लोगों को परेशान नहीं होना पड़ेगा; पर वे कुछ समझने की मानसिकता में ही नहीं थे।

मैडम शर्मा ने बताया इस बीमारी का कारण दूरदर्शन भी है। जिस दिन दिल्ली में नरेंद्र मोदी का भाषण हुआ, दिन भर सभी चैनल उसे ही दिखाते रहे। शर्माजी ने कई चैनल बदले; पर हर जगह वही नरेंद्र मोदी की हुंकार। अगले दिन अखबार देखे, तो सबमें मुखपृष्ठ पर नरेंद्र मोदी। जैसे लंका दहन के बाद वहाँ सबको सपने में भी हनुमान जी नजर आते थे, ऐसा ही हाल शर्माजी का हो गया।

मैं इस समस्या का समाधान ढूँढ़ने एक मनोविज्ञानी डॉ. वर्मा के पास गया। उन्होंने बताया कि यूनानी लोककथाओं में एक ऐसी मकड़ी की चर्चा आती है, जो जाल में बैठे-बैठे ही अपने शिकार पर आँखें गड़ा देती है। धीरे-धीरे वह शिकार सम्मोहित होकर आगे बढ़ने लगता है और उस मकड़ी के शरीर में समाहित हो जाता है।

मुझे कबीरदासजी की पंक्तियाँ याद आईं—

लाली मेरे लाल की, जित देखूँ तित लाल।
लाली देखन मैं गई, मैं भी हो गई लाल।।

डॉ. वर्मा ने बताया कि उनके पास इन दिनों 'मोदी बुखार' से ग्रस्त मरीज बड़ी संख्या में आ रहे हैं। इनमें मोदी के विरोधी तो हैं ही, कुछ समर्थक भी हैं। कांग्रेसवालों का तो बुरा हाल है। उनकी बैठक का एजेंडा चाहे जो हो; पर थोड़ी देर में ही वहाँ किसी-न-किसी रूप में नरेंद्र मोदी की चर्चा होने लगती है।

जैसे किसी समय अफगानिस्तान की महिलाएँ अपने बच्चों से कहती थीं कि 'सो जा, नहीं तो नलवा आ जाएगा।' इसी तरह कांग्रेसवाले अपने कार्यकर्ताओं से कह रहे हैं कि 'जाग जाओ, वरना मोदी आ जाएगा।' राहुल बाबा और बड़ी मैडम का तो बुरा हाल है। वे रात में सोने के लिए नींद की गोली खाते हैं और दिन में स्फूर्ति बनाए रखने के लिए च्यवनप्राश।

'पर डॉ. साहब, इसका कोई इलाज··· ?' मैंने जिज्ञासा व्यक्त की।

'ऐसा लगता है कि यह 'मोदी बुखार' अगले साल 'मोदी की जयकार' में बदलकर स्वयं ही शांत हो जाएगा।'

मैंने शर्माजी को सलाह दी है कि वे डॉ. वर्मा से मिल लें। यदि आपके आस-पास भी कोई ऐसा मरीज हो, तो उसे यथाशीघ्र वहाँ पहुँचा दें। ऐसा न हो कि मनीष तिवारी और मणिशंकर अय्यर की तरह यह बुखार लाइलाज होकर सन्निपात में बदल जाए।

(5.3.2013)

□

अंकल कहि-कहि जाएँ

भारतीय नव वर्ष और अंग्रेजी न्यू ईयर में बड़ा भारी अंतर है। अंग्रेजी साल के आते समय भीषण सर्दी से जनजीवन बेहाल रहता है। रजाई, कंबल और स्वेटर से बाहर निकलने का मन ही नहीं करता। धन्य है, वह वैज्ञानिक, जिसने मोबाइल फोन का आविष्कार किया। उसकी कृपा से लोग रजाई में घुसे-घुसे ही एस.एम.एस. कर अपने मिलनेवालों को बधाई पहुँचा देते हैं। फीकी बधाई देने का सबसे सस्ता और सरल उपाय अभी तक तो यही है।

पर भारतीय नव वर्ष की महिमा निराली है। इस समय मौसम ऐसा सुहाना होता है कि कोई चाहकर भी घर में नहीं बैठ सकता। मनुष्य ही क्या, पशु-पक्षी और पेड़-पौधे भी अपनी पूरी रंगत में होते हैं। चारों ओर हर्ष, आनंद और उमंग का वातावरण विद्यमान रहता है। वसंत पंचमी, महाशिवरात्रि और होली से होता हुआ उल्लास नव वर्ष आते ही अपने चरमोत्कर्ष पर पहुँच जाता है। ऐसे में भी यदि कोई घर में घुसा रहे, तो उसे मनहूस नहीं तो और क्या कहेंगे?

मेरे परम मित्र शर्माजी यों तो बड़े खुशदिल आदमी हैं; पर पिछले कुछ दिन से वे न जाने क्यों सुबह टहलने नहीं आ रहे थे। मौसम बदलते समय कई लोग सर्दी और बुखार के चक्कर में आ जाते हैं। अत: मुझे भी उनकी तबीयत के बारे में शंका हो गई और मैं बिना बताए उनके घर जा पहुँचा। सोचा, भाभीजी के हाथ की एक कप गरम चाय मिलेगी और हालचाल भी पता लग जाएगा।

उनके घर पहुँचा तो शर्माजी बड़ी मुश्किल से बाहर आने को तैयार हुए। अपने ही घर में ऐसी बेरुखी देखकर मुझे बड़ी हैरानी हुई। मैं हालचाल पूछना ही चाहता था कि वे अचानक रुआँसे हो गए।

'क्यों वर्मा, क्या मैं बूढ़ा लगता हूँ?'

'सुबह-सुबह कैसी बात कर रहे हैं शर्माजी?'

'नहीं वर्मा, सच बताओ। तुम्हें मेरी कसम।'

'शर्माजी, मैं इन झूठी कसमों में विश्वास नहीं रखता। अगर इनमें कुछ दम होता, तो सर्वोच्च न्यायालय में कसम खाकर दो हत्यारे नौसैनिक अपने घर इटली न भाग जाते।'

'अच्छा, कसम को छोड़ो; पर बताओ, क्या मैं बूढ़ा हो गया हूँ?'

'शर्माजी, बूढ़े हों आपके दुश्मन। आप तो इतने जवान हैं कि क्या कहूँ; पर आज ये बेवक्त का वृद्धराग कैसे याद आ गया?'

'कुछ पूछो मत वर्मा। पिछले दिनों मैं बाजार गया, तो बाल-बच्चोंवाली कई महिलाएँ मुझे 'अंकलजी' कहने लगीं।'

'आप भी कहाँ-कहाँ की बात सोचने लगते हैं, शर्माजी? कहने से ही कोई अंकल नहीं बन जाता।'

'पर··· ?'

'पर और बेपर की छोड़िए। वैसे तो जब से राहुल बाबा ने शादी न करने की घोषणा की है, तब से लोग उन्हें भी 'राहुल अंकल' कहने लगे हैं। क्या इससे वे अंकल हो गए?'

'देखो वर्मा, तुम हमारे राहुलजी के बारे में कुछ मत कहो।'

'मेरे चुप रहने से क्या होगा, शर्माजी? लोग बचपन से जवानी की ओर बढ़ते हैं; पर वे तो सीधे 'अंकल' हो गए।'

'तो क्या अंकल की कुछ विशेष पहचान होती है?'

'बिल्कुल। कुछ पहचान तो बाहरी होती हैं, जो सबको दिखाई दे जाती हैं। जैसे बालों की सफेदी, घर-गृहस्थी की जिम्मेदारी होने के कारण माथे पर खिंची लकीरें, थका हुआ चेहरा, अस्त-व्यस्त कपड़े, हाथ में सब्जी और राशन के लिए थैला, बड़बड़ाते होंठों पर बीमा और पेंशन का हिसाब···आदि से कोई भी आसानी से समझ सकता है कि ये अंकलजी हैं।'

'और··· ?'

'और अंकल लोग घर हो या बाजार, दफ्तर हो या व्यापार, हर जगह समझदार नागरिक जैसा व्यवहार करते हैं। वे किसी जिम्मेदारी से डरते नहीं और सफलता या असफलता से घबराते नहीं।'

'हमारे राहुलजी में तो ये सब विशेषताएँ पहले से ही हैं।'

'पर लोग तो ऐसा नहीं मानते। जो व्यक्ति घर-परिवार का बोझ ही नहीं उठा सकता, वह देश को कैसे सँभालेगा? शायद इसी डर से उन्होंने प्रतियोगिता शुरू

होने से पहले ही खुद को प्रधानमंत्री पद की दौड़ से अलग कर लिया है। इसलिए कई लोग तो उन्हें अभी से 'मामू' कहने लगे हैं।'

'ये तुम्हारी क्षुद्र सोच है वर्मा; पर मैं ऐसा नहीं मानता।'

'शर्माजी, ओवैसी हो या गिलानी और मलिक, भारत में सबको अपनी-अपनी तरह से सोचने और कहने की स्वतंत्रता है। इसलिए मैं इस पर टिप्पणी नहीं करूँगा; पर यह न भूलें कि अंकल का कुछ संबंध अक्ल और 'अक्कल दाढ़' से भी है।'

'यानी जिसमें अक्ल होती है, उसे ही लोग अंकल कहते हैं?'

'जी हाँ। और वे सब्जी बेचनेवाली महिलाएँ तो आपको 'अंकलजी' कह रही थीं। यानी वे आपको सामान्य अक्लवालों से भी बड़ा मान रही थीं।'

'तो मुझे इस संबोधन का बुरा नहीं मानना चाहिए?'

'बिल्कुल नहीं।'

'तर्क के हिसाब से तुम्हारी बात भले ही ठीक हो वर्मा; पर अंकल सुनकर बूढ़ेपन का एहसास तो होता ही है।'

'शर्माजी, ये तो दुनिया का एक शाश्वत सत्य है। इसे जितना जल्दी आप स्वीकार कर लें, उतना ही अच्छा है। दशरथजी को शीशा देखते समय अपने कान के पास सफेदी दिखाई दी, तो उन्होंने राम को युवराज बनाने का निर्णय कर लिया; पर यदि कोई इसे स्वयं न माने, तो फिर जमाने की ठोकर उसे समझा देती है।'

'अच्छा''' ?'

'जी हाँ, रीतिकाल के महान् कवि केशवदास के सफेद बालों को देखकर कुएँ से पानी भर रही युवतियों ने जब उन्हें 'बाबा' कहा, तो उनके दिल में आग लग गई और मुँह से निकल पड़ा—

'केशव केसन अस करि, जस अरिहु न कराय।
चन्द्रवदन मृगलोचिनी बाबा कहि-कहि जाय।।'

'यानी मैं यह मान लूँ कि अब मैं भी 'अंकल' हो गया हूँ?'

'बिल्कुल। अच्छा अब मैं चलता हूँ। नमस्ते शर्मा अंकल।'

शर्माजी का खिलखिलाता चेहरा एक बार फिर रुआँसा हो उठा, 'ओह वर्मा, तुम भी'''।'

(14.3.2013)

□

जगदी का काढ़ा

बात लगभग 50 साल पुरानी है। हमारे मोहल्ले में एक 'जगदी' रहती थीं। उनका असली नाम क्या था, यह तो वही जानें; पर 'जगत् दादी' से 'जगदादी' होते हुए यह जगदी तक पहुँच गया और अब इसी नाम से उन्हें पूरा गाँव जानता और पुकारता था।

जैसा कि नाम से ही स्पष्ट है, वे मोहल्ले में सबसे बुजुर्ग और अनुभवी महिला थीं। बच्चों की हारी-बीमारी तो वे उसका चेहरा देखकर ही समझ जाती थीं। उनके पास ऐसी सब बीमारियों के लिए रामबाण घरेलू नुस्खे थे, जिन्हें वे मुक्तभाव से सबको बताती रहती थीं। औपचारिक शिक्षा न होने पर भी सब उनका सम्मान करते थे। हमारे प्रधानजी यद्यपि देश ही नहीं विदेश में भी पढ़कर आए थे; पर वे भी उनके सामने चुप लगा जाते थे।

उनके बारे में हर किसी के पास अपने व्यक्तिगत अनुभव थे। जब मैं पाँच-सात साल का था, तो रात भर एक ही करवट सोते रहने से गरदन में दर्द होने लगा। मेरी माँ ने एक कटोरी में सरसों का तेल लेकर बड़ी बहन के साथ मुझे जगदी के पास भेज दिया। उन्होंने थोड़ी देर गरदन की मालिश की और फिर बड़े प्यार से दाएँ-बाएँ कुछ झटके लगाए। बस, दर्द न जाने कहाँ उड़नछू हो गया। इसके बाद उन्होंने मुझे एक पेड़ा भी खिलाया।

ऐसे ही एक बार मेरे छोटे भाई को मियादी बुखार हो गया। कई डॉक्टरों को दिखाया, पर रोग जाने का नाम ही नहीं ले रहा था। ऐसे में जगदी ने तकिए के नीचे लोहे की कैंची रखने की सलाह दी। अब वह कैंचीवाले टोटके का असर था या चौथे डॉक्टर की दवा का; पर बुखार इस बार गया, तो फिर लौटकर नहीं आया। इस पर माँ ने जगदी के पाँव छूकर उन्हें एक जोड़ा कपड़े भेंट किए।

शाम होते ही जगदी घर के बाहर खुले दालान में बड़ी सी खाट डालकर बैठ

जाती थीं। पूरे मोहल्ले के बच्चे वहाँ खेलकूद और हुड़दंग करने लगते थे। जब कोई बच्चा थक जाता, तो वह उस खाट पर जा लेटता और थोड़ी देर के आराम के बाद फिर खेल मंडली में शामिल हो जाता। उनके वहाँ रहने से सब बच्चे सुरक्षित अनुभव करते थे। खाट के पास पानी का घड़ा भी रखा रहता था। खेलते हुए प्यास लगने पर सब उससे पानी पी लेते थे।

जगदी अपने बटुए में सदा मिश्री के टुकड़े रखती थीं। खेलते हुए जब कोई बच्चा गिरकर या छोटी-मोटी चोट खाकर रोने लगता, तो जगदी उसे कुछ देर सहलाकर थोड़ी सी मिश्री खिला देती थीं। कई बच्चे तो मिश्री के लालच में जानबूझकर गिर जाते थे; पर ऐसे नाटकबाजों की उनके सामने एक नहीं चलती थी।

जगदी की उपस्थिति में कई अन्य महिलाएँ भी वहाँ आकर बातों की खिचड़ी पकाने लगतीं। संसद् के शून्य काल की तरह सास-बहू की निंदा से लेकर स्वेटर के नए डिजाइन और अचार की विधियों जैसे हर विषय पर वहाँ खुली चर्चा होती थी। कई महिलाएँ अपने बच्चों को वहाँ छोड़कर पशुओं की सानी-पानी में लग जातीं। क्या मजाल कि जगदी के रहते कोई बच्चा इधर-उधर हो जाए। शाम को हर दिन यह महफिल जमती थी। पुरुष वर्ग इसे 'जगदी का दरबार' कहकर इससे दूर ही रहता था।

जगदी की इन खट्टी-मीठी बातों के साथ एक कड़वी याद भी जुड़ी है। होली के बाद आनेवाले वासंतिक नवरात्र में वे नीम का काढ़ा बनाती थीं। हर बच्चे के लिए इसे पीना अनिवार्य था। वे कहती थीं कि इससे साल भर कोई बीमारी पास नहीं आएगी।

हमने उसका नाम 'जगदी का काढ़ा' रख छोड़ा था। यद्यपि काढ़े के बाद वे पेड़ा भी देती थीं, फिर भी सब बच्चे इससे दूर भागते थे। लेकिन मोहल्ले की हर महिला और उसके बच्चों का हिसाब उनकी उँगलियों पर था। वे अनीता और सुनीता से लेकर कुंती और सावित्री तक को आवाज लगाकर बच्चों को बुलवा लेती थीं।

उनको झाँसा देना भी आसान नहीं था। कभी-कभी कोई बच्चा घर में आकर झूठ बोल देता कि वह काढ़ा पी आया; पर शाम तक उसकी शिकायत के साथ एक कप काढ़ा उसके घर पहुँच जाता। एक बार मैंने भी ऐसा किया; पर सफलता नहीं मिली। काढ़ा तो पीना ही पड़ा, उसके बाद मिलनेवाला पेड़ा भी हाथ से गया।

अब नगर और महानगरों के दौर में न मोहल्ले रहे और न सबकी चिंता करनेवाली जगदी। अब तो कॉलोनी, सेक्टर और बहुमंजिला भवन हैं, जहाँ लोग बंद दरवाजों के पीछे अपने निजी दुख-सुख के साथ जीवन बिता रहे हैं।

आप पूछेंगे कि इतनी लंबी कहानी सुनाने का उद्‌देश्य क्या है ? असल में मनमोहन सिंहजी को इस दूसरे कार्यकाल में जैसे कड़वे घूँट पीने पड़ रहे हैं, उससे मुझे 'जगदी के काढ़े' की याद आ गई। उसे पीकर तो साल भर की छुट्‌टी हो जाती थी; पर बेचारे मनमोहनजी को कब तक यह काढ़ा पीना होगा, यह कोई नहीं जानता।

ममता बनर्जी हों या मायावती, मुलायम सिंह हों या करुणानिधि, उमर अब्दुल्ला हों या शरद पवार; सबके हाथ में पेड़े हैं और काढ़ा भी। मनमोहनजी पेड़े के लालच में उनके पास जाते हैं; पर काढ़ा पीकर लौट आते हैं। काढ़े के कारण कई बार साथ छोड़ना चाहते हैं; पर पेड़े का लालच हाथ पकड़ लेता है। इतने पर ही बस नहीं, तो कई बार बेनीप्रसाद वर्मा जैसे मुँहफट साथियों के हिस्से का काढ़ा भी उन्हें ही पीना पड़ जाता है। बार-बार हो रही इस थुक्का-फजीहत से उनकी जीभ का नक्शा इतना बिगड़ चुका है कि वे खट्‌टा, मीठा, कड़वा या कसैला जैसे स्वाद ही भूल चुके हैं।

हमारी जगदी तो सबसे पहले खुद काढ़ा पीती थीं और फिर बाकी सबको पिलाती थीं; पर मनमोहनजी जिस मोहल्ले में रहते हैं, वहाँ की जगदी पेड़ा अपने बेटे को खिलाकर काढ़े का गिलास उन्हें थमा देती हैं। उस दुखी आत्मा से न उगलते बनता है न निगलते।

हे भगवान्, बेचारे मनमोहनजी को पेड़े और काढ़े के इस जंजाल से शीघ्र मुक्त करो।

(31.3.2013)

□

गुस्से की बात

कभी-कभी बहुत गुस्सा आता है। कोई बात हो या न हो, पर आता है। शायद आपको भी आता होगा। गुस्सा आए और किसी तरह से भी न निकले, तो फिर बड़ी परेशानी हो जाती है। इसलिए गुस्से का निकलना बहुत जरूरी है।

शर्माजी को एक बार उनके अधिकारी ने दफ्तर में बुरी तरह डाँट दिया। गलती यद्यपि छोटी सी थी, पर डाँट की डोज कुछ ज्यादा ही हो गई। शर्माजी को गुस्सा तो बहुत आया; पर वे ठहरे एक सामान्य क्लर्क। इसलिए कुछ नहीं कर सकते थे, सो चुपचाप वापस अपनी सीट पर आकर बैठ गए।

लेकिन गुस्सा था कि शांत होने का नाम नहीं ले रहा था। इसलिए उन्होंने फाइलें समेटीं और झोला उठाकर समय से दो घंटे पहले ही घर जा पहुँचे। घर पर श्रीमतीजी आराम कर रही थीं। बस फिर क्या था, शर्माजी भड़क गए और सुबह का सारा गुस्सा ब्याज सहित उन पर उतार दिया।

मैडम बेचारी क्या करतीं, चुपचाच गुस्सा पी लिया। थोड़ी देर बाद बेटा स्कूल से वापस आया और हर दिन की तरह जूते फेंककर खाना माँगने लगा। बस फिर क्या था, मैडम ने उसे दो चाँटे लगा दिए; लेकिन बात यहाँ पर समाप्त नहीं हुई। बेटे ने अंदर जाकर छोटी बहन को पीट दिया। बहन ने गुस्से में आकर अपनी गुड़िया को फर्श पर पटक दिया। इस तरह दफ्तर में अधिकारी के गुस्से से शुरू हुई कहानी गुड़िया के टूटने पर जाकर समाप्त हुई।

एक बार मेरे साथ भी ऐसा ही हुआ था। मैंने शर्माजी के अनुभव का लाभ उठाते हुए घर जाकर मैडम को हड़काना चाहा; पर वे मुझसे भी अधिक गुस्से में थी। क्योंकि कुछ देर पहले ही उनकी तू-तू, मैं-मैं अपनी खूँखार पड़ोसन से हो चुकी थी। इसलिए मुझसे पहले वे चालू हो गईं और अपना गुस्सेवाला मटका मुझ पर पलट दिया।

मैं बेचारा किस्मत का मारा, उल्टे पाँव वापस हो गया। बाजार में जाकर चाय पी और तीन-चार घंटे पार्क में बिताकर देर रात घर लौटा। आगे की बात जानकर आप क्या करेंगे? बस इतना ही समझ लें कि रात में भूखे पेट सोना पड़ा।

लेकिन आज मुझे फिर गुस्सा आ रहा था। मैंने बहुत सिर मारा; पर समझ नहीं पाया कि गुस्सा कहाँ और किस पर उतारूँ ? इसलिए मैंने एक बार फिर शर्माजी की ही शरण ली।

'वर्माजी, यह समस्या आज की नहीं, बहुत पुरानी है। 1947 से पहले हम लोग हर बात के लिए अंग्रेजों को दोषी ठहरा देते थे। फिर यह गुस्सा व्यापारी और उद्योगपतियों से होता हुआ नक्सलियों और माओवादियों की ओर मुड़ गया; पर अब यह फैशन भी पुराना हो गया। इसलिए तुम अपना गुस्सा नेताजी पर उतार दो।'

'नेताजी पर… ?'

'हाँ, भारत में यही एक ऐसा प्राणी है, जिस पर सब नाराज हो सकते हैं। तुम किसी भी कवि-सम्मेलन में जाओ, वहाँ हर कवि नेताओं की मजाक बनाता मिलेगा। व्यंग्यकारों के लिए भी उन पर टिप्पणी करना बहुत सरल है। पुलिसवाले भी अपनी ज्यादतियों का दोष नेताओं को देकर पल्ला झाड़ लेते हैं। कई बार तो लोग मंच पर बैठे नेताजी के सामने ही ऐसा-वैसा कह देते हैं, और वे चुपचाप खून का घूँट पीकर रह जाते हैं।'

'लेकिन शर्माजी, वे ऐसा क्यों करते हैं?'

'क्योंकि वोट देने के बाद अगले पाँच साल तक जनता के पास हाथ झटकने और पैर पटकने के अलावा कोई अधिकार नहीं रहता। इसलिए वे अपना गुस्सा निकालकर यदि मन हल्का कर लेते हैं, तो अरबों-खरबों में खेलनेवाले नेताजी के लिए यह कोई घाटे का सौदा नहीं है।'

'लेकिन शर्माजी, मेरे मोहल्ले में तो कोई नेता नहीं है।'

'तो तुम पुलिसवालों पर गुस्सा झाड़ दो। वे भी भ्रष्टाचारियों और माफियाओं से मिले रहते हैं। तुम अखबार में देखते ही होगे कि हर नेता पुलिसवालों को गाली देता रहता है। कहते हैं कि हर थाने में रात के समय शराब और कबाब की महफिल सजती है। ऐसे में यदि कोई अभागी अपनी शिकायत लेकर पहुँच जाए, तो महफिल में शबाब का तड़का भी लग जाता है; लेकिन उन पर गुस्सा उतारते समय यह ध्यान रखना कि कहीं वे गुस्से में न आ जाएँ। क्योंकि हमारी-तुम्हारी तरह उनका गुस्सा शाकाहारी नहीं होता।'

'आप कैसी बात कह रहे हैं, शर्माजी। मैं तो बहुत ही कमजोर दिल का

आदमी हूँ। मैं तो उस सड़क को ही छोड़ देता हूँ, जिस पर पुलिसवाले खड़े हों। आप गुस्सा निकालने का कोई और रास्ता बताओ।'

'तो फिर तुम गरीबों पर गुस्सा निकाल लो।'

'गरीबों पर… ?'

'हाँ, तुमने सुना ही होगा, गरीब की जोरू, सबकी भौजाई। उस पर चाहे हँसो, चाहे उसका मजाक बनाओ, उसे मारो या अपमानित करो; पर वह बेचारा चुप रहता है।'

'हाँ, यह बात तो है शर्माजी। हमारे मोहल्ले में एक धनुआ मोची है। उसे बच्चे से लेकर बड़े तक सब छेड़ते रहते हैं; पर वह बेचारा खिसियाकर ही रह जाता है।'

'इसीलिए हमारे सत्ताधीश भी बार-बार मजाक कर उनके घावों पर नमक छिड़कते रहते हैं। एक बार इंदिरा गांधी ने 'गरीबी हटाओ' का नारा देकर चुनाव जीता था। तब से उनकी पार्टी और परिवारवाले अपनी गरीबी हटा रहे हैं। दलाली देश से मिले या विदेश से, उन्हें सब हजम हो जाती है। दिल्ली की वर्तमान मुख्यमंत्री शीला दीक्षित के अनुसार यहाँ अपराध बढ़ने का कारण यह है कि पूरे देश से गरीब मुँह उठाकर सीधे दिल्ली चले आ रहे हैं। योजना आयोगवालों के बस का और कुछ नहीं है, तो वे गरीबी रेखा को ही आगे-पीछे खिसकाकर आँकड़ों की जुगाली करते रहते हैं।'

'शर्माजी कुछ दिन पहले रिजर्व बैंक के गवर्नर सुब्बाराव ने भी तो गरीबों के बारे में कुछ कहा था?'

'हाँ, उन्होंने कहा था कि जेब में पैसा आने से गरीब लोग अधिक खाने लगे हैं, इसलिए अनाज की कमी हो रही है।'

'यह तो बहुत ही गंदा मजाक है शर्माजी।'

'यह तुम्हारे लिए गंदा हो सकता है; पर इन अमरीका पलट लोगों के लिए नहीं। पता नहीं इन्होंने विश्व बैंक की ताजी रिपोर्ट पढ़ी या नहीं, जिसमें कहा है कि दुनिया के एक तिहाई गरीब भारत में हैं।'

'पर शर्माजी, ऐसी बातें सुनकर गरीबों को गुस्सा नहीं आता?'

'गुस्सा आता तो फिर बात ही क्या थी, वर्मा। उनकी किस्मत में गुस्सा नहीं, भूख और अपमान लिखा है। इसीलिए तो मैं तुमसे कह रहा हूँ कि तुम भी अपना गुस्सा उन्हीं पर निकाल लो।'

'लेकिन शर्माजी, आपकी बात सुनकर तो मुझे उन लोगों पर गुस्सा आ रहा है, जो इस दुर्दशा के लिए जिम्मेदार हैं।'

'यदि ऐसा है, तो इसे सँभालकर रखो। इसे अभी व्यर्थ न निकल जाने दो। क्योंकि चोट वही असर करती है, जो सही समय और सही स्थान पर पूरी ताकत से की जाए। उस चोट का समय भी आ रहा है; पर यह ध्यान रखना कि तब इधर-उधर की बातों में फँसकर इस गुस्से को भूल न जाना।'

मैं शर्माजी का मुँह देखता रह गया।

(19.4.2013)

□

रोग दरबारी

लोग समझते हैं कि नौकरी से अवकाश प्राप्त कर लेने के बाद व्यक्ति की मौज ही मौज है; पर इसमें कितनी मौज है और कितनी मौत, यह भुक्तभोगी ही जानता है। किसी ने ठीक ही कहा है कि 'जाके पाँव न फटी बिवाई, वो क्या जाने पीर पराई।' विश्वास न हो, तो शर्माजी से पूछ लें।

हुआ यह कि पिछले दिनों हमारे मित्र शर्माजी भी उस परम गति को प्राप्त हो गए, जिसे हर कर्मचारी एक न एक दिन प्राप्त करता ही है। चालीस साल तक जिस दफ्तर में कलम घिसी, कई लोगों से लड़े और झगड़े, गाली-गुफ्तार और मारपीट की, मेज के ऊपर से वेतन लिया और नीचे से सुविधा शुल्क; आज उसी दफ्तर में सबने उन्हें झूठी-सच्ची प्रशंसा की मालाओं से लाद दिया।

शर्माजी के मुँह पर साढ़े नौ इंची मुसकान बिखरी थी; पर दिल में हाहाकार मचा था। जिस बॉस ने उन्हें कभी कुरसी पर बैठने को नहीं कहा, उसने आज अपनी ए.सी. कार से उन्हें घर छुड़वा दिया। शर्माजी जीवन की यह बाजी हारकर हार और उपहारों से लदे-फँदे घर आ गए।

कुछ दिन तो बहुत अच्छे बीते। दोपहर को ताजा भोजन और उसके बाद एक घंटा विश्राम भी किया। फुरसत से अखबार पढ़ा और दूरदर्शन पर समाचार सुने; पर एक महीना बीतते-बीतते वे बोर होने लगे। हर दिन दस बजे उनकी उँगलियाँ बेचैन होने लगतीं। दफ्तर में तो हर घंटे चाय मिल जाती थी; पर यहाँ नाश्ते के बाद मैडम शाम को ही चाय बनाती थीं। शर्माजी की समझ में नहीं आ रहा था कि समय कैसे काटें? झक मारकर उन्होंने मुझसे सलाह माँगी।

'शर्माजी, आप कागज और कलम लेकर शांत मन से अपने अनुभव लिखें। इससे कुछ कहानियाँ, कुछ कविताएँ और व्यंग्य से आगे बढ़ते हुए हो सकता है कोई अच्छा उपन्यास ही बन जाए।'

'लेकिन वर्मा, मेरी इस क्षेत्र में कोई रुचि नहीं है। बचपन में प्रेमचंद की कहानियाँ पढ़ी थीं। उसके बाद तो मैदान साफ ही रहा।'

'रुचि तो बनाने से ही बनती है, शर्माजी। आपने श्रीलाल शुक्ल का नाम सुना होगा।'

'राग दरबारीवाले··· ?'

'जी हाँ, वही। वे भी सरकारी सेवा में ही थे। उन्होंने सरकारी कार्यालयों में होनेवाली लेटलतीफी पर जो उपन्यास लिखा, उससे उन्हें मान-सम्मान और पुरस्कार तो मिले ही, धनलाभ भी खूब हुआ। मुझे विश्वास है कि आप भी इस क्षेत्र में अच्छा नाम कमाएँगे।'

'तुम्हारी बात में दम तो है वर्मा, लेकिन वो क्या है कि मेरी हिंदी बहुत अच्छी नहीं है। बचपन में जिस विद्यालय में मैं पढ़ा, वहाँ हिंदी व्याकरण पढ़ाई ही नहीं जाती थी। बोलते समय तो कुछ पता नहीं लगता; पर जब लिखने बैठता हूँ, तो हाथ रुक जाता है। इतने तरह के तो 'र' हैं कि रामजी ही बचाएँ। कोई ऊपर अटका है, तो कोई नीचे लटका है। छोटी और बड़ी मात्राओं का विधान इस नामुराद पर लागू नहीं होता। एक बार तो ग्रहदशा सुधारने के चक्कर में मेरी गृहदशा ही बिगड़ गई थी।'

'शर्माजी, इसकी आप चिंता न करें। छोटी-मोटी गलती तो मैं ठीक कर दूँगा; पर बड़ी समस्या आई, तो अपने कानून मंत्री अश्विनी कुमारजी हैं न।'

'अश्विनी कुमार; पर उनका व्याकरण से क्या लेना-देना है ?'

'लो, कर लो बात। वे इस समय देश के सर्वश्रेष्ठ व्याकरणाचार्य हैं। पिछले दिनों उन्होंने व्याकरण सुधारने के लिए सी.बी.आई. के मुखिया को एक रिपोर्ट लेकर अपने पास बुलाया था।'

'वर्माजी, फिर तो वह रिपोर्ट बहुत अच्छी बन गई होगी ?'

'अच्छी बनी या नहीं, यह तो वही जानें; पर व्याकरण सुधारते हुए उन्होंने उसमें जो छेड़छाड़ की, उस पर सर्वोच्च न्यायालय ने बड़ी फटकार लगाई है। इससे बड़े-बड़े सरदार हाँफ रहे हैं और रानियों के पैर काँप रहे हैं। युवराजों का तो कहीं अता-पता ही नहीं है। एक बड़े अधिकारी ने तो बलि का बकरा बनने से मना करते हुए कुरसी ही छोड़ दी है। इस मुद्दे पर हो रहे हंगामे से संसद् की दीवारें हिल रही हैं।'

'वर्माजी, देश का सचमुच बहुत पतन हो गया है। कोई समय था कि राजा ही सर्वेसर्वा हुआ करते थे; पर आजकल··· ।'

'शर्माजी, पुराने राजाओं का तो पता नहीं; पर आजकल एक राजा ने सारी

सरकार का बाजा बजा रखा है। चाकोजी के छुरी-चाकुओं की धार बेकार हो गई है। पी. चिदंबरम बिना पिए ही होश खो रहे हैं। सब दरबारी एक-दूसरे को टँगड़ी मारते हुए भी इस जुगत में लगे हैं कि इस छत्ते की 'रानी मक्खी' पर आँच न आए।

'क्या यह सब भी 'राग दरबारी' में है?'

'शर्माजी, यह राग नहीं, रोग दरबारी है। राज्य सेवा के नाम पर सब दरबारी राजा और रानी की सेवा तथा राज्य बचाने के नाम पर उन्हें बचाने में लगे रहते हैं; लेकिन राजा और रानी के खेत होते ही रातोरात उनकी निष्ठाएँ बदल भी जाती हैं। नई हो या पुरानी, देशी हो या विदेशी; पर हर दरबार की यही कहानी है। यह परदे के आगे और पीछे ही नहीं, धरती के ऊपर और नीचे भी चलती रहती है। यदि आप देवकीनंदन खत्री के 'चंद्रकांता संतति' जैसे उपन्यास पढ़ें, तो आपको राजनीति के साथ ही कूटनीति और राग दरबारी के साथ-साथ रोग दरबारी भी समझ में आ जाएगा।

शर्माजी उठकर चले गए। कई दिन से वे मिले भी नहीं। सुना है वे 'रोग दरबारी' नामक उपन्यास लिखने में व्यस्त हैं।

(2.5.2013)

□

बेशरम कथा

बात अधिक पुरानी नहीं है। शर्माजी के मोहल्ले में एक जैसी सूरत और कद-काठी की दो जुड़वाँ बहनें रहती थीं। एक का नाम था शरम और दूसरी का बेशरम। ऐसा नाम उनके माता-पिता ने क्यों रखा, यह आप उनसे ही पूछिए।

जुड़वाँ होने से उन्हें कई लाभ थे। दोनों बदल-बदल कर एक-दूसरे के कपड़े पहन लेती थीं। जब वे पढ़ने गईं, तो दोनों का प्रवेश एक ही कक्षा में हुआ। इससे एक ही बस्ते और पुस्तकों के एक ही जोड़े से दोनों का काम चल जाता था। घर की आर्थिक स्थिति अच्छी नहीं थी। अत: विद्यालयवालों ने एक की फीस भी माफ कर दी।

लेकिन इस जुड़वाँपन से कुछ नुकसान भी थे। नाम के अनुरूप ही दोनों का स्वभाव था। शरम सीधी-सादी थी, तो बेशरम उच्छृंखल। इसका परिणाम यह होता कि प्राय: शरारत कर बेशरम छिप जाती और डाँट शरम को खानी पड़ती। कभी-कभी बेशरम खाना खाकर थोड़ी देर में फिर आ जाती और शरम के हिस्से का खाना भी खा लेती। बेचारी शरम को भूखा ही रहना पड़ता।

एक बार खेलते हुए बेशरम पेड़ से गिर गई। इससे उसके माथे पर चोट आ गई। कुछ दिन में चोट तो ठीक हो गई; पर माथे पर एक स्थायी काला निशान बन गया। इससे उनकी पहचान का संकट समाप्त हो गया। अब लोग आसानी से समझने लगे कि माथे पर काले धब्बेवाली का नाम बेशरम है और दूसरी का शरम।

कहते हैं कि लड़कियाँ बहुत जल्दी बड़ी हो जाती हैं। यहाँ भी ऐसा ही हुआ और उचित घर-वर देखकर उनके विवाह कर दिए गए। दोनों अपनी ससुराल जाकर घर-गृहस्थी के झंझटों में व्यस्त हो गईं।

समय बीतने के साथ ही बातें और यादें पुरानी हो जाती हैं; पर पिछले दिनों शर्माजी के घर गया, तो वहाँ बेशरम बैठी मिल गई। यों तो वह घर में अंदर की

तरफ शर्मा मैडम से बातों में व्यस्त थी; पर मुझे देखा तो बाहर आ गई। मुझे भी बहुत अच्छा लगा। कई साल बाद मिली थी, तो सुख-दुख की बात होने लगी।

'कैसी हो तुम बिटिया?'

'ठीक हूँ चाचाजी।'

'और तुम्हारे बाल-बच्चे, बाकी घरवाले…?'

'वे सब भी ठीक हैं।'

'एक बात पूछूँ, बुरा मत मानना। इस नाम के कारण तुम्हें ससुराल में कोई परेशानी तो नहीं होती?'

'परेशानी की कोई बात नहीं है, चाचाजी। आजकल शरम को कौन पूछता है? सब तरफ बेशरमी का ही जमाना है। लोग अच्छे-अच्छे नाम रखकर बेशरमी कर रहे हैं; पर हमारे माता-पिता बहुत समझदार थे। वे जानते थे कि आगे आनेवाले दिन बेशरमी के ही हैं। इसलिए इस नाम से मुझे लाभ ही हो रहा है। वैसे आप कभी मेरे पति और ससुरालवालों से मिले हैं या नहीं?'

'बस जिस दिन तुम्हारा विवाह था, तभी उन्हें देखा था। मुझे तो उनके नाम भी ध्यान नहीं हैं।'

'देखिए अंकल, नाम में आजकल कुछ नहीं रखा। बस इतना जान लीजिए कि मेरे पति की गति तो पवन जैसी है। जब वे चलते हैं, तो लगता है जैसे 'चंडीगढ़ एक्सप्रेस' पटरियों पर दौड़ रही हो। बहुत ही दुबले-पतले, सज्जन व्यक्ति। स्वास्थ्य के प्रति बहुत जागरूक हैं, इसलिए मुँह से बहुत कम खाते-पीते हैं। हाँ, उनके भानजे-भतीजे उनके नाम पर चाहे जो खा लें। इसमें वे टोकाटाकी नहीं करते। इतनी छूट तो मामा के घर में सबको रहती ही है। बच्चे अपने मामा के राज में नहीं खाएँगे, तो फिर कब खाएँगे? आखिर उनके खेलने-खाने और स्वास्थ्य बनाने के तो यही दिन हैं।'

'पर यह सब देखकर उन्हें कुछ शरम तो आती होगी?'

'आप भी कैसी बात करते हैं, चाचाजी। शरम की सीमा होती है, बेशरमी की नहीं। वैसे तो वहाँ पुरखों के समय से खाने-पीने की यही बेशरम परंपरा चली आ रही है; पर मैंने वहाँ जाकर बची-खुची सीमा भी तोड़ दी है। अब तो सब तरफ खुला खेल फर्रुखाबादी है। पैसा फेंको, तमाशा देखो। इस हाथ दो, उस हाथ लो।'

'सास-ससुर के अलावा घर में और कौन-कौन हैं?'

'और तो बस मेरा कानूनबाज देवर है। दिन भर कागजों पर लाल निशान लगाता रहता है। उससे भी मेरी खूब पटती है। उसकी अभी शादी नहीं हुई; पर

उसका स्वभाव भी अपने भैया जैसा ही है। सो उसके लिए अपने से भी सुपर बेशरम लड़की ढूँढ़ रही हूँ। कोई आपकी नजर में हो तो बताएँ। देसी न हो, तो विदेशी भी चल जाएगी।'

'हाँ, एक-दो लड़कियाँ हैं तो; पर मैं तुम्हारे रिश्तेदारों से मिलूँगा कैसे?'

'इसके लिए आपको अधिक दूर नहीं जाना पड़ेगा। वे सब सत्ता के गलियारों में दलाली करते मिलते हैं। कोई भी बता देगा। दिल्ली में रायसीना रोड हो या रेसकोर्स रोड, राजपथ हो या जनपथ, सब तरफ हमारे बेशरम खानदान का ही खोटा सिक्का चलता है।'

'पर मैं उन्हें पहचानूँगा कैसे?'

'यह भी बहुत आसान है। जो शरम की पगड़ी पहने, बेशरमी करता मिले; बस समझ लेना, वह मेरा ही रिश्तेदार है।'

अब मेरे पास न पूछने को कुछ था और न उसके पास बताने को। यदि आपकी निगाह में कोई सुपर या सुपर डीलक्स बेशरम कन्या हो, तो उनसे मिल लें। पता और पहचान तो उसने बताई ही है।

(13.5.2013)

□

डंडा सैल

परसों शर्माजी बहुत दिन बाद मिलने आए, तो उनकी सूजी हुई आँखों से दुख टपक रहा था। चेहरे से ऐसा लग रहा था मानो सगे पिताजी चल बसे हों। इतना परेशान तो मैंने उन्हें पिछले 25 साल में कभी नहीं देखा था। फिर आज… ?

'क्या हुआ शर्माजी, कुछ तो बताओ। बड़ों ने कहा है कि बाँटने से दुख घटता है। हो सकता है, मैं आपके कुछ काम आ सकूँ ?'

'नहीं वर्मा, तुम नहीं समझोगे। मेरा दिल फटा जा रहा है। तुम कुछ दूर हो जाओ, वरना दो-चार टुकड़े तुम पर भी गिर पड़ेंगे। तुमने सुना ही होगा, 'इस दिल के टुकड़े हजार हुए, कोई यहाँ गिरा कोई वहाँ गिरा।' बस मेरा भी यही हाल है।'

'लेकिन दिल के इस तरह फटने और टुकड़े-टुकड़े होने का कोई कारण तो होगा ?'

'तुम दिन भर पत्र-पत्रिकाएँ चाटते रहते हो और फिर भी कारण पूछ रहे हो ? लानत है तुम पर वर्मा।'

'शर्माजी, आप मेरे बड़े भाई हैं। इसलिए आपकी लात और लानत, दोनों मुझे स्वीकार हैं; पर असली बात तो बताओ।'

मेरे इतना कहते ही शर्माजी का गला भर आया और आँसू फिर कमीज को गीला करने लगे। मैंने अपनी जेब से रूमाल निकालकर उन्हें पोंछ दिया।'

'तुमने सुना नहीं, संजू बाबा को जेल भेज दिया गया है।'

'कौन संजू बाबा; हमारे मोहल्ले का कोई लड़का है क्या ?'

'तुम तो जले पर नमक छिड़क रहे हो, वर्मा। संजू बाबा यानी बेचारा संजय दत्त। कितना मासूम चेहरा है उसका; पर उस निर्दयी जज ने उसे साढ़े तीन साल के लिए जेल में डाल ही दिया।'

'तो इसमें गलत क्या हुआ; उसके कारण 1993 में मुंबई में सैकड़ों लोग

मारे गए थे। उस पर तो नरसंहार का मुकदमा चलना चाहिए था; पर वह खानदानी कांग्रेसी जो ठहरा। इस लिए शासन ने अवैध हथियार के मामले में छोटी सी सजा दिलवाकर मामला रफा-दफा कर दिया।'

'इतना गुस्सा मत करो, वर्मा। यह तो सोचो कि खुद को सुधारते हुए अब वह दिन भर में केवल दो बोतल शराब और 25 सिगरेट पर आ गया था। तुमने वो फिल्म तो देखी होगी, जिसमें उसने कमाल की गांधीगिरी की है।'

'शर्माजी, मेरी रुचि न गांधी में है और न गांधीगिरी में। मेरे पास फिल्में देखने के लिए बेकार समय भी नहीं है।'

'लेकिन उसे जेल भेजकर सरकार ने ठीक नहीं किया।'

'जी हाँ, उसे तो 'भारत रत्न' दिया जाना चाहिए था। सरकार का बस चलता, तो शायद यह भी हो जाता; पर जनता के दबाव और न्यायालय की सक्रियता से उसे जेल जाना पड़ा।'

'लेकिन वर्मा, कई बड़े लोगों ने यह अपील की थी कि उसकी सजा माफ की जानी चाहिए।'

'शर्माजी, लोग चाहे बड़े हों या बहुत बड़े। आतंकवादियों के इन समर्थकों को भी जेल में डाल देना चाहिए।'

'तुम तो उस जज से भी बड़े मूर्ख हो, जिसने उसके परिवार की देशसेवा के बारे में भी कुछ नहीं सोचा।'

'शर्माजी, संजय की माँ नरगिस और पिता सुनील दत्त दोनों सांसद रहे थे। उसकी बहन प्रिया इस समय भी सांसद है।'

'मैं भी तो इसी सेवा की बात कर रहा हूँ।'

'तो कृपया अपनी गलतफहमी दूर कर लीजिए। लोग संसद् में सेवा करने नहीं, मेवा बटोरने जाते हैं। सेवा करनेवाले तो राजनीति और राजनेताओं से कोसों दूर रहते हैं।'

'पर चुनाव लड़ते समय तो सब यही कहते हैं कि हम देश और जनता की सेवा करना चाहते हैं।'

'जी हाँ, पर चुनाव जीतते ही इन नेक विचारों को पाँच साल के लिए अल्मारी में रखकर अधिकांश लोग जनसेवा की बजाय 'घरसेवा' और देशसेवा की बजाय 'जेबसेवा' में लग जाते हैं। राजनीति भी अब आई.पी.एल. क्रिकेट की तरह दलाली का दो नंबरी धंधा हो गई है। इसीलिए कब्र में पैर लटकने के बावजूद लोगों का कुरसी से मोह नहीं छूटता।'

'लेकिन वर्मा, संजू बाबा की पत्नी और बच्चों का क्या होगा? कई फिल्म निर्माताओं के भी करोड़ों रुपए बरबाद हो गए।'

'शर्माजी, वहाँ तो वैभव की कोई कमी नहीं है। उसके पुरखे भी बहुत कुछ छोड़ गए हैं। इसलिए उनका काम तो चल जाएगा; पर आप यह बताएँ कि उन सैकड़ों घरों का क्या होगा, जहाँ रोटी कमानेवाला ही मारा गया। जो बच्चे अनाथ हो गए, क्या उनकी बरबादी का हाल पूछने ये बड़े लोग गए थे, जो अब छाती पीट रहे हैं।'

'वर्मा, तुममें मानवता नाम की चीज नहीं है। बंदी के भी कुछ मानवाधिकार होते हैं। तुम्हारे मन में इस बात का जरा भी दर्द नहीं है कि उस बेचारे ने तीन दिन 'अंडा सैल' में कैसे बिताए होंगे?'

मेरी मेज पर एक डंडा रखा था। मैंने उसे हाथ में ले लिया।'

'शर्माजी, ऐसे मानवाधिकार आपको ही मुबारक हों। सरकार ने न जाने क्यों उसे पुणे भेज दिया? उसे तो अंडा नहीं 'डंडा सैल' में भेजा जाना चाहिए था।'

'डंडा सैल में?'

'जी हाँ, जहाँ चार-छह लोग रोज उसकी मोटे डंडों से धुलाई करें, जिससे उसके दिमाग में घुसी आतंक की गंदगी सदा के लिए छूट जाए। वहाँ उसकी गांधीगिरी के असर का भी पता लग जाता। इस धुलाई का थोड़ा सा मजा उन सेक्यूलर नेता, अभिनेता और मीडियावालों को भी चखाना चाहिए, जिन्होंने उस देशद्रोही 'खलनायक' को सिर पर बैठाकर फिर 'नायक' बना दिया।

शर्माजी ने अब खिसक लेने में ही अपनी भलाई समझी।

(25.5.2013)

□

रिपोर्ट कार्ड

बात बीस-तीस साल पुरानी है। शर्माजी के चालाक बेटे चिंटू ने एक बार उनसे पूछा—पिताजी, आप आँख बंद कर बिल्कुल ठीक हस्ताक्षर कर सकते हैं?

'हाँ, हाँ। क्यों नहीं?'

'अच्छा, तो जरा करके दिखाइए।'

यह कहकर चिंटू ने उनके हाथ में कलम थमाकर एक कागज आगे बढ़ा दिया। यह सोचकर कि सनद बनी रहे, भोले भंडारी शर्माजी ने उस पर हस्ताक्षर कर तारीख भी डाल दी। कई दिन बाद उन्हें पता लगा कि वह चिंटू की छमाही परीक्षा का रिपोर्ट कार्ड था, जिसमें वह अधिकांश विषयों में फेल हुआ था। इसीलिए प्रधानाचार्य ने उस पर पिताजी के हस्ताक्षर कराने को कहा था।

कुछ-कुछ ऐसा ही मामला पिछले दिनों दिल्ली में हुआ, जब 'मैडम सरकार' के संचालक प्रख्यात (अन) अर्थशास्त्री मनमोहन सिंहजी ने अपना नौ साल का रिपोर्ट कार्ड प्रस्तुत किया। वहाँ उपस्थित सभी लोगों ने अपने-अपनों को भरपूर रेवड़ियाँ बाँटी थीं। पेट तो सबके भरे ही थे; पर कुछ की जेब और मुँह भी ठसाठस थे। उसकी सुगंध और मिठास से तरबतर लोगों ने 'पंडित सो जो गाल बजावा' की तर्ज पर खूब गाल और हाथ बजाए।

आपने द्विआयामी चित्र तो देखे ही होंगे। दाएँ से देखें तो राम या कृष्ण और बाएँ से देखें तो रावण या कंस। यह रिपोर्ट कार्ड भी ऐसा ही था। जनता को इसका एक ही पक्ष दिखाया गया; पर चालाक मीडियावालों ने उसका दूसरा पक्ष भी ढूँढ़ निकाला। शर्माजी ने जब उसे देखा, तो उनके पैरों के नीचे से चप्पलें खिसक गईं।

मनमोहनजी का कहना है कि हमें खाली गिलास मिला था, जो हमने अब भर दिया है। ध्यान से देखा, तो वह गिलास गरीब जनता की आहों, कराहों और आँसुओं से भरा था। वैसे उन्होंने गिलास की बात क्यों कही, यह मैं समझ नहीं

पाया। उनके कई साथी तो हाथ में गिलास और मेज पर बोतल हो, तभी महत्त्वपूर्ण निर्णय लेते हैं। क्या मनमोहनजी भी''' ? खैर, छोड़िए।

गिलास से आगे बढ़े तो रिपोर्ट कार्ड तरह-तरह के घोटालों की कालिख से बिल्कुल काला दिखाई दिया। गुलाम मंडल खेल, आदर्श सोसायटी, हैलिकॉप्टर, टाटा ट्रक, टू जी स्पैक्ट्रम, मनरेगा, राष्ट्रीय स्वास्थ्य परियोजना, कोयला और रेल में भरती से लेकर आई.पी.एल. तक; हर जगह वही हाथ फँसा है, जिसे हिलाते हुए मनमोहन सिंह और मैडम सत्ता में आए थे।

कानून-व्यवस्था के मामले में तो नंबर काफी कम थे। वैसे तो यह विषय राज्यों के अधीन है; पर दिल्ली का क्या करें, जहाँ सरकार की नाक के नीचे हर तीन घंटे में एक बलात्कार हो रहा है। किसी ने 'बलात्कार की राजधानी, कांग्रेस की मेहरबानी' ठीक ही कहा है। विदेशी आतंकवादी हों या घरेलू नक्सली, सब खुलेआम सुरक्षाबलों और नेताओं को मारकर टहलते हुए निकल जाते हैं।

महँगाई की चर्चा मानो जले पर नमक डालने जैसी है। रोटी, कपड़ा, मकान, शिक्षा, स्वास्थ्य और यातायात मनुष्य की मूलभूत आवश्यकताएँ हैं। पिछले नौ साल में इनसे संबंधित हर चीज के दाम तीन गुने हो गए हैं। इतना ही नहीं, तो करेले पर नीम की तरह हर दूसरे महीने मनमोहन सिंह और उनके प्यारे चिदंबरमजी फरमाते हैं कि तीन साल में विकास की दर आठ प्रतिशत हो जाएगी। उन्हें पता है कि तीन साल क्या, एक साल बाद ही कोई उनसे पूछने नहीं आएगा; पर बातों की चाट बनाने में तो कुछ खर्च नहीं होता। इसलिए और कुछ नहीं तो यही सही।

विदेशों में भारत की जैसी भद पिटी है, उसका उदाहरण हजार वॉट का बल्ब लेकर ढूँढ़ने से भी नहीं मिलेगा। चीन और पाकिस्तान को तो छोड़िए; बँगलादेश, नेपाल और श्रीलंका तक हमें आँख दिखा रहे हैं। और वो मच्छर जैसा मालदीव? वह भी हमारी नाक पर चढ़ा कंचे खेल रहा है।

लोग प्रधानमंत्री पद को बड़ा सुखद मानते हैं; पर कोई इस मुकुट के काँटे और कुरसी की कीलें नहीं गिनता। गठबंधन की मजबूरियों के बारे में तो न ही पूछें। जैसे आजकल की बहुएँ चाहती हैं कि सासजी मुँह बंद रखें और पर्स खुला। बस वैसी ही दुर्दशा मनमोहनजी की है। सी.बी.आई. के सहयोग से जैसे-तैसे बात सँभाल रखी है, वरना न जाने कब बाजी उलट जाए।

आप नौ साल में 90 घोटालेवाले इस रिपोर्ट कार्ड के लिए भले ही मनमोहनजी को दोष दें; पर मुझे उनसे पूरी सहानुभूति है। कहते हैं 'नौकरी के नौ काम, दसवाँ काम हाँ जी।' इस 'हाँ जी' के लिए उन्हें कभी मैडम के पास जाना पड़ता है, तो

कभी राहुल बाबा और अहमद पटेल के दरबार में। बेचारी एक जान, कहाँ जाए, क्या-क्या करे? आप ही सोचिए।

शर्माजी ने यह रिपोर्ट कार्ड दिखाकर मेरी प्रतिक्रिया पूछी, तो मैंने उन्हें वर्माजी का किस्सा सुना दिया। आप भी सुनें।

एक दिन मैं वर्माजी के घर गया, तो वे आठवीं कक्षा में पढ़नेवाले अपने बेटे पिंटू को डंडे से पीट रहे थे। जब काफी देर हो गई, तो मुझे टोकना ही पड़ा।

'क्या हुआ वर्माजी, बच्चे की जान ही लेंगे क्या?'

'तुम बीच में मत बोलो, ये इसी लायक है।'

'पर इतने गुस्से का कोई कारण तो होगा?'

'बात यह है कि मैं आज रात को दस दिन के लिए बाहर जा रहा हूँ और परसों इसका परीक्षाफल आनेवाला है।'

'तो··· ?'

'इसका चेहरा बता रहा है कि यह हर विषय में फेल होगा। आखिर बेटा तो मेरा ही है। परसों जब यह नालायक अपना परीक्षाफल लेकर आएगा, तब इसकी ठुकाई कौन करेगा? इसलिए मैं अपनी जिम्मेदारी दो दिन पहले ही पूरी कर रहा हूँ।'

मामला बाप और बेटे के बीच का था, तो मैं बिना बात 'दाल-भात में मूसरचंद' क्यों बनता? इसलिए मैंने पतली गली से खिसक लेना ही उचित समझा।

जहाँ तक 'मैडम सरकार' के संचालक मनमोहनजी के रिपोर्ट कार्ड की बात है, तो इस बारे में निर्णय आप स्वयं ही करें। मैं उसमें हस्तक्षेप नहीं करूँगा। क्योंकि कलम आपका, आँख आपकी, डंडा आपका, मरजी आपकी। आप चाहें, तो शर्माजी की तरह आँख मूँदकर हस्ताक्षर कर दें या फिर वर्माजी की तरह अभी से अपना पारिवारिक कर्तव्य निभाना शुरू कर दें।

(28.5.2013)

□

साँप और सीढ़ी

परसों शर्माजी के घर गया था। वहाँ उनसे गपशप का सुख तो मिलता ही है, कभी-कभी शर्मा मैडम के हाथ की गरम चाय भी मिल जाती है; लेकिन परसों शर्मा मैडम घर में नहीं थीं, इसलिए रिमझिम वर्षा के बीच चाय और पकौड़ी की इच्छा अधूरी रह गई।

तभी शर्माजी ने बताया कि उनके पड़ोस में एक नए किरायेदार वर्माजी आए हैं। पति-पत्नी दोनों ही पढ़े-लिखे हैं। सैकड़ों पुस्तकें तो साथ लाए ही हैं, कई पत्र-पत्रिकाएँ भी मँगाते हैं। क्यों न उनके पास चलें? परिचय के साथ चाय और थोड़ा मानसिक व्यायाम भी हो जाएगा।

मुझे भला इसमें क्या आपत्ति हो सकती थी? उनके कमरे की तरफ बढ़े, तो बाहर से ही पता लग गया कि दोनों में किसी बात को लेकर भारी बहस हो रही है। शर्माजी ने खट-खट की, तो दरवाजा खुल गया। हम लोग अंदर जाकर बैठ गए; लेकिन हमारे जाने से भी बहस बंद नहीं हुई।

'देखोजी, साफ-साफ सुन लो। हमें चाहे जो करना पड़े; पर हम अपने बेटे को डॉक्टर बनाकर ही रहेंगे।'

'बिल्कुल नहीं। डॉक्टर की जान को आजकल सौ मुसीबत हैं। रात हो या दिन, ठीक से दो रोटी भी नहीं खा सकता। इलाज में कुछ टेढ़ा-तिरछा हो गया, तो लोग मारपीट पर उतर आते हैं। इसलिए हम उसे आई.ए.एस. अधिकारी बनाएँगे।'

'झंझट तो हर काम में रहते हैं जी; पर आजकल बीमारियाँ बहुत बढ़ रही हैं। ऐसे में अपने घर में ही कोई डॉक्टर हो, तो बड़ी सुविधा रहती है। इस काम में पैसा भी बहुत है।'

'पैसा ही सबकुछ नहीं होता, मैडम। आई.ए.एस. अधिकारी तो अपने क्षेत्र में राजा होता है। उसके एक आदेश पर बड़े से बड़े डॉक्टर को हाजिर होना पड़ता है।'

'चलो बेटे के बारे में तुम्हारी बात मान लेते हैं; पर बेटी को तो डॉक्टर बनाना ही होगा।'

'मेरा विचार है कि उसे हम कंप्यूटर इंजीनियर बनाएँ। आगे आनेवाला समय कंप्यूटरों का ही है। तुमने देखा नहीं, हर मुख्यमंत्री अपने राज्य में छात्रों को कंप्यूटर बाँट रहा है।'

'दोनों के लिए क्या आप अपनी मरजी चलाएँगे? यह नहीं होगा।'

'तुम चाहे जो कहो, पर यही होगा।'

यह बहस बहुत देर तक होती रही। जब मुझे लगा कि हनुमानजी की पूँछ की तरह लंबी इस बहस में मामला बात से होता हुआ कहीं हाथ और लात पर न पहुँच जाए, तो मैंने हस्तक्षेप करना ठीक समझा।

'भाई साहब, बिना माँगे सलाह देनेवाला वैसे तो मूर्ख माना जाता है; पर यह खतरा उठाते हुए भी मैं निवेदन करना चाहता हूँ कि क्यों न एक बार बच्चों से भी पूछ लें। कई बार हम अपनी इच्छाएँ बच्चों पर थोप देते हैं, जबकि उनकी रुचि कुछ और ही होती है।'

'लेकिन अभी हम उससे कैसे पूछ सकते हैं?' वर्माजी ने थोड़ा संकोच में कहा।

'क्यों?'

'हमारा विवाह तो पिछले महीने ही हुआ है। हम तो चर्चा इस बात पर कर रहे थे कि जब कभी बच्चे होंगे, तो उन्हें क्या बनाएँगे?'

मैंने अपना सिर पीट लिया। शर्माजी का चेहरा भी कुछ ऐसी ही कहानी कह रहा था। जरूरत से ज्यादा बुद्धिमानों के बीच में पड़ने का शायद यही परिणाम होता है। इसलिए हमने चाय की आशा छोड़कर वापस चलना ही उचित समझा।

घर पहुँचे तो वहाँ बरामदे में मोहल्ले के कुछ बच्चे साँप-सीढ़ी खेल रहे थे। कभी उनमें से कोई अचानक सीढ़ी चढ़कर खुश होता; पर थोड़ी देर बाद किसी साँप के काटने से फिर नीचे आ जाता। सीढ़ी और साँप के चक्कर से निकलकर यदि कोई अंतिम पंक्ति में पहुँचता, तो उसका पाला एक लंबे साँप से पड़ता था। उससे बचना बहुत ही कठिन था। शायद ही कोई खिलाड़ी उसके काटे से बच सका हो। हम भी बच्चों में बच्चे बने बहुत देर वहाँ खड़े रहे; पर अंतिम पंक्तिवाले उस साँप को कोई पार नहीं कर सका।

पिछले कुछ समय से भारत में भी ऐसा ही तमाशा हो रहा है। वर्मा दंपती की तरह कुछ लोगों ने तय कर लिया है कि हम 'इस या उस' को प्रधानमंत्री बनाकर ही रहेंगे। इसके लिए वे सीढ़ियाँ लिए खड़े हैं; पर वे भूलते हैं कि रास्ते में राज्य

और राष्ट्र स्तर के, अलग-अलग रंग और रूप के कई धुरंधर साँप भी हैं। संख्या गिनने बैठेंगे तो सीढ़ियाँ कम मिलेंगी और साँप अधिक। फिर अंतिम पंक्तिवाले उस साँप का तो कहना ही क्या, जिसकी अपनी नियति में तो जीतवाले बिंदु तक पहुँचना नहीं है; पर किनारे तक आ जानेवाले को काटकर नीचे तो भेज ही सकता है।

हिंदी में 'सूत न कपास, जुलाहे से लट्ठमलट्ठा', 'झोली में नहीं दाने, अम्माँ चली भुनाने', 'मैं नहीं, तो तू भी नहीं', 'अपने पैरों कुल्हाड़ी मारना' आदि कई कहावतें प्रचलित हैं। इनमें से कौन सी कहावत कहाँ फिट बैठेगी, इस बारे में अपनी राय आप मुझे जरूर बताएँ।

(5.6.2013)

□

भैंस की पूँछ

पिछले दिनों शर्माजी के गाँव में पूजा का आयोजन था। उनकी इच्छा थी कि मैं भी चलूँ। यहाँ भी कुछ खास काम नहीं था, इसलिए उनके साथ चला गया।

पूजा के बाद एक-दो दिन वहीं रुककर ग्राम्य जीवन का आनंद लिया। तीसरे दिन जब मैं चलने लगा, तो सामनेवाले घर में कुछ शोर-शराबा होते देखा। सबसे पहले आप उसकी कहानी सुनें।

उस घर में लालकिशन नाम के एक बुजुर्ग रहते थे। असल में नाम तो उनका किशन था; पर शुरुआती कई साल तक उनके चेहरे पर अजब सी लाली थी। इसलिए दादी उन्हें लालकिशन कहने लगी। आगे चलकर समय की मार ने लाली तो छीन ली; पर नाम लालकिशन ही चलता रहा।

लालकिशन बचपन से बहुत जिद्दी था। छोटी-छोटी बात पर घरवालों से नाराज होना उसकी आदत थी। अब यद्यपि वह नाती-पोतेवाला हो गया था; पर बचपन की आदत बनी हुई थी। घरवालों और पड़ोसियों ने उसे कई बार समझाया कि अब उसकी उम्र काम करने की नहीं रही, इसलिए बच्चों को काम करने दे; पर वह मानता ही नहीं था। उसे लगता था कि बच्चों के हाथ में काम आया, तो वे सब चौपट कर देंगे। लोग उस पर हँसते थे; पर वह अपनी जिद छोड़ने को तैयार नहीं था। इतना ही नहीं, प्रायः वह घरवालों को धमकाता रहता था कि यदि मेरी बात नहीं मानी, तो मैं घर छोड़कर चला जाऊँगा।

एक बार ऐसा हुआ कि जब उसने कई बार यह धमकी दी, तो पत्नी को भी गुस्सा आ गया। उसने कहा, 'ठीक है। कल जाते हो, तो आज चले जाओ। तुम्हें मनाने कोई नहीं आएगा।'

अब तो लालकिशन के लिए यह प्रतिष्ठा का प्रश्न बन गया। जाए तो मुसीबत, न जाए तो अपमान। अतः उसने एक गठरी में दो जोड़ी कपड़े लिये और बाहर निकल गया।

बाहर निकलकर उसने इधर-उधर देखा और फिर घर से कुछ दूर एक बाग में पेड़ के नीचे जाकर बैठ गया। कुछ देर में ठंडी हवा चलने लगी, तो वह गठरी को सिर के नीचे रखकर लेट गया। लेटा तो आँख लग गई।

दो घंटे बाद आँख खुली, तो फिर सोचा कि अब कहाँ जाए ? तब तक पेट में चूहे कूदने लगे थे; पर यहाँ खाना कहाँ ? दाएँ-बाएँ, ऊपर-नीचे सब तरफ देखा; पर खाना आकाश से तो टपकता नहीं। छोटे बच्चों को तो पड़ोसी भी खिला-पिला देते हैं; पर बूढ़े को कौन खिलाए ? पड़ोसियों से भी उसके संबंध अच्छे नहीं थे। वह दिन-रात उन्हें गरियाता रहता था। इसलिए वहाँ भी जाना संभव नहीं था। बड़ा झंझट, बड़ी मुसीबत। झक मारकर उसने बाग के कुएँ से पानी खींचा और दो लोटे पीकर फिर लेट गया।

लेकिन खाली पेट नींद भी कहाँ आती है ? थोड़ी देर में चाय की तलब लगने लगी। घर में तो इस समय अपने आप ही चाय सामने आ जाती थी; पर आज तो सब तरफ खाली मैदान ही था। वह अपने निर्णय पर पुनर्विचार करते हुए उस घड़ी को कोसने लगा, जब उसने घर छोड़ने की बात कही थी; पर अब क्या हो सकता था ?

तभी उसने देखा कि उसकी घरेलू गाय जंगल से घास चरकर वापस लौट रही है। बस उसने गाय की पूँछ पकड़ी और उसके साथ ही घर लौट आया। पत्नी ने पूछा, तो बोला, ''मैं तो आना बिल्कुल नहीं चाहता था; पर गाय ने अपनी पूँछ मुझे पकड़ा दी। इसलिए मजबूरी में आना ही पड़ा।''

पत्नी हँसकर बोली, ''गाय अपने खूँटे पर बाँध दी गई है, इसलिए अब तुम भी चुपचाप अपने खूँटे पर पहुँच जाओ। अच्छा बताओ, पहले खाना खाओगे या चाय पियोगे ?''

लालकिशन ने कहा, ''फिलहाल तो दोनों चीजें एक साथ ले आओ। पेट और सिर दोनों ही दर्द कर रहे हैं।''

इधर यह कहानी शर्माजी ने मुझे सुनाई, उधर मैंने देखा कि लालकिशन फिर से गठरी सिर पर रखकर बाहर की ओर चल दिया है। मुझे चिंता हो गई।

'शर्माजी, इतनी उम्र में अब ये बेचारा कहाँ जाएगा, कोई उसे रोकता और मनाता क्यों नहीं है ?'

'देखो वर्मा, शायद ही कोई घर हो, जहाँ बच्चे या बूढ़े न रूठते हों; पर इसका भी एक सिद्धांत है। यदि तुम उस रूठे हुए को मनाने का प्रयास करोगे, तो वह तीन दिन में मानेगा और यदि चुप रहोगे, तो वह उसी शाम तक ठीक हो जाएगा। लालकिशन के साथ पहले भी ऐसा ही हुआ है और इस बार भी ऐसा ही होगा।'

'क्या मतलब ?'

'मतलब यह कि जैसे पिछली बार वह गाय की पूँछ पकड़कर लौट आया था, इस बार भैंस की पूँछ पकड़कर आ जाएगा।'

मैं तो वापस आ गया; पर शर्माजी अभी गाँव में ही हैं। वे आएँ तो पता लगेगा कि लालकिशन कितने दिन में वापस आया ?

(11.6.2013)

□

वे देख रहे हैं

कल शर्माजी के घर गया, तो वहाँ असम के वन विभाग में कार्यरत उनके एक पुराने मित्र वर्माजी भी मिले, जो अपने बारह वर्षीय बेटे के साथ आए हुए थे। बेटे का पूरा नाम तो मनमोहन था; पर वर्माजी उसे मन्नू कहकर बुला रहे थे।

उन्होंने बताया कि वे अपने बेटे को नेताओं और धनपतियों के बच्चों की शिक्षा के लिए प्रसिद्ध 'दून स्कूल' में भरती कराना चाहते हैं। दून स्कूल में प्रवेश सरल नहीं है, इसलिए दिल्ली से कुछ बड़े लोगों के सिफारिशी पत्र लेकर फिर उनका देहरादून जाने का कार्यक्रम था।

शर्मा मैडम घर में नहीं थीं, इसलिए गपशप के बीच शर्माजी ने ही तीन कप चाय बनाई। चाय पीकर हमने सोचा कि थोड़ी देर पार्क में टहलकदमी कर लें।

हम चलने ही वाले थे कि दूधवाला आ गया। शर्माजी ने रसोई से भगोना निकालकर एक लीटर दूध लिया और उसे चूल्हे पर चढ़ा दिया। उनकी इच्छा थी कि दूध उबल जाए, तभी चलेंगे; पर वर्माजी ने इसकी जिम्मेदारी अपने बेटे पर डाल दी।

'बेटा मन्नू, हम तीनों बाहर टहलने जा रहे हैं। घंटे भर में आ जाएँगे। तुम दूध को देखते रहना।'

'अच्छा पापा।'

जब हम लौटे तो रसोई का बुरा हाल था। सारा दूध उबलकर गिर चुका था। लगातार गैस जलने से भगोना तपकर लाल हो रहा था और मन्नू हाथ में कागज-कलम लिये कुरसी पर आराम से बैठा था।

वर्माजी यह देखते ही क्रोध से उबलकर मन्नू को पीटने पर उतारू हो गए; पर शर्माजी ने उन्हें रोक दिया। फिर उन्होंने गैस बंद कर भगोने में पानी डाल दिया और मन्नू से बातकर यह जानने का प्रयास करने लगे कि वह अपने पिताजी की

बात को ठीक से नहीं समझा या वर्माजी ही अपनी बात ठीक से नहीं समझा सके।

'क्यों बेटा मन्नू, हम तुम्हें क्या कहकर गए थे?'

'अंकल, आपने कहा था कि दूध को देखते रहना।'

'फिर?'

'फिर क्या, मैंने उसे देखने के लिए कुरसी रसोई में डाल ली और गौर से देखता रहा। इतना ही नहीं, मैंने पूरा विवरण मिनट-मिनट के हिसाब से इस कागज में लिख भी लिया है।'

'क्या लिखा है, जरा बताओ बेटा?'

'छह बजे आपने गैस जलाकर दूध उबलने रखा और टहलने चले गए। 6.10 पर दूध खुदबुद-खुदबुद करने लगा। 6.15 पर वह बाहर निकलने लगा। 6.20 पर पूरा दूध बाहर गिर गया। कुछ दूध गैस के बर्नर में गिरा है, इसलिए जलने की दुर्गंध आ रही है। अब आग की गरमी से भगोना लाल होने लगा है···।'

इतना बताकर मन्नू ने बड़े भोलेपन से वह कागज शर्माजी के हाथ में थमा दिया। अब तक भगोना भी कुछ ठंडा हो चुका था, इसलिए शर्माजी ने भी ठंडे होने में ही भलाई समझी।

पाठक मित्रो, हमारे देश के स्वनामधन्य प्रधानमंत्री मनमोहन सिंह और उनकी चिरकुट मंडली का भी देश की समस्याओं के बारे में यही दृष्टिकोण है। अधिकांश मंत्रियों के चेहरे पर लगा भ्रष्टाचार का कीचड़ हो या अन्न की बरबादी; रुपए का लगातार हो रहा अवमूल्यन हो या उत्तराखंड में ध्वस्त व्यवस्था; बेरोजगारी हो या बढ़ती महँगाई; सरकार बहादुर के पास 'हर मर्ज में अमलतास' की तरह हर प्रश्न का एक ही स्थायी उत्तर है कि जनता घबराए नहीं, हम परिस्थिति को अच्छी तरह देख रहे हैं।

लगभग 25 वर्ष पूर्व हमारे देश में राजीव बोफोर्स गांधी नामक एक हवाई प्रधानमंत्री हुआ करते थे। छींका टूटने से बिल्ली का भाग्योदय भले ही हो जाए; पर पूरे परिवार की तो हानि ही होती है। रा.बो. गांधी के समय में यही हाल भारत का भी हुआ था। उनके मुखारविंद से समय-समय पर प्रकट होनेवाले 'हमने देखा है, हम देख रहे हैं, हम देखेंगे' जैसे हास्यास्पद वाक्य उन दिनों खूब प्रसिद्ध हुए थे।

अब रा.बो. गांधी तो नहीं रहे; पर उनके खानदानी चंपू आज भी सत्ता में हैं। मनमोहन सिंह, चिदंबरम, सुशील कुमार शिंदे, मनीष तिवारी, जनार्दन द्विवेदी आदि इसी श्रेणी के जीव हैं। ये सब देश में रहते हुए, तो राहुल बाबा विदेश में छुट्टियाँ मनाते हुए देश की हालत को गौर से देख रहे हैं; और शायद तब तक देखते रहेंगे, जब तक पूरा दूध उबलकर बाहर नहीं गिर जाता।

कुछ लोगों का कहना है कि दिन भर हाड़तोड़ मेहनत करने के बाद रात में एक गिलास लालपरी की संगत बुरी बात नहीं है। ऐसे ही कुरसी के लिए जो मंत्री साल भर जोड़तोड़ करते रहते हैं, उनका मई-जून की भीषण गरमी में, बीमारी के नाम पर कुछ दिन आराम करने के लिए ठंडे देशों में जाने का हक तो बनता ही है।

इसीलिए छत्तीसगढ़ में कांग्रेस यात्रा पर हमले के समय शिंदे साहब विदेश में अपने दाँत के दर्द का इलाज कराते रहे। अब उत्तराखंड में विनाश हुआ है, तो राहुल बाबा अपना जन्मदिन मनाने के बहाने, न जाने किस दर्द की दवा कराने विदेश चले गए।

आप चाहे जो कहें साहब; पर मैं उन्हें दोषी नहीं मानता। असल में उनका दिल विदेश जाकर ही किसी के लिए ठीक से धड़कता है। आखिर उनके दिल में पचास प्रतिशत विदेशी तत्त्व तो हैं ही। इसलिए हो सकता है, इस बार भी दिल-विल का ही कुछ चक्कर हो।

खैर, अब आप वर्माजी की बात सुनें। वे देहरादून गए; पर कई असली और नकली सिफारिशों के बाद भी 'दून स्कूल' वालों ने उन्हें घास नहीं डाली। देहरादून को जाननेवाले बताते हैं कि वहाँ हर गली में अंग्रेजी शिक्षा के नाम पर कुछ दुकानें खुली हैं, जिन्हें स्कूल कहा जाता है। वर्माजी ने ऐसी ही एक दुकान में अपने मन्नू को भरती करा दिया और कमीज के कॉलर ऊँचे कर दिल्ली वापस आ गए।

लौटने पर शर्माजी ने पूछा, तो उन्होंने कहा कि हम तो असम में जाकर सबको यही कहेंगे कि मन्नू दून स्कूल में पढ़ता है। इससे बिरादरी और दफ्तर में हमारी नाक सबसे ऊँची हो जाएगी।

'पर वर्माजी, यह तो झूठ हुआ?'

'शर्माजी, आप भी भोलेशंकर के अवतार हैं। हजारों कि.मी. दूर रहने वालों के लिए देहरादून का हर स्कूल 'दून स्कूल' ही है। अब भला असम से कौन देखने आ रहा है कि मन्नू 'दून स्कूल' में है या 'मकदून स्कूल' में?'

शर्माजी चुप लगा गए। कहते हैं कि राजीव गांधी भी दून स्कूल में पढ़े थे और उनके लाड़ले राहुल बाबा भी। जिस तरह हर समस्या को आँख मूँदकर उन्होंने 'देखा' और ये 'देख रहे हैं', उससे मुझे तो संदेह हो रहा है कि कहीं वे भी···।

(4.6.13)

□

मेरी छतरी के नीचे आ जा...

इस सृष्टि में कई तरह के जीव विद्यमान हैं। सभी को स्नेह-प्रेम, हास-परिहास और मनोरंजन की आवश्यकता होती है। पशु-पक्षी भी मस्ती में खेलते, एक-दूसरे पर कूदते और लड़ते-झगड़ते हैं। यद्यपि कथा-सम्राट् प्रेमचंद ने 'दो बैलों की कथा' में बैल के साथ ही एक अन्य प्राणी की चर्चा की है, जो कभी नहीं हँसता। और वह है गधा।

हमारे मित्र शर्माजी यहाँ प्रेमचंद से असहमत हैं। उनका कहना है कि उन्होंने अपने गाँव में एक बार गधे को भी हँसते देखा था। उन्होंने खोजबीन की, तो पता लगा कि गधे के मालिक ने अपनी पत्नी को पिछले साल एक चुटकुला सुनाया था। वह गधे को जब समझ में आया, वह तब ही हँसा। इसमें उस बेचारे का क्या दोष है?

खैर, यह तो हँसी की बात हुई; पर जहाँ तक मानव की बात है, मनोरंजन न हो, तो उसका जीवन रसहीन होकर रह जाए। इसीलिए उसने गीत, संगीत, नृत्य, फिल्म, सरकस, नाटक आदि का आविष्कार किया। इनमें से कुछ के लिए जेब ढीली करनी पड़ती है, तो कुछ सड़क पर चलते-चलते निःशुल्क मिल जाता है। वन और पर्वतों के निवासी तो शाम ढलते ही लोकगीत और लोकनृत्य के सागर में डूब जाते हैं। यह उनका मनोरंजन है और संस्कृति भी।

इन दिनों मनोरंजन का एक प्रमुख माध्यम है फिल्म और उसके गीत। कभी-कभी कुछ फिल्में और उनके गीत बहुत लोकप्रिय हो जाते हैं। पिछले दिनों 'मुन्नी बदनाम हुई' और 'शीला की जवानी' जैसे भौंड़े गीत भी बहुत चले। कुछ लोगों ने इन्हें 'इस' या 'उस' से जोड़ने का भी प्रयास किया; पर उनकी चाल सफल नहीं हुई। ऐसे गीत धूमकेतु की तरह कुछ दिन तक अपनी चमक बिखेरकर फिर सदा के लिए ओझल हो जाते हैं।

पर कुछ गीत सार्वकालिक होते हैं। उन्हें चाहे जब सुनें, पर ऐसा लगता है,

मानो इन्हें आज ही लिखा गया है। लगभग 40-50 साल पहले एक हरियाणवी लोकगीत बहुत प्रचलित हुआ था, 'मेरी छतरी के नीचे आ जा, क्यों भीगे कमला खड़ी-खड़ी।' गाँव में जाने पर आज भी यह सदाबहार गीत कभी-कभी कान में पड़कर हृदय के तार झंकृत कर देता है। मुझे फिल्में देखने का कभी शौक नहीं रहा, इसलिए मैं कह नहीं सकता कि यह किस फिल्म का गीत है; पर जो भी हो, गीत अच्छा था।

जैसे हर मौसम के कुछ विशेष व्रत, पर्व, खानपान और व्यंजन होते हैं, वैसे ही भारतीय संगीत जगत् में हर मौसम के राग और गीत भी हैं। जिस गीत में छतरी और भीगने की बात हो, उसे सुनकर स्वाभाविक रूप से बरसात के रिमझिम मौसम की याद आ जाती है।

पर इस गीत का महत्त्व केवल बरसात में ही नहीं, चुनावी मौसम में भी है। जब से लोकसभा चुनाव की आहटें आने लगी हैं, तब से जिसे देखो, अपनी छतरी को सजाने और सँवारने में लगा है। न जाने कब कोई कमला, विमला या सरला भीगने से बचने के लिए उसके नीचे आ जाए।

जहाँ तक भारत की बात है, इन दिनों सर्वत्र दो छतरियों की धूम है। एक ओर भा.ज.पा. है, तो दूसरी ओर कांग्रेस। एक छतरी को नरेंद्र मोदी सँभाले हैं, तो दूसरे को मैडम इटली। जैसे शौकीन लोग अपने ताँगे या रिक्शे का नाम भी 'झुमरीतलैया मेल' रख लेते हैं, ऐसे ही इन दोनों छतरियों के नाम क्रमशः रा.ज.ग. और सं.प्र.ग. हैं; पर उसके नीचे लगा डंडा किसका है, यह सबको पता है।

आप चुनावों को भले ही विचारों का युद्ध कहें या संस्कारों का; पर शर्माजी इसे स्पष्टतः 'छतरी युद्ध' बताते हैं। हल्ला भले ही नरेंद्र मोदी का अधिक हो; पर कर्नाटक, हिमाचल प्रदेश और उत्तराखंड को अपनी छतरी में लाकर मैडम इटली ने भी अपने हाथ मजबूत किए हैं। और अब तो झारखंड भी उनकी छतरी में आ गया है। इतना ही नहीं, तो बिहार को रा.ज.ग. की छतरी से निकाल लेना भी कम बड़ी उपलब्धि नहीं है।

यह देखकर नमो-नमो का जाप करनेवाले भी चिंतित हैं। यद्यपि ऊपर से वे सामान्य दिखने का प्रयास करे रहे हैं। वैसे कुछ लोगों का मत है कि झारखंड की छतरी का कपड़ा इतना कमजोर है कि दो-चार महीने में वह खुद ही फट जाएगा। बिहार में भी अंदर-अंदर खुदबुदाहट हो रही है। जहाँ तक उत्तराखंड की बात है, थोड़ा प्रयास करें, तो तीन नेताओं के आपसी झगड़े की आँधी में उलट गए छतरी के कपड़े को भी सीधा किया जा सकता है।

यह सब माहौल देखकर नरेंद्र मोदी भी खूब कोशिश कर रहे हैं। कभी वे अपनी छतरी जयललिता की ओर बढ़ाते हैं, तो कभी ममता और मायावती की ओर; पर किसी ने ठीक ही कहा है कि 'बूढ़ी नारी और वो भी कुँवारी, समझो है तलवार दुधारी।' इसलिए ये तीनों अभी पत्ते खोलने को तैयार नहीं हैं कि वे कहाँ जाएँगी ? वैसे इनका इतिहास-भूगोल देखकर छतरीवाले भी सदा शंकित ही रहते हैं।

कुछ लोग एक तीसरी छतरी के जुगाड़ में हैं। पहले भी इसके लिए कई बार प्रयास हो चुके हैं। राष्ट्रपति चुनाव में भी छतरी बदल का खेल हुआ ही था। उस समय वामपंथी अपना डंडा लिये खड़े रहे; पर मुलायम सिंह काले बरसाती कपड़े से मुँह ढाँपकर पतली गली से निकल गए। इस पर ममता बनर्जी ने भी अपने तार समेट लिये।

लोकसभा चुनाव को देखते हुए एक बार फिर यह कवायद हो रही है; पर छतरी के लिए डंडा कौन लाएगा और कपड़ा या तीलियाँ कौन, इस पर ही लाठियाँ चलने को तैयार हैं। नीतीश कुमार से लेकर नवीन पटनायक तक, हर कोई खुद को तीसमार खाँ के असली बाप से कम नहीं समझता। छतरी बनने से पहले यह हाल है, तो बाद में क्या होगा, ईश्वर जाने ? इसलिए कुछ लोग इसे तीसरी छतरी की बजाय तीसरी ढपली कहना अधिक पसंद करते हैं।

शर्माजी का विचार है कि छाते की असली शक्ति तो उसके डंडे में है। मजबूत डंडे पर ही लोहे की तीलियाँ लगती हैं और फिर उसके ऊपर बरसाती कपड़ा। इसलिए दोनों बड़े दल अपने डंडे को तेल पिला रहे हैं। अब किसका छाता कितना बड़ा, आकर्षक और मजबूत है, यह तो 2014 में ही पता लगेगा; पर इस बार सवाल सिर्फ कमला, विमला या सरला का ही नहीं, देश की सवा अरब जनता का भी है।

इसलिए शर्माजी की सलाह है कि दोनों बड़े दल अगले एक साल तक इस गीत को कुछ ऐसे गाएँ, तो अच्छा होगा—

'मेरी छतरी के नीचे आ जा, क्यों भीगे जनता खड़ी-खड़ी।'

(22.7.2013)

□

मनमोहन सिंह 'मजबूर'

दुनिया में गद्य और पद्य लेखन कब से शुरू हुआ, कहना कठिन है। ऋषि वाल्मीकि को आदिकवि माना जाता है; पर पहला गद्य लेखक कौन था, इसका विवरण नहीं मिलता।

इन लेखकों के साथ एक बीमारी जुड़ी है। लेखन का कीड़ा काटते ही उन्हें यह ज्ञान हो जाता है कि माता-पिता ने उनका नाम ठीक नहीं रखा। इसलिए वे सबसे पहले अपना नाम बदलते हैं। यदि आपको विश्वास न हो, तो निराला, दिनकर, बच्चन, नीरज, गुलजार, दाग, काका, अज्ञेय जैसे नामों की पड़ताल कर लें। आपको इनके असली नाम मालूम हो जाएँगे, जो इनके अभिभावकों ने बड़े प्यार और दुलार से रखे थे।

पंडितजी जन्म के समय के ग्रह, नक्षत्र देखकर बच्चे का नाम रखते हैं; पर कई बार यह नाम केवल कुंडली में ही रहता है और प्रचलन में कोई दूसरा नाम आ जाता है। हाँ, शादी-विवाह के समय जन्मवाले नाम के अनुसार ही कुंडली मिलाई जाती है।

इतनी लंबी भूमिका का उद्देश्य आपको लगभग ८० वर्ष पूर्व के एक प्रसंग की याद दिलाना है, जब हमारे वर्तमान प्रधानमंत्री के माता-पिता अपने शिशु के नामकरण के लिए एक विद्वान् ग्रंथी के पास गए थे। ग्रंथी महोदय ने बच्चे का नाम 'मजबूर सिंह' रखा। पहले तो माँ-बाप इसे 'मजबूत सिंह' समझे; पर ग्रंथी द्वारा दो-तीन बार 'मजबूर' कहने पर वे चुप हो गए। क्या करें, उनकी भी मजबूरी थी; पर यह नाम उन्हें जँचा नहीं, इसलिए वे अपने बच्चे को 'मनमोहन' कहने लगे।

कहते हैं कि जवानी में हर व्यक्ति कुछ समय के लिए कवि हो जाता है। मनमोहनजी के जीवन में जब ऐसा क्षण आया, तो वे अपने असली नाम 'मजबूर' के तखल्लुस से शायरी करने लगे। यद्यपि यह शायरी अधिक नहीं चली, क्योंकि

कुछ ही दिन बाद घरवालों की मेहरबानी से वे दोपाए से चौपाए होकर नून, तेल, लकड़ी के चक्कर में पड़ गए।

अब इस कथा का दूसरा पक्ष देखिए। हर साल 15 अगस्त को प्रधानमंत्री महोदय दिल्ली में लालकिले पर तिरंगा झंडा फहराकर भाषण देते हैं। यह भाषण सरकार की योजना और घोषणा-पत्र भी माना जाता है। अतः इसकी तैयारी काफी पहले से होने लगती है।

पिछले दिनों मनमोहनजी स्टाफ के साथ अपना भाषण तैयार कर रहे थे कि थकान के कारण उन्हें झपकी लग गई। झपकी के दौरान उन्हें लगा, मानो वे सचमुच लालकिले से भाषण दे रहे हैं। उस भाषण के प्रमुख अंश आप भी सुनें।

भाइयो, बहिनो और दूर-दूर से बुलाकर लाए गए प्यारे बच्चो!

जय हिंद।

मैं आप सबको स्वतंत्रता दिवस की बधाई देता हूँ। कैसी हैरानी की बात है कि आप स्वतंत्र हैं, पर मैं नहीं। इससे अधिक मैं नहीं कह सकता, क्योंकि मैं मजबूर हूँ। यद्यपि मेरे साथियों का कहना है कि कुछ दिन बाद मैं भी मुक्त हो जाऊँगा। इसलिए आप इसे लालकिले से मेरा अंतिम भाषण समझें।

सबसे पहले मैं केदारनाथ में मरे लोगों के प्रति संवेदना प्रकट करता हूँ। वहाँ कितने लोग मरे, यह जानने में न हमारी रुचि है और न उत्तराखंड सरकार की। लोगों को शिकायत है कि वहाँ राहत के काम देर से शुरू हुए। आप कृपया मेरी मजबूरी समझें। राहुलजी पिकनिक पर विदेश गए हुए थे। अतः हमें उनकी प्रतीक्षा करनी पड़ी। उनके आते ही हमने राहत सामग्री के ट्रक भेज दिए, जो ऋषिकेश में कई दिन खड़े रहे। अब जैसे-जैसे देश और विदेश से आनेवाले पैसे में खाने और पीने का हिस्सा तय हो रहा है, वैसे-वैसे राहत के काम भी शुरू हो रहे हैं।

आजकल मीडियावाले गरीबी का बहुत शोर कर रहे हैं। वैसे तो इंदिराजी ने गरीबी मिटा दी थी; पर बेशरम गरीब गाजर घास की तरह फिर बढ़ गए हैं। उन्हें समाप्त करना तो संभव नहीं है, इसलिए हमने गरीबी रेखा का पैमाना बदलकर उनकी संख्या ही घटा दी है। मैंने विश्व बैंक में रहकर आँकड़ों की यह बाजीगरी सीखी थी, जो अब बहुत काम आ रही है। मैं अर्थशास्त्री हूँ। मेरे लिए आँकड़े ही खुदा हैं। मैं उन्हें ही खाता-पीता और ओढ़ता-बिछाता हूँ। मेरा काम कागजों का पेट भरना है, जनता का नहीं।

कुछ लोग रुपए के अवमूल्यन पर छाती पीट रहे हैं। असल में रुपए का मूल्य नहीं घटा, बल्कि डॉलर का मूल्य बढ़ रहा है। डॉलर तो अमरीका की मुद्रा है।

उसकी बढ़त को मैं कैसे रोक सकता हूँ? मैंने बहुत साल तक अमरीका का नमक खाया है, उसे निभाना मेरी मजबूरी है।

पिछले कुछ समय से चीन बार-बार हमारी सीमाओं में घुस रहा है। आप इससे परेशान न हों। मैडम इटली (मेरा मतलब है सोनियाजी) के नेतृत्व में हम इस पर नजर रखे हुए हैं। इसके लिए वे हर साल अमरीका जाकर अपना चश्मा भी ठीक कराती हैं।

असल में व्यक्ति की तरह हर देश का भी स्वभाव होता है। अतिक्रमण करना चीन का स्वभाव है और वार्त्ता करना हमारा। हम पिछले पचास साल से बात कर रहे हैं और अगले पचास साल तक करते रहेंगे। चीन की शह पर पाकिस्तान, बर्मा, बँगलादेश, श्रीलंका, नेपाल और मच्छर जैसा मालदीव हमें आँखें दिखा रहा है। इस पर राहुल बाबा के नेतृत्व में हमारे विदेश मंत्रीजी ध्यान दे रहे हैं।

भाइयो और बहिनो, देश में भ्रष्टाचार लगातार बढ़ रहा है। मैं भी इससे चिंतित हूँ; पर हमारे वित्तमंत्री का कहना है कि जब हर तरफ उन्नति हो रही है, तो यह भी बढ़ेगा ही। चालीस साल पहले इंदिराजी ने कहा था कि यह विश्वव्यापी समस्या है, जो समाप्त नहीं हो सकती। हमारे पूर्व प्रधानमंत्री श्री राजीव (बोफोर्स) गांधी ने भी यह कहकर इसे उचित ठहराया था कि जिसे हम भ्रष्टाचार कहते हैं, उसे विदेश में व्यापार कहा जाता है। इसलिए इस बारे में कृपया शर्मिंदा न हों।

जहाँ तक आतंकवाद की बात है, तो यह एक विश्वव्यापी समस्या है। जब अमरीका और रूस जैसे देश इसे नहीं रोक सके, तो हमारी औकात ही क्या है? अभी-अभी बोधगया मंदिर में विस्फोट हुआ है; हम उसकी जाँच करा रहे हैं। विस्फोट किसने किया है, यह पूरा देश जानता है; पर मेरी मजबूरी है कि मैं इस बारे में मुँह नहीं खोल सकता।

हमने दिग्विजय सिंह और शकील अहमद जैसे कुछ लोगों को जाँच भटकाने और निर्णय अटकाने में लगा दिया है। वे पूरी मेहनत कर रहे हैं। आतंक के सब आरोप मुसलमानों पर ही लगते हैं। इसलिए हमने कुछ हिंदुओं को भी झूठे मामलों में पकड़ा है, जिससे तराजू की डंडी सीधी रहे। लोकसभा चुनाव से पहले हम कुछ और बड़े लोगों पर हाथ डालेंगे, जिससे हिंदू संस्थाओं को सीधे-सीधे बदनाम कर वोटों की फसल काटी जा सके।

भाइयो, हम काम तो बहुत से करना चाहते हैं; पर गठबंधन सरकार की भी कई मजबूरियाँ हैं। हमारी सबसे बड़ी सहयोगी सी.बी.आई. है। यदि कोई हमें आँख दिखाता है, तो हम उसका डंडा सामने कर देते हैं। कुछ लोग भले ही इसे

'कांग्रेस ब्यूरो ऑफ इन्वेस्टिगेशन' कहें; पर शरद पवार से लेकर मुलायम सिंह और मायावती तक, सब इस डंडे से ही डरते हैं।

एक बात मैं और कहना चाहता हूँ। आजकल न्यायालय कुछ अधिक ही सक्रिय हो गया है। उसके निर्णयों से हमें बहुत परेशानी हो रही है। हमारे कई मंत्रियों को इस कारण जेल जाना पड़ा। हम उसकी नाक में भी नकेल डालने की कोशिश कर रहे हैं। इसके बाद सब ठीक हो जाएगा। पिछले साल अन्ना हजारे, बाबा रामदेव और अरविंद केजरीवाल ने हमारी नाक में दम कर रखा था; पर वे सब भी अब थककर चुप बैठ गए हैं।

बढ़ती हुई महँगाई के बारे में भी कुछ कहना जरूरी है। जब तक शरद पवार कृषि मंत्री हैं, तब तक महँगाई नहीं घट सकती। मैं उन्हें हटाना चाहता हूँ; पर वे इतने भारी हैं कि मुझ अकेले के बस की बात नहीं है। खतरा यह भी है कि उनके हटने से कहीं सरकार ही न हट जाए। अत: इसके लिए मैं आपका सहयोग चाहता हूँ।

भाइयो, मैंने पहले ही कहा था कि लालकिले से यह मेरा अंतिम भाषण है। अगला भाषण कौन देगा, मैं नहीं जानता। देश भर में नरेंद्र मोदी की चर्चा है। यों तो मैं भी उनका प्रशंसक हूँ और चाहता हूँ कि वे प्रधानमंत्री बनें, जिससे देश की प्रतिष्ठा बढ़े; पर इसे मैं सबके सामने कह नहीं सकता। यह तो आपको ही तय करना है। जहाँ तक राहुल बाबा की बात है, वे भी मेरी तरह सदा चुप रहते हैं और दूसरों का लिखा हुआ पढ़ते हैं। इसलिए आप चाहें, तो उन्हें चुन लें। मेरा समय तो पूरा हो गया। अब आप जानें और आपका काम। देश आपका, फैसला आपका।

अच्छा तो भाइयो और बहिनो, आखिरी बार मेरे साथ जोर से बोलिए—

सोनिया माता की जय, राहुल बाबा की जय।

पाठक मित्रो, कुछ लोग कहते हैं कि नाम में क्या रखा है; पर पिछले नौ साल से बेचारे मनमोहनजी जिन मजबूरियों में दिन काट रहे हैं, उसे देखकर मैं उस विद्वान् ग्रंथी के प्रति नतमस्तक हूँ, जिसने तत्कालीन ग्रह-नक्षत्रों की गणना के अनुसार उनका नाम 'मजबूर सिंह' रखा था। आप उन्हें मनमोहन सिंह 'मजबूर' कहें या मजबूर सिंह 'मनमोहन', पर मुझे उनसे सचमुच बहुत सहानुभूति है।

(27.7.13)

□

आह प्याज, वाह प्याज

प्याज मूल रूप से भारतीय उपज है या विदेशी, इस पर शोधार्थियों को खोपड़ी लड़ाने दीजिए; पर हम तो इतना जानते हैं कि प्याज के छिलकों की तरह इसकी कहानी में बाहर से लेकर अंदर तक और ऊपर से लेकर नीचे तक, कई रंग और आकार की परतें मौजूद हैं।

जो लोग प्याज नहीं खाते, मैं सबसे पहले उनसे क्षमा माँग लूँ। एक बार मेरे ऐसे ही एक मित्र घर आनेवाले थे। हमारे घर में बिना प्याज के भोजन की कल्पना ही नहीं की जाती। अत: उनके लिए अलग बरतन में सब्जी और दाल बनी; पर भोजन प्रारंभ करते ही उन्होंने बता दिया कि इनमें प्याज है।

मैंने कहा कि आपके लिए दोनों चीजें अलग से बनी हैं; पर वे मानने को तैयार नहीं थे। बाद में पता लगा कि गृहमंत्रीजी ने उनके लिए दाल-सब्जी अलग तो बनाई; पर अपने और उनके बरतनों में एक ही कड़छुल का प्रयोग कर लिया। मेरे मित्र ने तो हँसते हुए दही से खाना खा लिया; पर आज भी इस प्रसंग की याद आने पर मन की कोई चोट ताजा हो जाती है।

जहाँ तक प्याज की बात है, तो यह गुणों की खान है। नाक से लेकर कान तक और आँख से लेकर पेट तक, हर मर्ज की दवा इसके रस में विद्यमान है। आयुर्वेद में प्याज की महिमा खूब बखानी गई है; पर इसकी उस विशिष्ट गंध का क्या करें, जिसे कुछ लोग दुर्गंध कहते हैं। इसीलिए कई लोग इसे तामसिक भी बता देते हैं; पर सच तो यह है कि इसके बिना खाने में मजा ही नहीं आता? दाल और सब्जी चाहे जो भी बने; पर राजा की तरह प्याज का हर जगह विद्यमान रहना जरूरी है। भगवान् झूठ न बुलवाए; पर सच कहूँ तो दाल और सब्जी की आत्मा वस्तुत: प्याज ही है।

कहते हैं कि अकबर के दरबार में मुल्ला दो प्याजा नामक एक जंतु भी थे।

उनका ऐसा अजीब सा नाम क्यों पड़ा, यह तो अकबर जानें या वीरबल; पर यह सच है कि वीरबल से उनकी कभी नहीं पटी। मुल्लाजी बार-बार वीरबल को नीचा दिखाने का प्रयास करते थे; पर उसकी बुद्धिमत्ता के आगे उन्हें हर बार मुँहकी खानी पड़ती थी। उनकी एक आँख सकुशल थी; पर दूसरी न जाने कब और कैसे दिवंगत हो गई थी। हाँ, उसकी जगह प्याज जैसा एक गहरा गड्ढा जरूर था। शायद इसी से उनका यह नाम पड़ा हो। कहते हैं कि 'प्याज भी खाए और जूते भी' वाली घटना उन्हीं मुल्ला दो प्याजा से संबंधित है।

प्याज के कारण भोजन के स्वाद के बनने या बिगड़ने के सैकड़ों किस्से हैं। इसके कारण बरात लौटने की बात भी हमने सुनी है; पर दिल्लीवालों से पूछो, तो वे प्याज और सत्ता की जुगलबंदी भी बता देंगे। 15 साल पहले दिल्ली में प्याज की मेहरबानी से ही कांग्रेस सत्ता में आई थी। यद्यपि भा.ज.पा. वाले बाद में आरोप लगाते रहे कि कांग्रेसियों ने ही जानबूझकर प्याज का कृत्रिम अभाव पैदा किया है; पर 'मार पीछे की पुकार' को कौन सुनता है ?

इस बार फिर ऐसा ही माहौल है, तो कांग्रेसवाले भा.ज.पा. पर यही आरोप मढ़ रहे हैं। प्याज सत्तर रुपए किलो तक तो पहुँच गया है, अब उसके शतक की प्रतीक्षा है। दिल्ली में चुनाव लड़ने के इच्छुक सभी नेता अपने क्षेत्र में इन दिनों प्याज की मालाएँ पहनकर झूठे वादों के साथ सस्ते प्याज भी बेच रहे हैं। भले ही वे खुद प्याज न खाते हों; पर प्याज बेचना उनकी मजबूरी बन गई है। पंद्रह साल पहले चुनाव के बाद कुछ लोग आह प्याज, तो कुछ वाह प्याज करते मिले। इस बार भी आह और वाह तो होगी; पर बोलनेवाले पात्रों के बदलने की पूरी संभावना है।

प्याज की चर्चा 'हरि अनंत हरि कथा अनंता' की तरह ही है। किसी ने संतों की महिमा बताते हुए लिखा है—

'ज्यों केलन के पात में, पात पात में पात।
त्यों संतों की बात में, बात बात में बात॥

जिस किसी ने यह दोहा लिखा है, वह निश्चित रूप से प्याज नहीं खाता होगा, अन्यथा वह कहीं-कहीं मिलनेवाले केले के वृक्ष की बजाय हर रसोई में मिलनेवाले प्याज का ही उदाहरण देता। प्याज भी सिद्ध संतों की तरह ऊपर से रूखा होता है; पर जैसे-जैसे उसकी परत उतारिए, वह क्रमशः मुलायम और मीठा होता जाएगा।

यह प्याज-चिंतन न जाने कितनी देर और चलता कि तभी शर्माजी आ गए। उन्होंने इस विचार-प्रवाह में हस्तक्षेप करते हुए एक पुरानी कहानी सुना दी। लीजिए, आप भी सुनिए।

एक राजा की बेटी को एक बार न जाने क्या हुआ कि वह रोना ही भूल गई। जब देखो तब हँसी, ठहाके और खिलखिलाहट। हँसना यों तो बहुत अच्छी बात है। हँसने-हँसानेवाले लोगों का हर जगह स्वागत होता है और रोनेवालों से लोग दूर रहना ही पसंद करते हैं; पर बिना बात हर जगह हँसना भी ठीक नहीं। चिकित्सक कहते हैं कि कभी-कभी रोना भी जरूरी है।

अब बात राजा और राजकुमारी की थी, सो दूर-दूर से चिकित्सक बुलाए; पर सब व्यर्थ। मारपीट से लेकर भयानक दृश्य दिखाने जैसे भीषण प्रयोग भी किए गए; पर उसकी आँख से आँसू ऐसे गायब थे जैसे गधे के सिर से सींग। अंततः ऐसी कहानियों में जो होता है, वही हुआ। राजा ने घोषणा कर दी कि बेटी को रुलानेवाले को आधा राज्य दहेज में देकर राजकुमारी से ही उसका विवाह कर दिया जाएगा।

कहते हैं कि एक सब्जी बेचनेवाले को जब यह पता लगा, तो वह एक किलो प्याज लेकर गया और राजकुमारी से इन्हें चाकू से काटने को कहा। राजकुमारी ने जैसे ही प्याज काटे, उसकी आँखों से झर-झर आँसू बहने लगे। वह अपने हाथ से जितना उन्हें पोंछती, आँसू उतने ही अधिक निकलते। राजकुमारी के रोते ही सब ओर खुशी छा गई और उसी दिन सब्जीवाले से उसका विवाह कर दिया गया।

वे इससे आगे कुछ कहते कि मैंने उन्हें टोक दिया, ''शर्माजी, अब आप इस कहानी में कुछ संशोधन कर लें। आज यदि ऐसी कोई घटना हो, तो आधे राज्य की बजाय आधी बोरी प्याज ही दहेज में देने से काम चल जाएगा। मैडम इटली और मनमोहनजी के राज में यों तो हर चीज के दाम आकाश छू रहे हैं; पर जहाँ तक प्याज की बात है, तो अब उसे काटने की जरूरत नहीं है। अब तो बाजार में उसके दाम सुनकर ही आँसू आ जाते हैं।''

शर्माजी का मुँह प्याज की तरह खुला का खुला रह गया।

(27.8.2013)

□

हम बने, तुम बने…

बात बहुत पुरानी है। एक राजा की अत्यधिक विद्वान् बेटी का सही नाम तो न जाने क्या था; पर लोग उसे विद्योत्तमा कहकर बुलाते थे। अपनी विद्या के गर्व से दबी राजकुमारी अपने से अधिक विद्वान् युवक से ही विवाह करना चाहती थी। उसने विवाह के इच्छुक कई विद्वानों को शास्त्रार्थ में पराजित कर दिया। अत: वे सब जंगल से कालिदास नामक एक निपट मूर्ख युवक को पकड़ लाए। वह जिस डाल पर बैठा था, उसे ही काट रहा था। विद्वानों ने उसे अच्छे कपड़े पहनाए और शास्त्रार्थ के समय चुप रहने को कहकर राजसभा में ले आए।

सभा में विद्योत्तमा जो प्रश्न करती, मौनव्रतधारी कालिदास अपनी मूढ़बुद्धि के अनुसार संकेतों में उसका उत्तर देता, जिनकी मनमानी व्याख्या वे विद्वान् करते थे। इस प्रकार कालिदास ने विद्योत्तमा को पराजित कर दिया और दोनों का विवाह हो गया।

आगे चलकर पत्नी के व्यंग्य-बाणों से आहत होकर कालिदास के विद्वान् बनने की कहानी आपने पढ़ी ही होगी; पर हमारा संबंध कहानी के इस हिस्से तक ही है। क्योंकि कुछ ऐसा ही माहौल दिल्ली में भी है, जहाँ एक मौनी बाबा को प्राय: चुप रहने की शर्त पर गद्दी दी गई है। वे अपनी शर्त के अनुसार आदेश होने पर ही मुँह खोलते हैं तथा यदाकदा मैडम के परम विश्वस्त लोगों द्वारा लिखा गया वक्तव्य पढ़कर अपने कर्तव्य की पूर्ति कर लेते हैं।

ऐसा ही पिछले दिनों तब हुआ, जब 'जी 20' देशों के सम्मेलन से लौटते हुए मौनमोहन सिंहजी ने वायुयान में धरती से मीलों ऊपर उड़ते हुए पत्रकारों को बताया कि अगले चुनाव के बाद वे राहुल बाबा के नेतृत्व में काम करना चाहते हैं। उनका हवा में दिया गया यह बयान भले ही हवाई हो; पर धरती पर रहनेवाले उनके भक्तों ने इसे 'नो बॉल' की तरह लपक लिया। हमारे मित्र शर्माजी भी उनमें से एक हैं। अब आगे की बात सुनिए।

परसों मैं अपनी अति प्राचीन आदत के अनुसार शाम को टहलकर घर लौटा ही था कि शर्माजी आ टपके। धौंकनी की तरह तेज-तेज चलती हुई उनकी साँस देखकर यह तो समझ में आ गया कि वे दौड़ते हुए आए हैं; पर अब आने के बाद जो स्थिति थी, उससे स्पष्ट नहीं हो रहा था कि वे हाँफ रहे हैं या काँप रहे हैं।

खैर, मैंने उन्हें सहारा देकर बैठाया। उनकी जेब में से हड़प्पाकालीन रूमाल निकालकर उनका पसीना पोंछा और फिर उसे लपेटकर वहीं सुरक्षित रख दिया। घड़े में से निकालकर एक गिलास शीतल जल पिलाया और अंदर चाय बनाने की सूचना भेज दी। कुछ देर बाद उनकी साँसें सामान्य हुईं, तो उन्होंने थैले में से मिठाई का डिब्बा निकालकर मेज पर रख दिया।

'यह क्या शर्माजी, आज कोई खास बात··· ?'

'हाँ, बिल्कुल। खास नहीं बहुत खास बात है। पूरे मोहल्ले में मिठाई बाँटकर आ रहा हूँ।'

'पर मिठाई का कारण तो बताइए। आप दादा बने हैं या नाना, या फिर गाँव में गाय ने बछिया को जन्म दिया है?'

'तुम बेकार की बात मत करो, वर्मा। तुम्हारी क्षुद्र दृष्टि घर और गाँव से आगे नहीं जाती। यहाँ पूरे देश के लिए खुशी की बात है। बाहर निकलकर देखो, सब तरफ दीवाली जैसा माहौल है।'

'तो फिर इस रहस्य से परदा हटाइए, जिससे मैं भी खुश होकर दस-बीस ग्राम खून बढ़ा सकूँ।'

'तुमने सुना नहीं कि मनमोहन सिंहजी ने बिल्कुल साफ कर दिया है कि प्रधानमंत्री पद के लिए राहुल बाबा उनकी पहली पसंद हैं और उन्हें भी राहुल बाबा के साथ काम करने में प्रसन्नता होगी।'

'शर्माजी, रुपए का मूल्य भले ही रसातल में चला गया हो; पर सपने आज भी निःशुल्क देखे जा सकते हैं। बेचारे मनमोहन सिंहजी अभी तक इस गलतफहमी में जी रहे हैं कि अगली बार फिर उनकी सरकार बन रही है।'

'क्यों इसमें कुछ शक है क्या?'

'शक करनेवाला मैं कौन होता हूँ; पर शर्माजी, यह तो बताइए कि मनमोहन सिंहजी ने राहुल बाबा में ऐसी क्या विशेषता देखी, जो उन्हें अपनी पहली पसंद बता दिया?'

'उनकी विशेषताओं को तो गिनना ही कठिन है।'

'अच्छा, तो कुछ विशेषताएँ मैं गिनाता हूँ, बाकी आप बता देना। सबसे पहली

तो यह कि वे उस परिवार के गुल चिराग माने जाते हैं, जो इस देश को अपने बाप-दादों की पुश्तैनी जागीर समझता है। तोप से लेकर हवाई जहाज तक और टेलिफोन से लेकर कोयले तक; चाहे लूटें या लुटाएँ, चाहे खुद खाएँ या साले और जीजा को खिलाएँ; इनकी मरजी।'

'ये सब विरोधियों का झूठा प्रचार है।'

'और शर्माजी, जैसे इनकी माताश्री भारतवासियों का स्तर ऐसा नहीं समझतीं कि उन्हें अपने अतीत और वर्तमान के बारे में कुछ बताया जा सके, कुछ-कुछ वैसा ही राहुल बाबा के बारे में भी है।'

'क्यों, उनका जीवन तो खुली किताब है?'

'आप ठीक कह रहे हैं, शर्माजी; पर उस किताब को पढ़ सकनेवाले या वाली कौन है। वह किस देश में रहता या रहती है, ये जानने का हक मुझे या आपको नहीं है।'

'लेकिन राहुल बाबा की विद्वत्ता से तो सब प्रभावित हैं।'

'उनके अंधभक्त होने के नाते यह कहना आपका हक बनता है; लेकिन शर्माजी, क्या आपने कालिदास की कहानी सुनी है?'

'हाँ, सुनी तो है।'

'बस, राहुल बाबा की चुप्पी ही उनकी विद्वत्ता की पहचान है। चूँकि मौनमोहन सिंहजी भी इस 'चुपमार्ग' के अनुयायी हैं, इसीलिए उन्होंने राहुल बाबा को अपनी पहली पसंद बताया है। कुछ समझे?'

शर्माजी नाराज हो गए और अपनी आदत के विपरीत चाय-नाश्ता अधूरा छोड़कर उठ खड़े हुए। मैं उन्हें छोड़ने बाहर तक आया, तो सामने से चुनाव प्रचार करती हुई एक जीप निकली, जिसमें पीछे की ओर मनमोहन सिंह तथा राहुल बाबा के पोस्टर लगे थे। उस पर गाना बज रहा था—'हम बने, तुम बने, इक-दूजे के लिए…।'

अब शर्माजी का चेहरा देखने लायक था।

(11.9.2013)

□

फटा पोस्टर, निकला जीरो

मैं आपको पहले ही स्पष्ट कर दूँ कि मुझे फिल्म देखने का शौक पिछले जन्म में ही नहीं था, फिर इस जन्म की तो बात ही क्या है! इसलिए आप इस शीर्षक को 'फटा पोस्टर, निकला हीरो' का प्रचार न समझें। इसके लिए तो अमिताभ बच्चन और उनका महाकरोड़पति वाला कार्यक्रम ही बहुत है।

फिर भी बहुत दिनों से प्रतीक्षा हो रही थी। बहुत दिन कहना शायद ठीक नहीं होगा, बहुत महीनों से प्रतीक्षा हो रही थी कि पोस्टर फटे और हीरो निकले; पर पोस्टर फटा, तो जो निकला, उसे देखकर सबकी हँसी निकल गई। अरे, ये तो अपने राहुल बाबा हैं। न जाने कहाँ गायब हो गए थे; पता नहीं देश में थे या विदेश में? मैडमश्री तो अमरीका में जाँच पड़ताल और स्वास्थ्य लाभ कर लौट आईं; पर बाबा शायद तन-मन रंजन के लिए वहीं रुक गए थे। और अब आए हैं, तो बिल्कुल क्रांतिकारी छवि के साथ।

अब तो बेचारे कम्युनिस्ट भारत में इतिहास की वस्तु होते जा रहे हैं; पर कोई समय था, जब उनकी चमक-दमक देखने लायक हुआ करती थी। चेहरे पर आठ-दस दिन पुरानी घास-पात, अँगूठे से टूटी हुई नई चप्पल, शरीर पर राजेश खन्ना कट कुरता और पैंट, कंधे पर थैला, उँगली में रेड ऐंड वाइट ब्रांड की आधी सिगरेट देखकर दूर से ही समझ आ जाता था कि ये आदमी नहीं कम्युनिस्ट है। डिग्री कॉलिज में पढ़नेवाले प्रथम श्रेणी के युवा उनकी इस क्रांतिकारी छवि की ओर सहज ही आकर्षित हो जाते थे।

हमारे परम मित्र शर्माजी का भी उन दिनों यही हाल था। सोते-जागते हर समय वे विरोध और विद्रोह की बात सोचते थे। कई बार तो इसका सिर-पैर भी समझ में नहीं आता था। जैसे गरमी में लोग छत पर सोते थे, तो वह नीचे कोठरी में घुस जाते थे। सर्दी में कई बार उन्हें बाहर बरामदे में सोया पाया जाता था। कोई इसका

कारण पूछता, तो वे कहते थे कि हम विद्रोही हैं। परंपराओं को तोड़ना ही हमारा काम है। एक बार किसी ने उन्हें चिढ़ाने के लिए पैरों की बजाय हाथ से चलने की चुनौती दी, तो उन्होंने कुछ देर ऐसा भी करके दिखा दिया। हाँ, खाना उन्होंने मुँह से ही जारी रखा। इस परंपरा को वह चाहकर भी बदल नहीं सके।

पर धीरे-धीरे नून-तेल-लकड़ी के चक्कर में शर्माजी के विद्रोह की हवा निकल गई। वे समझ गए कि फैशन के लिए तो कुछ दिन विद्रोही होना ठीक है; पर जीवन की गाड़ी विद्रोह के सहारे नहीं चलाई जा सकती। उसके लिए तो परिश्रम रूपी इंजन के साथ-साथ समन्वय और धैर्य रूपी पहियों की आवश्यकता होती है।

पर राहुल बाबा को यह कौन समझाए। वे तो मुँह में सोने का चम्मच लेकर ही इस धरा पर प्रकट हुए हैं। नून-तेल-लकड़ी के लिए कष्ट तो उनके पुरखों को भी नहीं करना पड़ा। इसलिए उनका विद्रोह का स्वर अभी विद्यमान है। यह बात दूसरी है कि उस विद्रोह की राख को बहुत फूँकना पड़ता है, तब जाकर उसमें कुछ देर को चिनगारी उठती है।

पिछले दिनों जब भा.ज.पा.वालों ने नरेंद्र मोदी को प्रधानमंत्री पद का प्रत्याशी घोषित कर दिया, तो लोगों ने समझा कि अब बाबा के चूल्हे में से भी कुछ धुआँ निकलेगा; पर वहाँ तो लकड़ियाँ ही नदारद थीं। चेलों और चमचों ने यहाँ-वहाँ से लकड़ी जुटाई, मिट्टी का तेल डाला, घंटों तक फूँक मारी; पर सब व्यर्थ।

लेकिन पिछले दिनों जब कांग्रेस और उनकी सरकार ने दागी नेताओं को चुनाव लड़ानेवाला विधेयक अध्यादेश के द्वारा पारित कराना चाहा, तो न जाने कहाँ से राहुल बाबा नमूदार हो गए। उन्होंने भरी प्रेस वार्त्ता में इस बकवास अध्यादेश को फाड़कर फेंकने को कहा। उनकी इस विद्रोही छवि से कुछ देर को तो पत्रकार सकपका गए; पर जब उन्होंने कुछ प्रश्न पूछे, तो फिर बाबा को साँप सूँघ गया। क्योंकि वे तो केवल उतने ही नाटक का अभ्यास करके आए थे। इससे आगे के डायलॉग या तो उन्हें लिखे हुए नहीं मिले, या फिर वे उन्हें भूल गए। जो भी हो; पर कुछ देर में ही इस क्रांतिकारी चादर की धूल झड़ गई।

अब लोग राहुल बाबा से पूछ रहे हैं कि यदि तुम्हारा इस कानून से इतना विरोध है, तो जब सारी सरकार इसे स्वीकार कर रही थी, तब तुम और तुम्हारी मम्मीश्री कहाँ थे? क्या तुम्हारी बिल्ली बिना तुम्हारी इच्छा के म्याऊँ कर सकती है? यदि नहीं, तो फिर म्याऊँ मोहन सिंह को पहले ही क्यों नहीं रोका गया?

लेकिन अब क्या करें? साँप-छछूँदरवाली स्थिति हो गई है। न निगलते बनता है न उगलते। डेढ़ साल पहले उ.प्र. की एक चुनावी सभा में उन्होंने ऐसे ही कुरते

की बाँहें चढ़ाकर श्रोताओं के सामने एक कागज फाड़ा था। सोचा था, जनता इससे प्रभावित होगी; पर लोगों ने वह कागज तो नहीं उठाया, हाँ कुरते की बाँहें जरूर आधी कर दीं। जितने सांसद पिछले लोकसभा चुनाव में जीते थे, विधायकों की संख्या उससे भी कम रह गई। अब दूसरी बार उन्होंने ऐसा ही क्रांतिकारी कदम उठाया है। इसका परिणाम क्या होगा, राम जाने!

कुछ लोग इस कवायद को 'खोदा पहाड़ और निकला चूहा, वो भी मरा हुआ' या 'बहुत शोर सुनते थे पहलू में दिल का, जो चीरा तो इक कतरा खूँ न निकला' बता रहे हैं। वे चाहे कुछ कहें; पर मैं तो इस फटे पोस्टर से पप्पू की कॉपी की जिल्द बनाऊँगा। पोस्टर से भले ही जीरो निकला हो, पर उसका कागज बहुत सुंदर है, इसमें कोई संदेह नहीं।

(28.9.2013)

□

आगे अम्माँ की मरजी

पिछले दिनों कई साल बाद एक घरेलू कार्यक्रम में गाँव जाने का अवसर मिला। बहुत दिन बाद गया था, अतः पुराने संबंध और यादें ताजा करने के लिए मैं कुछ दिन और रुक गया।

एक दिन मैं अपने पुराने मित्र चंपकलाल के घर बैठा गप लड़ा रहा था, तभी वहाँ एक अधेड़ महिला प्रेस के लिए कपड़े लेने आई। उसके साथ लगभग दस वर्ष का एक बालक भी था। गाँव में काम-धंधा चाहे कुछ भी हो; पर सब लोग घर-परिवार की तरह ही रहते हैं। वह महिला कपड़े लेकर चंपकलाल की माँ से बातें करने लगी। लड़का खाली बैठा इधर-उधर देख रहा था। मैंने उसे एक बिस्कुट देकर पूछा—'क्यों बेटा, तुम कौन हो?'

मैं तो लड़के का नाम जानना चाहता था; पर उसका जवाब सुनकर मेरा दिमाग भी चक्कर खा गया। उसने कहा—

'हूँ तो मैं जुलाहा, पर फिर हुआ दरजी।
आजकल हूँ धोबी, आगे अम्मा की मरजी॥

बाद में चंपकलाल ने बताया कि इसका नाम रशीद है और यह एक जुलाहे पिता की संतान है; पर इसके जन्म के दो साल बाद पिता की मृत्यु हो गई, तो माँ एक दरजी के पास जाकर रहने लगी। कुछ समय बाद उस दरजी ने किसी बात से नाराज होकर इसकी माँ को घर से निकाल दिया, तो एक धोबी ने उसे शरण दे दी। रशीद भी अपनी माँ के साथ ही रहता है, इसलिए उसने ऐसा परिचय दिया है।

यह प्रसंग मुझे इसलिए याद आया कि हमारे मित्र शर्माजी भी इन दिनों कुछ ऐसी ही मन:स्थिति में से गुजर रहे हैं। यों तो वे नौकरी करते हुए भी कार्यालय में राजनीति करने से बाज नहीं आते थे; पर अवकाश-प्राप्ति के बाद तो उन्होंने पूरी तरह इस कीचड़ में उतरने का निर्णय कर लिया। इस बारे में उन्होंने मुझसे सलाह माँगी।

मैं ठहरा राजनीति को कई मील दूर से राम-राम करनेवाला आदमी। सो मैंने उन्हें कहा कि वे किसी बड़े नेता के साथ चिपक जाएँ। चाहे जो हो; पर उसका साथ न छोड़ें। उस नेता का कद बढ़ेगा, तो उसका लाभ तुम्हें भी होगा। यदि वह सांसद बन गया, तो विधानसभा के लिए अपना टिकट भी पक्का समझो।

शर्माजी के भेजे में यह बात अच्छी तरह बैठ गई। उन दिनों अपने नगर में वर्माजी का राजनीतिक सितारा बुलंदी पर था। अत: शर्माजी उन्हीं के साथ चिपक गए। वर्माजी को भी एक पढ़े-लिखे आदमी की आवश्यकता थी, अत: उन्होंने शर्माजी को अपना निजी सहायक बना लिया। यों तो वे शर्माजी को प्राय: अपने साथ ही रखते थे; पर यदि शर्माजी को कहीं अलग से जाना हो, तो एक अन्य गाड़ी की व्यवस्था भी उनके लिए कर दी गई।

लेकिन वर्माजी सही मायने में राजनेता थे। 'जहाँ मिलेगी तवा परात, वहीं कटेगी सारी रात…' उनका मूल मंत्र था। राज्य और केंद्र में कांग्रेस का शासन होने के कारण वे काफी समय से कांग्रेस के साथ थे; पर पिछले कुछ समय से सब ओर नमो-नमो की लहर चल रही है। इसलिए वे भा.ज.पा. की रैली में मोहल्ले से एक बस में भरकर लोगों को ले गए थे। खर्चे की वे चिंता नहीं करते। वे इसे कारोबारी निवेश मानते हैं। आज जितना लगाएँगे, कल उससे चार गुना कमाएँगे। रैली में भी उन्होंने खूब बढ़-चढ़कर नारे लगाए।

शर्माजी उनके साथ रहते ही थे। वर्माजी ने उन्हें कैमरेवाला एक अच्छा मोबाइल फोन दे दिया था, जिससे वे बड़े लोगों से मिलते समय उनके चित्र भी लेते रहते थे। पार्टी अध्यक्षजी के साथ उनका एक चित्र बहुत अच्छा खिंच गया था, सो उसे मढ़वाकर उन्होंने बैठक-कक्ष में लगा लिया।

जब से विधानसभा के चुनावों की घोषणा हुई है, तब से शर्माजी की व्यस्तता भी काफी बढ़ गई थी। उन्होंने वर्माजी के विस्तृत सामाजिक और राजनीतिक जीवन को दर्शानेवाली एक छोटी पुस्तक छपवाई है, जिसे वर्माजी व्यक्तिगत रूप से मिलकर सब बड़े नेताओं को दे रहे है। उनकी इच्छा है कि मोदी लहर में उन्हें भी विधानसभा का मुँह देखने का सुअवसर मिल जाए।

शर्माजी की इस व्यस्तता के कारण उनसे मिलना ही कठिन हो गया। सुबह वे जल्दी निकल जाते और रात में देर से घर आते थे। पहले वे कितने भी व्यस्त हो, पर प्रात:कालीन भ्रमण नहीं छोड़ते थे; लेकिन इन दिनों वह भी राजनीति की भेंट चढ़ गया। इसलिए एक दिन मैंने उन्हें घर पर ही पकड़ लिया।

वे कुछ उदास और थके हुए से लग रहे थे। पूछने पर बोले कि भा.ज.पा.

वालों ने वर्माजी को यह कहकर टिकट देने से मना कर दिया है कि तुम तो पुराने कांग्रेसी हो। कई लोगों से और कई तरह से कहलवाया, पर बात नहीं बनी। इसलिए फिर से कांग्रेसवालों के पास गए; पर उन्हें किसी ने यह बता दिया था कि वे नरेंद्र मोदी की रैली में गए थे। इसलिए उन्होंने भी टरका दिया।

'तो फिर… ?'

'फिर क्या, इन दिनों हम लोग केजरी आपा (आम आदमी पार्टी) के संपर्क में हैं। हो सकता है, वहाँ से टिकट मिल जाए।'

'और यदि उसने भी मना कर दिया तो?'

'तो स.पा. है, ब.स.पा. है। दिल्ली में बिहार के भी लाखों लोग हैं। इसलिए नीतीश, लालू और रामविलास पासवान भी अपने प्रत्याशी खड़े करनेवाले हैं। शरद पवार, ममता बनर्जी और ओमप्रकाश चौटाला भी कुछ सीटों पर दाँव लगाएँगे। कोई-न-कोई तो फँसेगा ही, जो वर्माजी को टिकट दे देगा।'

'पर शर्माजी, इस आयाराम-गयाराम की राजनीति से देश चौपट हो रहा है; क्या अब विचारधारा का कोई महत्त्व नहीं रहा?'

'तुम किस जमाने की बात कर रहे हो भाई? अब न विचार है न धारा। अच्छा बताओ, अजीतसिंह ने अब तक कितने दल बनाए हैं? ऐसा कौन सा दल है, जिससे ममता, जयललिता और मायावती ने समझौता करने के बाद तोड़ा न हो? ऐसा कौन सा समाजवादी है, जिसने चार-छह बार केंचुल न बदली हो? भारत में कितनी कांग्रेस और कितने वामपंथी दल हैं, यह कोई ठीक-ठीक बता दे, तो उसे एक लाख रुपए का पुरस्कार दिलवा दूँ।'

'लेकिन शर्माजी, आप किसके साथ हैं?'

'इसका तो भाई एक ही जवाब है; वर्मा जहाँ, शर्मा वहाँ।'

मुझे अचानक अपने गाँववाला रशीद और उसका उत्तर याद आ गया—

'आगे अम्माँ की मरजी'।

(9.10.2013)

□

बंदरजी के तीन गांधी

शर्माजी ऊपर से चाहे जो कहें; पर सच यह है कि दिल्ली में रहने के बावजूद गांधीजी की समाधि पर जाने में उनकी कोई रुचि नहीं है। वे साफ कहते हैं कि जब मैं उनके विचारों से सहमत नहीं हूँ, तो फिर दिखावा क्यों करूँ? पर इस दो अक्तूबर को बाहर से आए एक मित्र के साथ उन्हें राजघाट जाना ही पड़ा।

राजघाट में गांधीजी का साहित्य बड़ी मात्रा में बिक रहा था। उनके मित्र ने भी कुछ पुस्तकें खरीदीं। बाहर आए तो वहाँ खिलौनेवाले गांधीजी और उनके तीन बंदरों की मूर्तियाँ बेच रहे थे। वैसे तो इनके संदेश 'बुरा मत कहो, बुरा मत सुनो, बुरा मत देखो' को अब कोई नहीं मानता, फिर भी शर्माजी ने इन्हें घर में सजाने के लिए खरीद लिया। कुछ चाट-पकौड़ी खाकर वे वापस आ गए। रात की गाड़ी से मित्र महोदय भी वापस चले गए।

मूर्तियाँ शर्माजी ने अपने शयनकक्ष में मेज पर रख दीं। रात में एक जरूरी काम से जब उनकी आँख खुली, तो वे हैरान रह गए। गांधीजी की मूर्ति की जगह एक बंदर बैठा था और बंदरों के स्थान पर गांधीजी का मुखौटा लगाए तीन हस्तियाँ विराजमान थीं। वे तीनों बार-बार गुस्से में बंदर को डाँट-फटकार रहे थे और बेचारे बंदरजी चुपचाप उसे सुनकर आँसू बहा रहे थे।

गांधी नंबर एक—'ऐ मिस्टर बंदर सिंह!'

'जी मैडमजी'।

'हमने कितनी बार कहा है, सांप्रदायिक हिंसा के लिए हिंदुओं को दोषी ठहरानेवाला विधेयक हर हाल में पारित होना चाहिए। फिर उसमें देरी क्यों हो रही है?'

'मैडमजी, कोशिश तो कर रहे हैं; पर दल और सरकार के अंदर उस पर बहुत विरोध है। यदि हमने दबाव डाला, तो सरकार टूट जाएगी। वैसे तो अब थोड़े ही दिन बचे हैं, फिर भी…'

'बंदर सिंह, तुम यह क्यों नहीं समझते कि अब हिंदू तो हमें वोट देंगे नहीं; पर यदि यह विधेयक पारित हो गया, तो कम-से-कम मुसलमान और ईसाई वोट तो पक्के हो जाएँगे।'

'हाँ, ये बात तो है।'

'फिर··· ? और इस मुद्दे पर यदि सरकार गिरेगी, तो उसका भी बहुत अच्छा संदेश जाएगा। इसलिए बाकी सब काम छोड़कर इसे पारित कराओ। मेरी तबीयत ठीक नहीं रहती। पता नहीं कब···। मैं अपनी आँखों के सामने अपने पप्पू को तुम्हारी कुरसी पर बैठे देखना चाहती हूँ। इसलिए चाहे जैसे भी हो, इस विधेयक को पारित कराओ।'

'अच्छा मैडमजी, जो हुक्म।'

गांधी नंबर दो—'क्यों बंदरजी, अपराधियों को राजनीति में बनाए रखनेवाले विधेयक के विरोध का मेरा नाटक कैसा रहा?'

'बहुत अच्छा रहा। सब आपकी प्रशंसा कर रहे हैं। अखबारों ने भी कई महीने बाद आपका चित्र पहले पृष्ठ पर छापा। आपने भी तो देखा होगा?'

'नहीं बंदरजी। हिंदी पढ़नी तो मुझे आती नहीं। अंग्रेजी अखबारों में भी हर दिन नरेंद्र मोदी को देखकर सुबह-सुबह मेरा मूड खराब हो जाता है। इसलिए मैंने अखबार पढ़ना ही बंद कर दिया है।'

'आप ठीक कह रहे हैं, हुजूर। पढ़ना तो मैं भी नही चाहता; पर क्या करूँ, इसके बिना काम भी तो नहीं चलता?'

'चुनाव सिर पर आ गया है, बंदरजी। कुछ ऐसे ठोस उपाय बताओ, जिससे इस कठिन दौर में नैया पार हो सके।'

'आप भी कैसी बात कर रहे हैं, सरजी। ये उपाय मुझे पता होते तो मैं ही चुनाव न जीत जाता। फिर भी एक बात बताता हूँ।'

'हाँ, हाँ, बताइए।'

'आप अगले चुनाव तक पाउडर लगाना बंद कर दें। इससे आपका चेहरा दीन-हीन, उदास और गरीबों का हमदर्द सा लगेगा। अंदर चाहे जो हों; पर बाहर के कपड़े स्वदेशी और कुछ पुराने या मैले से पहनें। विदेशी जूते की जगह गांधी आश्रम की चप्पल अच्छी रहेगी। इससे गांधीजी भले ही सिर पर न हों, पैरों में तो रहेंगे ही।'

गांधी नंबर तीन—'बंदर अंकल, राबर्ट के कारोबार के बारे में आपका एक अधिकारी बहुत शोर कर रहा है, उसका कुछ किया?'

'जी हाँ, कई बार उसका स्थानांतरण कर चुके हैं, फिर भी उसका दिमाग ठीक नहीं हुआ। इसलिए इस बार उसे आरोप-पत्र ही थमा दिया है। मेरी पूरी कोशिश है कि उसे जेल भिजवा दूँ। जिससे उसका ही नहीं, बाकी सबका दिमाग भी ठीक हो जाए।'

'जरा जल्दी करो, बंदर अंकल। अब कुछ महीने ही तो बाकी हैं। इसमें जितना माल बना लें, उतना अच्छा है। पता नहीं, जीवन में फिर कभी ऐसा मौका मिले न मिले?'

शर्माजी काफी देर तक उनकी बात सुनते रहे। फिर उन्हें नींद आ गई। सुबह उठे तो मूर्तियाँ वैसी ही थीं, जैसी राजघाट से खरीदकर लाए थे। वे बहुत देर तक सोचते रहे; पर माजरा समझ नहीं आया। अगली रात में भी ऐसा ही हुआ। आज सुबह जब वे पार्क में मिले, तो उन्होंने पूरी कहानी सुनाकर पूछा—'क्यों वर्माजी, दिन में तो गांधीजी और बंदर अपनी जगह रहते हैं; पर रात में वे स्थान बदल लेते हैं। यह क्या तमाशा है?'

'शर्माजी, ये भारत की वर्तमान राजनीति का सच है। जो सरकार चला रहे हैं, वे दिखाई नहीं देते; और जो दिखाई दे रहे हैं, उनके हाथ में कुछ करने की ताकत नहीं है। इसलिए जो परदे के आगे हैं, उन पर थू-थू हो रही है और जो परदे के पीछे हैं, वे हर तरह से मजे में हैं।'

'अच्छा जी…?'

'जी हाँ, और जो परदे के पीछे हैं, उनके भी पीछे कौन है, यह बहुत कम लोगों को पता है। राष्ट्रीय राजनीति और अंतरराष्ट्रीय कूटनीति के इस अंतर को समझना आसान नहीं है।'

'लेकिन राजनीति और कूटनीति के चक्कर में देश का शासन और प्रशासन तो चौपट हो जाएगा?'

'वाह रे मेरे प्यारे शर्मालाल! यदि तुम्हें अब भी शासन चौपट नहीं लगता, तो अपनी आँखों का इलाज वहाँ कराओ, जहाँ हर दीवाली पर लक्ष्मीजी अपने वाहन की सर्विस कराती हैं। इससे तुम्हें दिन के अँधेरे और रात के उजाले का अंतर साफ दिखने लगेगा।'

बात काफी गहरी थी, इसलिए शर्माजी के पल्ले नहीं पड़ी। उन्होंने अपना चश्मा उतारा और आँखें पोंछते हुए प्रस्थान कर गए।

(23.10.2013)

□

डौडियाखेड़ा से लौटकर

हमारे प्रिय शर्माजी का व्यक्तित्व बहुआयामी है। कभी उनके भीतर का कवि जाग उठता है, तो कभी अभिनेता। कभी वे समाजसेवी बन जाते हैं, तो कभी पाकशास्त्री। इन दिनों उनके मन में छिपे पत्रकारिता के कीटाणु प्रबल हैं। वे हर घटना और दुर्घटना का एक अनुभवी और सिद्ध पत्रकार की तरह विश्लेषण करने लगते हैं। भले ही उनकी बात कोई सुने या नहीं; पर वे एक बार चालू होते हैं, तो फिर रोकने के लिए बाँस-बल्लियाँ लगानी पड़ती हैं। इस चक्कर में उनके साथी भी उनसे किनारा करने लगे हैं; पर वे हैं कि मानते ही नहीं।

पिछले दिनों उ.प्र. में सोने के लिए हो रही खुदाई की चर्चा बड़े जोरों पर थी। मैंने सुझाव दिया कि जहाँ खुदाई हो रही है, यदि आप प्रत्यक्ष वहाँ चले जाएँ तो सोने में सुहागा हो जाएगा। फिर तो इस बारे में पूरे नगर में आपसे बड़ा कोई विशेषज्ञ नहीं होगा। लोग आपसे इस बारे में जानने के लिए संपर्क करेंगे। पत्रकार साक्षात्कार के लिए लाइन लगा लेंगे। हम लोग भी आपका सार्वजनिक अभिनंदन करेंगे। हो सकता है, रिपोर्टिंग करते हुए कुछ सोना आपके हाथ भी लग जाए; पर इतना ध्यान रहे कि फिर यारों को न भूल जाना।

मैंने तो बात हँसी में कही थी; पर वह शर्माजी की समझदानी में बैठ गई। मनोज कुमार की फिल्म 'उपकार' का गीत 'मेरे देश की धरती सोना उगले, उगले हीरे मोती' उन्हें याद आ गया। अत: घर पहुँचकर वे बोरिया बिस्तर बाँधने लगे। मैडम को पता लगा, तो उन्होंने बहुत समझाया; पर समझदारी और शर्माजी के बीच कई किलोमीटर की दूरी है। सो वे अपनी जिद पर अड़े रहे और रात की गाड़ी से अगले दिन सुबह लखनऊ जा पहुँचे।

पर अब लखनऊ से आगे कहाँ जाएँ, इस बारे में उनकी जानकारी शून्य थी। अखबारों में डौडियाखेड़ा का नाम आ रहा था। सो वे टिकट की लाइन में लग गए।

आधे घंटे की कसरत के बाद खिड़की पर पहुँचकर जब उन्होंने डौडियाखेड़ा का टिकट माँगा, तो टिकट बाबू ने उन्हें ऊपर से नीचे तक ऐसे देखा, जैसे चिड़ियाघर के जानवर को देखते हैं। फिर उसने शर्माजी का हाथ पीछे धकेलते हुए कहा कि इस नाम का कोई स्टेशन नहीं है। उधर पीछेवाले भी उन्हें लगातार धकिया रहे थे। इस भीषण धक्कामुक्की में फँसकर शर्माजी लाइन से बाहर तो हुए ही, उनकी कमीज भी फट गई।

हारकर उन्होंने कुलियों से पूछा, तो एक ने उन्नाव जाने को कहा, जबकि दूसरे ने कानपुर। तीसरे ने आँख दबाकर हँसते हुए कहा कि डौडियाखेड़ा और वहाँ के राजा राव रामबख्श सिंह की 1857 के स्वाधीनता संग्राम में बड़ी महत्त्वपूर्ण भूमिका रही है। सो वे एक ताँगा कर लें। ताँगेवाला उन्हें लखनऊ से लेकर अवध तक का पूरा इतिहास और भूगोल बताते हुए शाम तक डौडियाखेड़ा पहुँचा देगा।

शर्माजी परेशान हो गए। इधर चाय की तलब जोर मार रही थी। इसलिए उन्होंने स्टेशन से बाहर आकर कई कप चाय पी। इससे पेट कुछ गरम हुआ और दिमाग ठंडा। अब उन्होंने इधर-उधर के चक्कर में न पड़कर सामने दिखाई दे रहे एक पुलिसवाले से ही पूछ लिया। पुलिसवाले ने भी उन्हें टिकट बाबूवाले अंदाज में ही देखा और बोला, "आओ प्यारे। बिल्कुल ठीक जगह पहुँचे हो। तीन दिन से मैं डौडियाखेड़ावालों को ही निपटा रहा हूँ। तुम पचीसवें आदमी हो। चलो मेरे साथ थाने।"

शर्माजी का उ.प्र. में आने का यह पहला ही अवसर था। उन्हें यहाँ के पुलिसवालों की विशिष्ट भाषा और संस्कारों की जानकारी नहीं थी। वे उसके साथ चल दिए। वहाँ कई चोर, उचक्के और जेबकतरे पहले से मौजूद थे। शर्माजी समझ गए कि वे जिसे 'आज निशा का मधुर निमंत्रण' समझ रहे थे, वह वस्तुतः 'मुसीबत को खुला आमंत्रण' था। थाने में उनका पर्स, कागज-कलम और मोबाइल आदि लेकर कुछ कागजों पर उनके हस्ताक्षर और अँगूठे के निशान लिए गए। एक सिपाही ने उनका फोटो भी खींचा और फिर उन्हें हवालात में बंद कर दिया।

शर्माजी की समझ में नहीं आ रहा था कि वे क्या करें? दोपहर में उन्हें जो खाना दिया गया, वह अवर्णनीय था। रोटी का रंग, रूप और गंध देखकर इतिहासकारों के लिए भी उसका काल निर्धारण कठिन था। दाल के नाम पर कटोरी में जो चीज थी, उसे सूप कहना अधिक उचित था। खैर, मरता क्या न करता ? जैसे-तैसे उन्होंने दो रोटी उस सूप में डुबोकर गले के नीचे उतारीं।

शाम को बड़े दरोगाजी आए। उनके सामने हवालात में बंद सब लोगों की

पेशी हुई। शर्माजी ने अपनी बारी आने पर उन्हें हिंदी और फिर अंग्रेजी में समझाने का प्रयास किया कि वे अपराधी नहीं, बल्कि डौडियाखेड़ा में सोने की खोज के लिए हो रही खुदाई की रिपोर्टिंग करने के लिए आए पत्रकार हैं।

थानेदार ने उन्हें दो डंडे रसीद किए और बोला, ''पत्रकार महोदय, क्यों अपनी बिरादरी को बदनाम कर रहे हो ? दिल्ली में रहकर तुम इतना भी नहीं जानते कि सोना कहाँ और किसने छिपाकर रखा है। पुरातत्त्ववालों से कहो कि डौडियाखेड़ा में समय खराब करने की बजाय जनपथ के दस नंबरियों के यहाँ खुदाई करें। वहाँ बनी सुरंगें इटली, स्विट्जरलैंड और अमरीका में खुलती हैं। धरती का कोयला और आकाश की तरंगें बेचकर वहाँ की महारानी और शहजादे ने जो सोना बनाया है, उसकी देखभाल के लिए ही उन्हें बार-बार विदेश जाना पड़ता है। और विदेश में जमा काले धन से तो सोने के पहाड़ खड़े हो जाएँगे। इसलिए उसे बरामद करने का प्रयास करें।''

शर्माजी ने काँपते हुए कुछ कहना चाहा, तो वह गुर्राया, ''ज्यादा चूँ-चपड़ की तो हवालात से जेल की ओर सप्लाई कर दूँगा।'' फिर उसने एक सिपाही को बुलाकर कहा कि इन्हें रेल में बैठा दो।

सिपाही शर्माजी का हाथ पकड़कर उन्हें फिर स्टेशन पर ले आया। शर्माजी ने हाथ जोड़कर कहा, ''सर, मेरा जो सामान आपने लिया था, कृपया वह लौटा दें। मैं दिल्ली वापस कैसे जाऊँगा?'' सिपाही बोला, ''लगता है, उ.प्र. में पहली बार आए हो। यहाँ का राज इन दिनों बहुत मुलायम है। थाने से साबुत वापस जा रहे हो, यही क्या कम है। जहाँ तक दिल्ली की बात है, मैं तुम्हें मालगाड़ी में बैठा देता हूँ। एक-दो दिन में पहुँच ही जाओगे।''

पिछले कई दिन से सब प्रतीक्षा में हैं कि शर्माजी डौडियाखेड़ा की खुदाई के अनुभव सुनाएँ; पर वे अपने घर में ही नजरबंद हैं। लगता है, उन्हें खोजने के लिए भी खुदाई करानी पड़ेगी।

(9.11.2013)

□

वर्षा प्रचार एवं सर्वेक्षण संस्थान

पिछले कई महीने से शर्माजी कष्ट में हैं। वे समझ नहीं पा रहे हैं कि क्या करें ? नौकरी करते हुए तो पूरा दिन कार्यालय में फोकट की चाय पीते, मेज के ऊपर और नीचे से कुछ लेते-देते तथा फाइलों को दाएँ-बाएँ करते बीत जाता था; पर अवकाश प्राप्ति के बाद से वे परेशान हैं। घर पर रहें, तो पत्नी डाँटती है। मित्रों के पास अधिक बैठें, तो वे भी कन्नी काटने लगते हैं। एक बार दिन भर पार्क में बैठे रहे, तो चौकीदार और माली ने भगा दिया। बेचारे शर्माजी…।

लेकिन पिछले दिनों चुनावी सर्वेक्षणों पर हुए विवाद ने उनके दिमाग की बत्ती जला दी। वे समझ गए कि सरकारी कामों की तरह यहाँ भी हेरफेर की काफी गुंजाइश है। इसलिए वे इस बारे में अध्ययन करने लगे। इससे उनके ध्यान में आया कि चुनाव के समय प्रायः सभी नेता और राजनीतिक दल सर्वेक्षण कराते हैं। कभी चुनाव घोषित होने से पहले, तो कभी चुनाव घोषित होने के बाद। कभी अपनी जीत, तो कभी दूसरे की हार की संभावना जानने के लिए। कभी चुनावी मुद्दे तलाशने, तो कभी विरोधी के मुद्दे उजाड़ने के लिए। कभी अपनी हवा बनाने, तो कभी दूसरे की हवा बिगाड़ने के लिए। सर्वेक्षण न हुआ 'हर मर्ज में अमलतास' की तरह एक 'रामबाण दवा' हो गई।

शर्माजी ने निश्चय कर लिया कि बस अब यही काम करना है। कोई नया काम करने के लिए नाम भी धाँसू और दमदार सा होना चाहिए। सो अगले ही दिन उन्होंने अपने घर के बाहर 'वर्षा प्रचार एवं सर्वेक्षण संस्थान' का बोर्ड लगा लिया।

जब कई दिन हो गए और वे सुबह पार्क में नहीं आए, तो सबको उनके स्वास्थ्य की चिंता हो गई। वैसे भी बुढ़ापे में स्वास्थ्य खराबी की संभावना ही सबसे अधिक होती है। कुछ मित्र तो शोकसभा और श्रद्धांजलि पत्र तक की तैयारी करने लगे; पर इस जबानी जमा खर्च को छोड़कर मैं शाम को उनके घर जा पहुँचा।

शर्माजी ने घर के बाहरवाले कमरे को ही अपने संस्थान का कार्यालय बना लिया था। बोर्ड पर 'वर्षा' नाम देखकर मैं चौंका। उनकी पत्नी, बेटी या बहू में से किसी का नाम वर्षा नहीं है। फिर यह नाम क्यों? मैंने सोचा, किसी समय उनसे ही पूछ लूँगा।

मैंने देखा कि सामने दीवार पर राजनीतिक दलों के उतार-चढ़ाव प्रदर्शित करते हुए कई ग्राफ लगे थे। कुछ अखबारी कतरनें एक बोर्ड पर चिपकी थीं। गंभीर मुद्रा में बैठे शर्माजी के सामने कई मोटी फाइलें और एक लेपटॉप रखा था। कुल मिलाकर माहौल सचमुच किसी बड़ी सर्वेक्षण संस्था जैसा ही था; पर मैं ठहरा पुराना खिलाड़ी। मैंने आँख के इशारे से इस तमाशे का कारण पूछा, तो वे बोले, 'वर्माजी, तुम तो जानते ही हो कि ये चुनाव के दिन हैं। कोई देशी और विदेशी चंदे से पेट भर रहा है, तो कोई पोस्टर और बैनर से। पैसे देकर खबरें छपवाने या हटवाने की भी इन दिनों बहार है। मैंने भी सोचा कि इस बहती गंगा में हाथ-मुँह धो लूँ। बस इसीलिए…।'

तभी एक ग्राहक महोदय आ गए। अतः शर्माजी मुझे छोड़कर उनसे बात करने लगे।

ग्राहक : हम अपनी पार्टी के लिए सर्वेक्षण कराना चाहते हैं?

शर्माजी : जरूर कराइए। हम इसी सेवा के लिए तो यहाँ बैठे हैं।

ग्राहक : हमने कई लोगों से सर्वेक्षण कराए हैं; पर कोई हमें चौथे स्थान पर दिखा रहा है, तो कोई पाँचवें पर। क्या कोई ऐसी विधि है, जिससे हम पहले या दूसरे स्थान पर दिखाई दें?

शर्माजी : आप चिंता न करें। सर्वेक्षण की 'झूम पद्धति' से हम दो और दो को चार भी कर सकते हैं और चौदह भी।

ग्राहक : इसका नाम तो मैं पहली बार सुन रहा हूँ!

शर्माजी : जैसे शराबी बार-बार नीचे गिरता है और कुछ देर बाद फिर उठकर चल देता है। ऐसे ही 'झूम सर्वेक्षण' में नेता और पार्टी का ग्राफ चार से चौदह के बीच झूमता रहता है।

ग्राहक : तो इसके लिए हमें क्या करना होगा?

शर्माजी : बस आप हमें खुश करें, तो हम आपको खुश कर देंगे। व्यापार का यही सिद्धांत है। आप चाहें तो हम सर्वेक्षण का मीडिया में भरपूर प्रचार-प्रसार भी करा देंगे। हमारी पहुँच सब तरफ है। उसके जाते ही दूसरे ग्राहक आ टपके।

ग्राहक : हम चाहते हैं कि सब ओर 'राजुल बाबा' के नाम का डंका बजता दिखाई दे।

शर्माजी : हो जाएगा। इसके लिए हमें 'पटाखा विधि' से प्रचार करना होगा।

ग्राहक : पटाखा विधि··· ?

शर्माजी : जी हाँ। जैसे पटाखों की लड़ी में एक-दो पटाखे फुस्स भी हो जाएँ, तो पता नहीं लगता। बस यह प्रचार भी ऐसा ही है।

ग्राहक : कुछ ऐसा भी कीजिए कि 'नमो-नमो' का शोर कम हो।

शर्माजी : यह बहुत कठिन है। फिर भी हम 'गोयबल्स सिद्धांत' से इसकी कुछ काट कर सकते हैं।

ग्राहक : ये 'गोयबल्स सिद्धांत' क्या चीज है ?

शर्माजी : हिटलर के प्रचार मंत्री गोयबल्स का सिद्धांत था कि झूठ को इतनी बार, इतना बढ़ा-चढ़ाकर और इतनी जोर से बोलो कि सुननेवाला भ्रमित हो जाए। ऐसे प्रचार के हम विशेषज्ञ हैं। बस पैसा कुछ अधिक खर्च करना होगा।

ग्राहक : उसकी आप चिंता न करें।

मैं काफी देर वहाँ बैठा रहा। इस दौरान कई जाति और प्रजाति के ग्राहक आए। बात छौंकने में माहिर शर्माजी ने सबको खुश करते हुए भरपूर दक्षिणा ली और जैसा माथा देखा, वैसा तिलक लगा दिया।

लेकिन अब जैसे-जैसे चुनाव परिणामों के दिन पास आ रहे हैं, शर्माजी के दिल की धुक-धुक रेलगाड़ी की छुक-छुक जैसी तेज होती जा रही है। वे जानते हैं कि किसी-न-किसी दल के लोग या प्रत्याशी उन्हें जरूर पीटेंगे। इसलिए वे दो महीने के लिए बाहर जा रहे हैं। अब मुझे उनके संस्थान के नाम का रहस्य भी समझ में आ गया। जैसे वर्षा कब और कितनी होगी, इसकी भविष्यवाणी करना बहुत कठिन है। प्रायः मौसम विभाग जो बताता है, उसका उल्टा ही होता है। ऐसे ही शर्माजी के संस्थान के परिणामों की भी कोई गारंटी नहीं है। सबकुछ भगवान् और प्रत्याशी के भाग्य पर निर्भर है।

आपको भी यदि कोई प्रचार या सर्वेक्षण कराना हो, तो यह 'वर्षा सिद्धांत' पहले ही समझ लें। और हाँ, अब दो महीने बाद ही यहाँ आने की कृपा करें, धन्यवाद।

(21.11.2013)

□

अथ श्री महा-गारत कथा

पिछले कई दिन से शर्माजी सुबह-शाम टहलने नहीं आ रहे थे। ठंड में बुजुर्गों को स्वास्थ्य ठीक रखने के लिए कई तरह के सुझाव और सावधानियाँ बरतने को कहा जाता है। मुझे लगा कि शायद इसी कारण उन्होंने टहलने का अपना नियमित कार्यक्रम स्थगित किया है; पर जब उनसे मिले कई दिन हो गए, तो रहा नहीं गया और मैं उनके घर जा पहुँचा।

शर्माजी के घर जाने से 'एक पंथ दो काज' की तरह डबल लाभ होता है। शर्माजी से चर्चा का सुख और भाभीजी के हाथ से बनी तुलसी, अदरक और काली मिर्चवाली गरम चाय।

शर्माजी घर के बरामदे में सिर पर हाथ रखे ऐसे बैठे थे, मानो किसी की मृत्यु का समाचार मिला हो। मैंने देखा कि उनके सामने कुछ समाचार-पत्र और पत्रिकाएँ रखी थीं, जिनमें पिछले दिनों संपन्न हुए विधानसभा चुनावों के परिणाम छपे थे।

भाभीजी ने बताया कि जब से परिणाम आए हैं, ये ऐसे ही गुमसुम बैठे रहते हैं। लोगों से मिलना-जुलना तो दूर, खाना-पीना भी बहुत कम कर दिया है। रात में नींद की गोली लेकर कुछ देर सोते हैं; पर सुबह उठते ही फिर माथे पर हाथ रखकर बैठ जाते हैं। पता नहीं क्या हो गया है ? सोच रही हूँ कि इन्हें डॉक्टर को दिखा दूँ।

अब मैं उन्हें क्या बताता कि यह बीमारी डॉक्टर के बस की नहीं है; पर पुराना मित्र होने के नाते उनकी सहायता करना मेरा कर्तव्य था। इसलिए मैंने उनकी पीठ पर सहानुभूति का हाथ रखा।

'शर्माजी, उठिए। चुनाव में हार-जीत तो लगी ही रहती है। तुलसी बाबा ने भी कहा है, 'हानि लाभ जीवन मरण, यश अपयश बिधि हाथ।' कब तक इसके लिए दुख मनाओगे ?'

इतना सुनते ही वे फफककर रोने लगे, 'तुम नहीं जानते वर्मा, मुझे कितनी

गहरी चोट लगी है? तुलसी बाबा ने जीवन में कोई चुनाव लड़ा या लड़ाया होता, तो उन्हें इस दर्द का पता होता। उन्होंने तो रत्नावली की डाँट खाकर पूरी श्रीरामचरितमानस लिख डाली; पर मेरा दिल तो इतनी बुरी तरह टूट चुका है कि 'इस दिल के टुकड़े हजार हुए, कोई यहाँ गिरा कोई वहाँ गिरा' की तरह उन्हें समेटना ही कठिन हो रहा है।'

'ऐसा न कहें शर्माजी, मिजोरम में तो आपकी पार्टी जीती है।'

'उसकी तो चर्चा ही मत करो। पूरा शरीर चोटों से भरा हो, तो कान या पूँछ के ठीक होने से क्या होता है? पहले कहीं सत्ता में होते थे तो कहीं विपक्ष में; पर इस बार दिल्ली में तो तीसरे नंबर पर जा पहुँचे। राजस्थान में भी वह मार पड़ी है कि अशोक गहलोत दिन में तीन बार मालिश करवा रहे हैं। इस नमकहराम जनता ने कहीं मुँह दिखाने लायक नहीं रखा।'

'शर्माजी, भारत की जनता बहुत समझदार है। आप उसे गाली न दें। यह सब आपके नेताओं का ही किया धरा है।'

'ठीक है, तुम भी जले पर नमक छिड़क लो वर्मा। मैंने अम्माँ मैडम और राहुल बाबा दोनों को पत्र लिखा था कि म.प्र. में दिग्विजय सिंह और कमलनाथ मिलकर सिंधिया की राह में काँटे बिछा रहे हैं; पर वे माने ही नहीं। राजस्थान में तो अशोक गहलोत को सी.पी. जोशी और सचिन पायलेट ने ही हरवा दिया।'

'और छत्तीसगढ़ में... ?'

'वहाँ की मत पूछो। तुमने 'ज्यादा जोगी मठ उजाड़' वाली कहावत सुनी ही होगी। वहाँ तो अजीत जोगी के साथ चरणदास महंत भी थे। इसलिए बंटाधार होना ही था।'

'पर शर्माजी, दिल्ली में तो केजरी 'आपा' (आम आदमी पार्टी) ने कांग्रेस के मुँह पर ऐसी झाड़ू मारी है कि कोई ब्यूटी सैलून पुरानी रंगत वापस लौटाने की गारंटी देने को तैयार नहीं है।'

'हाँ, हमने सोचा था कि वे भा.ज.पा. के वोट काट लेंगे और इस तरह हम जीत जाएँगे। इसलिए पहले हमने उनकी सहायता भी की; पर उस धोखेबाज केजरीवाल ने झाड़ू मारकर हमें ही कूड़ेदान में डाल दिया। इतना अपमान होने पर भी हम सरकार बनाने के लिए उन्हें समर्थन देने को तैयार हैं, जिससे भा.ज.पा. का हल्ला कुछ तो कम हो।'

'लेकिन शर्माजी, आप कुछ भी कहें; अब मोदी की आँधी को रोकना संभव नहीं लगता।'

इस बात ने शर्माजी के सोए स्वाभिमान को झकझोर दिया। वे उठकर खड़े हो गए और मुट्ठी बाँधकर बोले, 'जी नहीं। तुम देखना, थोड़े दिन में सब मामला ठीक हो जाएगा।'

'वह कैसे शर्माजी ?'

'क्योंकि मैडमजी ने फिर से पार्टी की कमान सँभाल ली है। उन्होंने तय कर लिया है कि लोकसभा चुनाव में राहुल बाबा कांग्रेस की तरफ से प्रधानमंत्री पद के अधिकृत प्रत्याशी होंगे।'

'शर्माजी, आप भी बड़े भोले हैं। तुम्हारी अम्माँ मैडम ने कांग्रेस की कमान छोड़ी ही कब थी ? उनके पल्ले से तो पार्टी और सरकार दोनों ही बँधे हैं। सच तो यह है कि कांग्रेस की बरबादी का कारण ये माँ-बेटा ही हैं। बाकी कसर धरतीपकड़ दामादजी पूरी कर देते हैं। यदि ये सब चार-छह साल के लिए इटली चले जाएँ, तो पार्टी का पुनरुद्धार हो जाएगा। अपने पैरों पर फिर खड़ा होने के लिए कांग्रेस को नकली गांधी रूपी इन बैसाखियों का मोह छोड़ना होगा।'

'तुम चाहे जो कहो, वर्मा; पर असली युद्ध तो अब होगा। जब एक तरफ नरेंद्र मोदी होंगे और दूसरी तरफ युवा हृदय सम्राट् राहुल बाबा। यह महाभारत सचमुच देखने लायक होगा।'

'इसमें तो कोई संदेह नहीं है, वर्माजी। इस महाभारत पर भारत ही नहीं, पूरी दुनिया की निगाहें लगी हैं; पर इससे पहले आप अपनी पार्टी को महा-गारत होने से तो बचाओ। तुम्हारे महारथी तो लड़ाई से पहले ही घुटने टेकने लगे हैं। कुछ ने पाला बदल लिया है और कुछ उसकी तैयारी में हैं। एक शुभचिंतक होने के नाते मैं आपको भी सावधान करना चाहता हूँ।

'न तुम ही बचोगे न साथी तुम्हारे,
जो डूबेगी कश्ती तो डूबेंगे सारे।'

शर्माजी का चेहरा देखने लायक था। उन्हें मेरी बात ठीक से समझ आई या नहीं, कहना कठिन है; पर हाँ, वे माथे पर हाथ रखकर एक बार फिर नीचे बैठ गए।

(21.11.2013)

□□□